VIES

DES

POÈTES GASCONS

PAR

GUILLAUME COLLETET

DE L'ACADÉMIE FRANÇAISE

PUBLIÉES AVEC INTRODUCTION, NOTES ET APPENDICES

par

PHILIPPE TAMIZEY DE LARROQUE

Extrait de la REVUE DE GASCOGNE

PARIS

AUGUSTE AUBRY, LIBRAIRE

RUE DAUPHINE, 16

1866

A Monsieur Léopold Delisle
cordial hommage
Ph. Tamizey de Larroque

VIES
DES
POÈTES GASCONS

Auch, impr. et lith. F. Foix.

VIES

DES

POÈTES GASCONS

PAR

GUILLAUME COLLETET

DE L'ACADÉMIE FRANÇAISE

PUBLIÉES AVEC INTRODUCTION, NOTES ET APPENDICES

par

PHILIPPE TAMIZEY DE LARROQUE

Extrait de la REVUE DE GASCOGNE

PARIS

AUGUSTE AUBRY, LIBRAIRE

RUE DAUPHINE, 16

1866

INTRODUCTION.

Un souvenir défavorable s'attache au nom de Guillaume Colletet. Dans notre France où le ridicule est mortel, le pauvre homme est resté enseveli sous les épigrammes lancées contre lui par quelques-uns de ses contemporains. Comme poète, il est surtout connu pour avoir célébré la femelle du canard dans des vers que le cardinal de Richelieu paya bien grassement (1), et dont un meilleur juge, Saint-Evremond, s'est moqué avec son esprit le plus fin (2). Comme homme privé, il nous apparaît, à travers des

(1) Le cardinal, d'après Pellisson (*Histoire de l'Académie française*, 1653, in-8°), donna de sa propre main cinquante pistoles à l'auteur pour deux vers seulement, et lui dit le plus obligeamment du monde, par dessus le marché, que le roi n'était pas assez riche pour payer tout le reste. Pellisson prétend tenir ces renseignements de Colletet lui-même. Cependant nous avons de Colletet un distique qui nous avertit que Richelieu lui remit, non cinquante pistoles, mais bien soixante, et non pour deux vers, mais bien pour six :

> Armand, qui pour six vers m'as donné six cens livres,
> Que ne puis-je, à ce prix, te vendre tous mes livres ?

Octavie fut bien autrement généreuse que Richelieu, si toutefois il est vrai qu'elle ait compté à Virgile dix mille sesterces (2,000 fr. environ) pour chacun des admirables vers de l'épisode de Marcellus. Le savant Mongez, dans le tome VII des *Mémoires de l'Académie des inscriptions*, nouvelle série, 1824, a cru pouvoir nier le récit de Donat (*Mémoire sur la lecture du VI*e *livre de l'Énéide, faite par Virgile devant Auguste et Octavie*). J'avoue que ses observations me paraissent décisives, quoiqu'elles n'aient été acceptées ni par Letronne (*Journal des Savants* de 1825, p. 160), ni par M. Patin, en son cours de poésie latine à la Faculté des lettres de Paris, juillet 1854.

(2) Vengeur du bon goût, Saint-Evremond met de cette description dans la bouche de Godeau cet ironique éloge (*les Académiciens*, acte I, scène III) :

> Qu'en tous lieux on exalte, et qu'en tous lieux on chante
> De notre Colletet la cane barbotante,
> Ces beaux vers que le temps ne saurait effacer, etc.

récits empreints pour la plupart d'une grande exagération, dépourvu de toute dignité, faisant de sa muse une avide mendiante, buvant jusqu'à l'excès bien autre chose que l'eau d'Hippocrène, et même, s'il fallait en croire cette mauvaise langue de Tallemant des Réaux, profanant sa maison au point d'y établir une sorte de guinguette (1). Pour surcroît de malheur, on confond souvent avec lui François de Colletet, qui, de même qu'il eut moins d'élévation morale que son père, fut encore moins bon poète que lui, celui-là même en qui Boileau a flagellé le type du parasite éhonté (Satire I) :

> Tandis que Colletet, crotté jusqu'à l'échine,
> S'en va chercher son pain de cuisine en cuisine, etc. (2)

Mais si le protégé de Richelieu, sans ressembler tout à fait au portrait qu'en trace l'auteur des *Historiettes*, ne posséda point cette noblesse de caractère qui était si rare parmi les gens de lettres de la première moitié du XVIIe siècle, si en lui le poète tragique resta toujours au dernier degré de l'échelle (3), en revan-

(1) On peut opposer à Tallemant le docte Urbain Chevreau nous décrivant la riante scène d'intérieur que voici (*Chevræana*) : « O l'admirable tempérament que celui » du complaisant M. Colletet ! On ne l'a jamais vu en colère... Nous allions manger » bien souvent chez lui, à condition que chacun y feroit porter son pain, son plat, » avec deux bouteilles de champagne ou de bourgogne; et par ce moyen, nous » n'étions point à charge à notre hôte. Il ne fournissoit qu'une vieille table de pierre » sur laquelle Ronsard, Jodelle, Belleau, Baïf, Amadys Jamin, etc., avoient fait » en leur temps d'assez bons repas... Claudine, avec quelques vers qu'elle chantoit, » y choquoit du verre avec le premier qu'elle entreprenoit, et son cher époux, » M. Colletet, nous récitoit dans les intermèdes du repas, ou quelque sonnet de sa » façon, ou quelque fragment de nos vieux poetes. » Il résulte de là qu'au lieu de grossières orgies, la maison de Colletet abritait des joies décentes. Voir, tant sur cette maison que sur cette Claudine qui en était le charme, deux notes qu'à cause de leur longueur je suis obligé de renvoyer à l'Appendice.

(2) L'abbé d'Artigny (*Particularités sur G. Colletet et sur l'abbé Cotin*, au tome VI de ses *Nouveaux Mémoires d'histoire, de critique et de littérature*, 1749-1756, 7 vol. in-12), nous avertit qu'il a lu dans une ancienne édition de Boileau :

> Va *mendier* son pain de cuisine en cuisine,

ce qui, ajoute-t-il, est beaucoup mieux que « s'en va chercher. . » M. Caboche, qui prépare pour la collection des *Grands écrivains de la France* une édition définitive des œuvres de Boileau, recueillera sans doute cette variante. Charles Nodier, dans ses *Mélanges*, a chaleureusement pris la défense du poete à la misère duquel Boileau a si cruellement insulté.

(3) Je dis le poete tragique, car Colletet est l'auteur de quelques bonnes épigrammes et de plus d'un sonnet reussi. M. Sainte-Beuve en a cité un tres beau adressé aux mânes de Ronsard (p. 306 du *Tableau de la poésie française*, édition de 1843), et qui vient de reparaître, au milieu de quatre autres, dans le second volume de l'anthologie publié par M. Crépet. J'en ai trouvé un charmant et autographe en l'honneur

che, comme critique, il fut doué de qualités bien remarquables dont il fit un heureux emploi, et c'est par là qu'il se relève devant la postérité.

Je voudrais insister sur les services éminents que Guillaume Colletet a rendus aux lettres. Par cela même que, dans la plupart de ses biographies, l'on a presque exclusivement envisagé le côté le moins méritoire de sa vie, je tiendrais à mettre le bien en regard du mal, et à répondre par de légitimes éloges à des railleries qui sont loin d'être toutes justifiées. Je viens de passer de nombreuses journées en la compagnie de Colletet, dans cette somptueuse bibliothèque du Louvre où l'on travaillerait avec tant de recueillement sans le bruit formidable des tambours de la caserne voisine. Ce commerce si intime et si prolongé m'a permis d'assez apprécier la valeur de la plupart de ses écrits pour que j'aie le droit de parler ici de lui comme je parlerais d'un ami méconnu.

Guillaume Colletet naquit à Paris, le 12 mars 1598, d'après le plus grand nombre de ses biographes (1). Son père était commissaire au Châtelet, et son grand-père avait été greffier du parlement (2). Sa mère s'appelait Anne Dohin (3). Guillaume fut l'aîné

d'un abbé de Saint-Vincent (août 1658 : un sonnet de sexagénaire !) dans le volume 217 de la collection Baluze dite des Armoires. M. Victor Fournel a reproduit (*Nouvelle biographie générale*, tom. XI, 1855) un fragment de la pièce qui a pour titre : *Le Mépris des Champs*, pièce, dit-il, qui respire l'amour et le sentiment de la nature, et dont quelques vers lui paraissent frais et gracieux par dessus tout. Dom Chaudon, à l'article *Colletet* de son *Dictionnaire historique*, avait raison de prétendre que « quelques-unes de ses poésies, sans être du premier mérite, prouvent de l'es» prit, de la fécondité, et sont quelquefois d'une tournure agréable. »

(1) Moréri, Chandon, M. Weiss, dans la *Biographie universelle*, M. Victor Fournel, dans la *Nouvelle biographie générale*, M. Asselineau, dans les *Poètes français*, etc. Moréri a trouvé la date du 12 mars 1598 dans l'*Abrégé des Annales de Paris*, par François Colletet. L'abbé Goujet (*Bibliothèque française*, t. XVI, p. 259) et l'abbé d'Artigny, à l'endroit déjà cité de ses *Nouveaux mémoires*, font naître Guillaume Colletet en 1596, le 12 mars. N'y a-t-il pas là quelque faute d'impression ?

(2) Colletet nous a parlé de son grand-père dans la vie de Saluste du Bartas. Là il nous apprend que ce grand-père était secrétaire de la noblesse de France, en même temps qu'il était plongé dans ce que Boileau s'est amusé à appeler la poudre du greffe.

(3) J'emprunte ce renseignement et bien d'autres à un *Eloge et abrégé de la vie de M. Guillaume Colletet, advocat au parlement et au conseil d'estat et privé du Roi, de l'Académie françoise*, par P. Cadot, advocat au parlement, éloge inédit qui est en tête de la copie des *Vies des poètes françois*, à la bibliothèque du Louvre, F 2398². Cadot énumère les vertus et les talents de Colletet avec un prodigieux enthousiasme. C'est presque une apothéose. Voici l'exorde du discours : « G. Colletet » mérite une singulière recommandation, non-seulement à raison de sa profonde doc-

de vingt ou même de vingt-quatre enfants (1). Il eut pour maître Fédéric Morel, qui fut à la fois un habile imprimeur et un professeur remarquable, et qui, de plus, soit comme traducteur, soit comme commentateur, se plaça au premier rang parmi les érudits de son temps (2).

Colletet enfourcha de bonne heure ce Pégase qu'il ne devait jamais dompter. Malherbe ne dédaigna pas, paraît-il, de donner des conseils au débutant qui avait, tout d'abord, très peu respecté les règles de la prosodie (3). Ce même Malherbe, auquel Colletet adressa, à l'âge de vingt-deux ans, des vers reconnaissants, fit l'honneur à cet indigne disciple de riposter, en 1624, par ce sympathique huitain composé au sujet de la mort de sa sœur :

> En vain, mon Colletet, tu conjures la Parque
> De repasser ta sœur dans sa fatale barque :
> Elle ne rend jamais un trésor qu'elle a pris.
> Ce que l'on dit d'Orphée est bien peu véritable.
> Son chant n'a point forcé l'empire des esprits,
> Puisqu'on sait que l'arrêt en est irrévocable.
> Certes, si les beaux vers faisoient ce bel effet,
> Tu ferois mieux que lui ce qu'on dit qu'il a fait (4).

» trine, mais aussy pour avoir esté l'un de ceux qui ont le plus assiduement travaillé à la politesse de la langue et de la poësie françoise en laquelle il a excellé ; » et par dessus toutes choses, il mérite une gloire immortelle puisqu'il a commencé » à faire revivre la mémoire de ses anciens confrères et de ses doctes compatriotes que » l'ignorance des siecles passez avoit ensevelis dans les épaisses ténèbres. Ce seroit » une ingratitude criminelle de refuser un éloge à celluy qui a fait les éloges de tant » d'autres, et qui les a mesme retirez du tombeau, qui a, dis-je, enrichi sa patrie » par tant de travaux de vers et de prose, notamment de l'histoire des poëtes que » François Colletet, son fils, continue avec tant d'application, et que l'Europe attend » de luy avec impatience... L'on ne trouvera pas mauvais si avec mon peu d'élo» quence j'entreprends d'écrire ce que je scay de ce grand homme ..»

(1) Les deux douzaines sont mentionnées par Moréri, et, à la suite, par tous les copistes. Cadot n'admet que 20 enfants.

(2) C'est Colletet lui-même (Vie de du Bartas) qui nous apprend qu'il eut le bonheur d'étudier sous un tel maître.

(3) Cadot raconte que Malherbe reprocha à Colletet tout enfant de faire des vers tantôt trop longs et tantôt trop courts. M. V. Fournel prétend, au contraire, que les vers composés par le collégien lui valurent l'approbation du sévère Malherbe.

(4) *OEuvres complètes de Malherbe*, édition de M. L. Lalanne, t. I, 1862, p. 299. D'Artigny s'étonne de voir Malherbe, qui n'était guère prodigue de louanges, en donner de si flatteuses à Colletet. Il transcrit, pour la rareté du fait, dit-il, une partie de cette petite pièce, et il ajoute de sa plus grosse voix : « Pour l'honneur de Malherbe, » ne regardons son epigramme que comme un simple compliment d'amitié et de condoléance, car il est décidé depuis longtemps que son prétendu Orphée n'était qu'un » très médiocre versificateur. » En 1625, Colletet énumérait, en un sonnet, tous ses

Colletet donna au public les prémices de sa muse dans un livre formé de poésies venues de toutes mains, et intitulé : *Cabinet satyrique, ou recueil de poésies gaillardes de ce temps, composées par Sigognes, Régnier, Motin*, etc. (Paris, Billaine, 1618, 1 vol. in-12 de 703 pages). Il faut convenir que les vers de Colletet faisaient leur entrée dans le monde littéraire en bien mauvaise compagnie. Presque toutes les pièces qui remplissent le volume sont d'une révoltante obscénité (1). Les pauvres sixains de Colletet, égarés au milieu de toutes ces infamies, sont bien plats, bien insignifiants ; mais s'ils choquent le bon goût, ils n'offensent pas du moins la pudeur. On se demande ce que l'honnête jeune homme allait faire dans cette galère.

Deux ans plus tard, entouré des mêmes collaborateurs à peu près, Colletet paya son tribut à un autre recueil, *les Délices de la poésie françoise*, dont le premier volume avait été publié en 1615, puis en 1618, à Paris, par Fr. Rosset, chez Toussaint du Bray, et dont le second volume fut publié chez le même libraire, en 1620, par J. Baudouin (2).

En 1622, Colletet parut pour la première fois seul dans la lice, et il offrit au public une traduction de l'*Alexiade*, poème latin du jésuite bourguignon François Rémond (3). Il eut la

amis, qui étaient : Malherbe, Racan, Boisrobert, Honoré d'Urfé, Théophile, Maynard, d'Audiguier, Saint-Amant, l'Estoile, Ogier, Garnier, Habert, Malleville, Serisay. Voilà un bataillon d'amis qui n'aurait pas tenu dans la maison de Socrate ! Mais ne nous récrions pas trop sur ce luxe d'amitiés... N'avons-nous pas, de nos jours, une foule d'auteurs qui, à force de prodiguer aux uns et aux autres dans leurs citations le doux nom qu'il faudrait réserver pour un si petit nombre d'hommes, peuvent rivaliser avec le Cid s'écriant : *Cinq cents de mes amis* !

(1) Quelques-unes des plus immondes de ces pièces avaient déjà paru dans un volume publié, en 1609, par Anthoine du Breuil, sous ce titre : *Les Muses gaillardes recüeillies des plus beaux esprits de ce temps*.

(2) M. J. C. Brunet (*Manuel du Libraire*) indique seulement pour la seconde partie du recueil la date de 1620. D'Artigny cite une édition de 1621 où, dit-il, il y a des vers de Colletet depuis la page 1157 jusqu'à la page 1172. D'Artigny reproche à Pellisson de n'avoir pas précisé, en son *Histoire de l'Académie françoise*, l'époque de la publication des poésies de Colletet dans ce recueil souvent imprimé, et de n'avoir pas signalé la part prise antérieurement par le jeune nourrisson des Muses à la composition du *Cabinet satyrique*.

(3) François Rémond professa la théologie à Bordeaux, au commencement du XVIIe siècle. Son poème en l'honneur de saint Alexis parut à Anvers, en 1614, à Rome, en 1618, parmi ses *Poemata*. On peut voir sur le poème de Rémond une piquante réflexion de Ménage, dans son *Anti-Baillet*, chap. 144. Cadot prétend bien singulièrement que le P. Remond pouvait alors justement passer pour l'Ovide du

bizarre idée de donner à ce mélange de vers et de prose le titre de *Désespoirs amoureux, avec quelques lettres amoureuses et poésies* (Paris, in-12) (1). Qui devinerait sous ce déguisement si peu convenable la traduction d'un poème sacré? Et quel piége Colletet a tendu là aux personnes qui des livres ne connaissent que le dos! Le panégyriste de Colletet assure que son héros décrivit avec autant de force et d'éloquence les transports de l'amour divin, que les autres poètes avaient fait l'amour profane. On n'est pas obligé de l'en croire sur parole.

L'année suivante, Colletet apprit à ses dépens combien il avait eu tort d'accepter un voisinage aussi détestable que celui des auteurs du *Cabinet satyrique*. On réimprima ses innocents sixains dans le *Parnasse satyrique*, ramas de priapées dont la première édition est de 1622 et la seconde de 1623. On sait que ce livre, fameux dans la littérature stercoraire, causa la perte de Théophile de Viau, dont le nom avait été arboré en tête de la deuxième édition par la cynique perfidie d'un libraire. Le malheureux Colletet devint l'objet des foudres judiciaires. Un arrêt du Parlement de Paris, prononcé le 19 août 1623, le déclara atteint et convaincu, avec ses complices, du crime de lèse-majesté divine, et, après avoir condamné Théophile au supplice du feu et Berthelot au supplice de la corde, le bannit pour neuf ans du royaume, lui enjoignant de garder son ban, à peine d'être pendu et étranglé (2). L'arrêt nous apprend que Colletet était contumace. Il faut croire que de puissantes influences firent passer la cruelle sentence à

siècle. Rappelons ici que l'auteur de l'*Alexiade*, comme son confrère Garasse à Poitiers, comme son confrère Michel Mourgues à Toulouse, périt à Mantoue, victime du dévouement avec lequel il brava le danger de soigner des pestiférés. Inclinons-nous devant le souvenir de ces hommes morts au champ d'honneur!

(1) Une note mise en marge de l'éloge manuscrit déjà cité de Colletet nous apprend que c'était pour plaire à une belle fille, qui l'en avait prié, qu'il traduisit l'*Alexiade*.

(2) Ce document a été publié en 1623 (8 pages in-12), à Paris, chez Antoine Vitray, sous ce titre : *Arrest de la cour de Parlement contre Théophile et autres faiseurs de vers impies, exécuté le 19 aoust 1623*. M. Alleaume l'a réimprimé à la suite de sa *Notice sur Théophile*, p. CXII du premier volume des *Œuvres complètes* de ce poète (Bibliothèque elzevirienne, 1856). Colletet y est expressément désigné comme un des « auteurs des sonnets de vers contenant les impietez, blasphèmes et abhominations » mentionnées au livre très pernicieux intitulé le *Parnasse satyrique*. » Ce qui explique la condamnation de Colletet, c'est que son nom figurait en toutes lettres devant une pièce de ce livre infâme. Il paya pour les anonymes!

l'état de lettre morte, car nous retrouvons peu de temps après à Paris le poète exilé. Aucun des biographes de Colletet, je le constate avec étonnement, n'a mentionné le procès criminel dans lequel il fut enveloppé et la condamnation dont il fut frappé.

Ce fut sans doute après ces orages que Colletet se jeta dans le barreau. Il plaida, d'après Cadot, avec éclat pendant quelques années (1). Mais, ajoute cet avocat, « trouvant dans cette profes-
» sion trop de tumulte, de contrainte et d'embarras, opposez à son
» humeur pacifique, il aima mieux suivre son inclination natu-
» relle et s'attacher à l'estude.»

L'année 1625 fut une année mémorable dans la vie de Colletet; car, à cette date, il inventa les sonnets en bouts-rimés, comme il a soin de le marquer fièrement dans son *Discours du Sonnet* (p. 113). Dulot passe communément pour le père des bouts-rimés, mais on a confondu celui qui a mis à la mode, à la veille de la Fronde, ces ingénieuses bagatelles, *difficiles nugas,* comme dit Martial, avec celui qui en avait été le créateur, plus de vingt ans auparavant (2).

Je néglige ici le poème du *Trébuchement de l'ivrogne* (Paris, 1627, in-8°) et les *Divertissements poétiques* (Paris, 1631 et 1633, in-8°), mais, après avoir salué le discours *sur l'éloquence et l'imitation des anciens*, que Colletet prononça, en 1636, au bruit redoublé des applaudissements (3), devant cette Académie française dont il fut un des premiers membres (4), je m'arrêterai quelque temps devant ses traductions.

(1) M. V. Fournel dit bien différemment : « Il ne paraît pas qu'il ait jamais
» plaidé, sans doute parce qu'il avait un embarras de langue qui le faisait bredouil-
» ler, comme il nous l'apprend lui-même.» Observons d'abord que, parce qu'un avocat bredouille, ce n'est pas, hélas ! une raison pour qu'il renonce à la parole. Observons ensuite que Cadot, en sa qualité de confrère, a dû être parfaitement informé de ce qu'il avance ici.

(2) C'est surtout le *Menagiana* et le spirituel badinage de Sarrazin, *Dulot vaincu, ou la Défaite des bouts-rimés*, qui ont ravi à Colletet la petite gloire d'une innovation qu'aujourd'hui presque personne ne lui attribue.

(3) Il nous le dit lui-même dans son Epitre dédicatoire au comte de Servien, ministre d'Etat. L'abbé Goujet a très bien analysé ce discours (*Bibliothèque française*, t. I, 2e édition, 1740, p. 444-447).

(4) L'année 1631 fut, entre toutes les autres, favorable à Colletet. En cette année, il fut appelé, quoique bien jeune (il n'avait que 36 ans) à faire partie de l'illustre

Je m'empresse d'avouer que, sur le nombre, il en est que je connais peu, et d'autres que je ne connais pas du tout. Parmi ces dernières, je range avec regret la traduction du roman grec d'Eustathe, qui n'est point indiquée dans le *Manuel du Libraire*, quoiqu'elle soit devenue bien rare, et qui, dit Cadot, est accompagnée de notes très doctes et très curieuses (1). Les versions de Colletet dont il m'est permis de parler sont celles du poème de Sannazar (*de partu Virginis libri* III) (2), et du recueil de Scévole de Sainte-Marthe (*Gallorum doctrina illustrium*, etc.) (3). Cette dernière version surtout est véritablement estimable. Le texte est rendu avec une grande fidélité, et, malgré cela, le style de l'interprète reste clair, aisé et tout à fait français (4). Colletet mérite le reproche de n'avoir pas mis au bas des pages de sa traduction des *Elogia* la dixième partie des notes dont il a enrichi sa traduction du roman d'Eustathe. Lui qui pouvait si bien ajouter d'utiles renseignements aux renseignements fournis sur nos illustres savants par Sainte-Marthe, il n'a pas daigné nous en offrir un seul. C'est là un grave péché d'omission, que tous ceux qui ont consulté le livre souvent si insuffisant de Sainte-Marthe auront de la peine à

compagnie, et il reçut de l'archevêque de Rouen un Apollon d'argent pour un hymne qu'il avait composé sur la Conception immaculée de la Sainte-Vierge. M. V. Fournel prétend que ce fut François de Gondi qui donna à Colletet cette précieuse image du dieu des poètes. Mais il se trompe, comme le prouve cette dédicace d'une épigramme de Colletet : *A Monseigneur l'archevêque de Rouen, messire François de Harlay, sur l'Apollon d'argent qu'il m'a envoyé pour récompense de mon hymne sur la pure conception de la Vierge, l'an* 1634. En 1651, cet Apollon devint un otage. Colletet nous l'apprend lui-même dans ces deux vers :

> ... Pour subsister et nourrir mon ménage,
> J'ai mis mon Apollon et mes muses en gage.

(1) Le véritable titre de ce roman est celui-ci : *Drame d'Hysmine et d'Hysminias*. Colletet l'a intitulé : *Aventures d'Ismène et d'Isménie*. D'autres traducteurs ont remplacé le mot *Aventures* par le mot *Amours*.

(2) *Les couches sacrées de la Vierge, poème héroïque de Sannazar, mis en prose françoise*, par G. Colletet. Paris, 1645, in-12. La premiere édition est de 1634. Colletet dédia sa traduction à la niece favorite du cardinal de Richelieu, Mme de Combalet.

(3) *Eloges des hommes illustres qui ont fleuri en France dans la profession des lettres*. Paris, 1644, in-4°.

(4) Le P. Jacob, en son *Traité des plus belles bibliothèques du monde* (1644), flatte beaucoup trop Colletet quand il déclare que ses poésies sont délicieuses et ses traductions éloquentes. L'abbé Goujet est, d'un autre côté, un peu trop sévère quand (tome VII, p. 53) il s'exprime ainsi : « Les traductions en prose de ce fécond écri- » vain ne sont plus recherchées, et même depuis longtemps. On les trouve froides et » languissantes, on y aperçoit un style trop rampant qui manque quelquefois de » netteté, et toujours de précision »

lui pardonner. Se figure-t-on un millionnaire gardant devant de grands besoins sa main inexorablement fermée ?

Ce qu'il faut louer sans réserve, c'est l'ouvrage intitulé : *l'Art poétique du sieur Colletet, où il est traité du sonnet, de l'épigramme, du poème bucolique, de l'églogue, de la pastorale et de l'idylle*, etc. (Paris, Ant. de Sommaville, 1658, in-12). Dans ce volume, on trouve réunis tous les travaux spéciaux, toutes les monographies, comme nous disons aujourd'hui, qui assurèrent à Colletet un rang éminent parmi les critiques de son temps. Chacun de ces traités est complet; l'auteur y épuise la matière. Il y fait l'histoire de chaque genre avec une sûre érudition et avec un grand agrément. Profondément versé dans la connaissance de toutes les littératures, il rapproche heureusement les poètes anciens des poètes modernes, et les poètes étrangers des poètes nationaux. On ne se doute guère de tout ce que Colletet a mis dans son *Art poétique* de bon sens, de bon goût, de vaste et solide savoir, en un mot, de critique parfaite. Que l'on ne m'accuse pas de surfaire le mérite de Colletet ! Tous ceux qui ont étudié son *Art poétique* l'ont jugé comme je le juge, depuis l'abbé Goujet (1) jusqu'à M. Viollet-le-Duc (2), et, de l'accord de tous les témoignages, il résulte que c'est là un des meilleurs, comme un des plus curieux, de tous les livres du bon vieux temps.

(1) Goujet a successivement passé en revue, dans le tome [illegible] de sa *Bibliothèque française*, les divers traités historiques et didactiques qui constituent l'*Art poétique*. Il n'oublie pas de remarquer que presque tous ces traités sont les premiers en date, et que la plupart restent les premiers en mérite. Il dit, par exemple, du *Traité de l'Epigramme*, publié d'abord isolément en 1653 et réuni aux autres traités en 1658 : « C'est ce que nous avons de plus ancien sur l'épigramme, et peut-être aussi de » meilleur. On y trouve tout ce que l'on peut désirer raisonnablement sur l'épi- » gramme, son origine, son premier usage, ce qu'elle était chez les Grecs et chez les » Latins, ce qu'elle est chez nous, etc. » Dans le traité *de la Poésie morale et sentencieuse* (1655), « que Guillaume composa pour l'instruction de son fils, et pour » tous les autres encore qui ont de l'inclination pour les bonnes choses et de l'amour » pour la vertu, » il parle au moins, dit Goujet, de 70 auteurs différents qui ont donné des quatrains en vers français, depuis Pierre Gringore jusqu'à lui-même. Je ne connais point, ajoute Goujet, de catalogue plus ample ni plus détaillé de cette sorte de poésie. Mais le chef-d'œuvre de Colletet est son traité du Sonnet. Je voudrais qu'on le réimprimât, en le continuant jusqu'à nos jours, où ce genre charmant a été cultivé avec tant d'amour et tant de succès.

(2) *Catalogue des livres composant la Bibliothèque poétique de M. Viollet le Duc, avec des notes bibliographiques, biographiques et littéraires*, etc. 1843, in-8°. M. Viollet-le-Duc dit de Colletet (p. 491) qu'il fut un poète fort médiocre, mais un littérateur très distingué. Il loue en lui un jugement sain et indépendant, un heureux choix d'exemples, des études nombreuses et bien ordonnées, etc.

L'homme qui a si bien écrit l'histoire des diverses branches de la poésie n'a pas moins bien retracé l'histoire des poètes français. La tâche était immense, presque infinie, et pourtant Colletet n'a pas été inférieur à une semblable tâche. Remontant jusqu'au berceau de la poésie française, et descendant jusqu'au milieu du XVIIe siècle, il a raconté la vie et analysé les œuvres de plus de quatre cents auteurs avec un soin et un zèle que l'on n'admirera jamais assez. Il a lu toutes leurs œuvres; il en cite les fragments les plus remarquables, émaillant ainsi de citations, qui, pour la plupart des lecteurs, ont tout l'attrait de la nouveauté, sa prose inégale, confuse, traînante, si l'on veut, mais, en revanche, originale et savoureuse. Au sujet d'un certain nombre de poètes, Colletet a recueilli d'antiques traditions qui ne revivent que dans son manuscrit. Au sujet d'un plus grand nombre encore, personnellement connus de lui, il nous révèle une foule d'intimes particularités que, sans lui, nous ignorerions à jamais, et je n'ai pas besoin de dire tout le piquant intérêt que nous présente ce côté anecdotique de son recueil. Ajoutons que Colletet se montre partout impartial, judicieux, et que presque tous ses arrêts restent des arrêts sans appel. Tout au plus pourrait-on parfois lui chercher querelle à l'occasion de son indulgence. Mais, s'il vante un peu trop quelques poètes pour lesquels nous sommes aujourd'hui sans miséricorde, il ne lui arrive jamais de trop rabaisser ceux qu'il condamne, et, en aucun cas, sa sévérité n'est allée jusqu'à cet excès où l'injustice commence. A ses appréciations propres, Colletet ne manque pas de joindre, d'ailleurs, les appréciations des critiques qui l'ont devancé. De nombreuses indications bibliographiques viennent encore augmenter l'importance de chaque notice. Tout cela forme un ensemble d'informations d'une inappréciable valeur, et comme n'en possède aucune autre littérature.

Ce prodigieux travail, qui absorba la plus grande partie de la vie de Colletet, à partir de 1634, resta par malheur incomplet. Les biographies qui nous manquent sont précisément celles qui auraient été les plus intéressantes, celles que l'auteur aurait consacrées à des contemporains, à des amis, tels que Malherbe, Théophile de Viau, François de Maynard, etc. D'autres biographies ne sont qu'ébauchées, par exemple celle de François Ier. En présence du monument inachevé, on éprouve des regrets d'autant plus vifs que, quand Colletet descendit dans la tombe, le 10 février (1) 1569, il était seulement sexagénaire, et que peut-être une année de plus lui aurait suffi pour mener à bonne fin sa gigantesque entreprise (2).

Un homme qui, comme Colletet, fut un médiocre poète et un critique hors ligne, Chapelain, inséra dans une lettre, à l'occasion de la mort de l'auteur des *Vies des poètes français*, quelques mots qui, mis en lumière d'abord par Titon du Tillet, puis cités par M. P. Paris, en son édition des *Historiettes* de Tallemant des Réaux (3), me paraissent trop caractéristiques pour n'être pas cités de nouveau : « Notre pauvre M. Colletet est mort il » y a un mois, et mort véritablement pauvre, ayant fallu quester » pour le faire enterrer. S'il a avancé ses jours par ses nopces, » c'est plustost par les troisiesmes que par les secondes; car il

(1) C'est la date donnée par Cadot, lequel ajoute que c'était le jour de la fête du patron de Colletet. M. V. Fournel fait mourir Colletet le 11 février; Moréri, un peu plus tard, le 19, et d'Artigny un peu plus tard encore, le 12 mars. Gardons la date de Cadot : ce doit être la bonne. Le même biographe nous apprend que Colletet fut inhumé dans l'église de Saint-Sauveur, sa paroisse.

(2) Avant sa mort, Colletet avait eu le temps de grouper en un seul volume toutes les pieces de vers composées par lui depuis sa jeunesse (*Poésies diverses, contenant des sujets héroïques, des passions amoureuses et autres matières burlesques et enjouées*. Paris, 1656, in-12).

(3) Le spirituel commentateur prétend que cette oraison funebre du bon Colletet est meilleure que celles de tous les poètes dont les témoignages ont été réunis par son fils. Il aurait fallu dire *auteurs* au lieu de *poètes*, car il y a bien des prosateurs parmi ceux dont les éloges de Colletet, en français, en latin, en italien, remplissent les premieres 70 pages du vol. manuscrit de la bibliothèque du Louvre coté F 2398. Cadot, après avoir vanté toutes les vertus de Colletet, et surtout sa candeur, sa douce gravité, son desintéressement, sa générosité à l'égard de ses amis, après avoir aussi vanté son heureuse physionomie, avait rappelé que son confrère avait reçu des éloges en toutes langues des plus beaux esprits de l'Europe, Heinsius, Saumaise, Grotius, Leo Allatius, Chifflet, etc., dont, ajoute-t-il, « le sieur Colletet fils a fait un recueil » curieux qu'il garde dans son cabinet et qu'il fera sans doute imprimer lorsqu'il » mettra les poètes françois au jour et qu'il escrira la vie de son illustre pere. » Colletet lui-même a ainsi parlé de ce recueil dans sa très peu modeste épitaphe :

Icy gist Colletet; s'il valut quelque chose,
Apprens le de ses vers, apprens le de sa prose,
Ou, si tu donnes plus aux suffrages d'autruy,
Voy ce que mille autheurs ont publié de luy

» s'est marié jusques à trois fois et toujours à ses servantes (1).
» C'est la seule tache de sa vie, laquelle d'ailleurs il a passé
» dans l'innocence, entre Apollon et Bacchus, sans soucys du
» lendemain, au milieu de ses plus fâcheuses affaires. Je ne le
» plains pas trop d'estre mort, puisqu'il n'avoit pas le moyen de
» vivre. Je plains ses amis de la perte qu'ils ont faite d'un homme
» de bien et qui étoit de bonne compagnie. »

Revenons maintenant aux *Vies des poètes français*, et recherchons quelles ont été jusqu'à ce jour les destinées de cet ouvrage.

Cadot nous apprend que quand Colletet, regardant son titre d'académicien comme un de ces titres qui imposent de grands devoirs, résolut d'écrire la Vie des poètes français, et communiqua ce dessein, dont lui seul était capable, au cardinal de Richelieu, celui-ci s'empresssa de l'approuver, et encouragea même par ses libéralités le futur historien d'une moitié de notre littérature à s'appliquer sérieusement à une œuvre aussi importante. Si le cardinal eût vécu plus longtemps, ajoute Cadot, l'ouvrage aurait été donné de bonne heure au public par ce Mécène des savants. Il me semble que la protection dont Richelieu honora le critique devrait être aussi bien signalée que la protection qu'il accorda à l'auteur dramatique. Pour moi, en voyant que ce fut sous les auspices du cardinal que fut entreprise l'histoire de tous ceux de nos poètes qui, depuis le XIIIe siècle, avaient joui de quelque renommée, je ne saurais me moquer de l'étrange entraînement avec

(1) Colletet se maria-t-il trois fois, et trois fois ceux de ses amis qui savaient un peu de latin purent-ils lui appliquer le vers d'Horace à Xanthias : « *Ne sit ancillæ tibi amor pudori?* » L'affirmation de Tallemand des Réaux n'est pas moins précise que celle de Chapelain. Un ami de Colletet, François Ogier, disait lui aussi que les licences du poète paraissaient bien plus dans ses mariages que dans ses vers. Presque tous les biographes, y compris M. V. Fournel, ont admis les trois noces de Colletet, ainsi que son *ancillomanie*. Pourtant, Cadot, en plein XVIIe siecle, a déclaré que Colletet « n'eut que deux femmes en sa vie et non pas trois, comme quelques-uns ont cru. » M. Viollet le-Duc est, à ma connaissance, le premier qui ait tenu compte de la protestation de Cadot (Il rappelle *Catalogue de la bibliothèque poétique*, etc.), et M. Asselineau (*Les poètes français*) a rappelé après lui, que des deux hyménées de Colletet, un seul, le second, avait mérité le nom de mésalliance. M. Th. Gauthier, en ses *Grotesques*, s'est fait le vif défenseur de cette mésalliance.

lequel ce même cardinal favorisa *Cyminde ou les deux Victimes*, *l'Aveugle de Smyrne* et les *Tuileries* (1).

Mazarin et le chancelier Séguier, qui, après la mort de l'ancien évêque de Luçon, témoignèrent quelque bienveillance à Colletet (2), ne paraissent pas avoir eu grand souci de sa *Vie des poètes français*. François Colletet, héritier de la bibliothèque de son père, qui ne lui laissa pas autre chose (3), mit au net le manuscrit (4), et s'efforça de le faire imprimer. Il n'y réussit pas.

(1) Il y a dans la bibliothèque du Louvre, sous le n° F 2398, un manuscrit qui, je le dénonce, contient les œuvres tragiques, inédites en partie, de Colletet père et fils. Malgré le *noli me tangere* que le titre du volume semblait m'adresser, surmontant mon effroi, j'ai voulu parcourir le théâtre de MM. Colletet, et je ne conseille à personne de recommencer l'expérience.

(2) Richelieu, après avoir comblé Colletet de présents considérables, dit Cadot, l'avait gratifié d'une pension réglée conforme à son mérite. Cette pension s'éteignit avec Richelieu; mais une nouvelle pension lui fut, pendant quelque temps, servie par Mazarin, comme le prouve cette épigramme au sujet des avances qui en avaient été faites au poète dans le besoin :

> O Jules, ô grand cardinal,
> Ministre qui n'as point d'égal,
> Mécène qu'Apollon me donne,
> Grâce à tes bienfaits éclatans
> Je devance le cours des ans;
> Puisque sans attendre l'automne,
> Je fais ma récolte au printems.

A son tour, le chancelier Séguier offrit à Colletet une charge d'avocat au conseil, que celui-ci vendit au bout de peu de temps, après en avoir toutefois demandé de cette sorte la permission au chancelier :

> O grand Séguier, à qui je dois
> L'office dont je t'importune :
> Puisque je trouve ma fortune
> Autre part qu'au conseil du Roi,
> Souffres que mon bonheur tranquille
> A l'honneste joigne l'utile,
> Le solide avecque l'éclat ;
> Et qu'en acquittant ma dette
> Je sois aussi riche poete
> Que je serais pauvre avocat.

(3) La collection de livres formée par Colletet a été mentionnée par le P. Jacob dans son *Traité des Bibliothèques*. M. Asselineau a cité (p. 196 du tome II des *Poètes français*) une page moitié vers, moitié prose, écrite par Colletet fils au sujet de la vente à l'encan qu'il fut obligé de faire de la bibliothèque paternelle. Il y a là des regrets énergiquement exprimés, et où l'ardent bibliophile Charles Nodier a sympathiquement loué une fleur de sentiment que nul n'était plus que lui en état d'apprécier.

(4) Voici le titre de la copie tel qu'il aurait été imprimé : *Le hérault de la poésie françoise ou l'histoire generalle et particulière des poètes françois tant anciens que modernes, qui contient leurs vies suivant l'ordre chronologique, le jugement de leurs écrits imprimez, et diverses particularitez des cours des Roys et des Reynes, des Princes et des Princesses, soubs le regne desquels ils ont fleury, et qui ont eux mesmes cultivé la poésie, avec plusieurs autres recherches curieuses qui peuvent servir d'éclaircissement, ouvrage attendu depuis plus de trente années, commencé par M. Guillaume Colletet, advocat en parlement, et au conseil d'estat et*

Ecoutons les doléances de Cadot : « Plût au ciel que cet ouvrage » manuscrit où le sieur François Colletet le fils s'attache si assi- » duement depuis trois ans, et qui m'a fait l'honneur de m'en lire » quelques pièces, fût déjà soubs la presse pour satisfaire le pu- » blic qui en attend les échantillons avec impatience !... Ce sera » quand il plaira à son illustre Mécène Monseigneur le duc de » Montausier (1), et quand les tempestes de Mars cèderont à la » douce harmonie des Muses. » Soit par la faute de Montausier, soit par la faute des tempêtes de Mars, la *Vie des poètes français* resta sous le boisseau.

Que devint ensuite le manuscrit ? Qui nous racontera toutes ses mystérieuses aventures ? Ce ne sera pas Adrien Baillet, qui, dans ses *Jugements des savants*, à la fin du XVIIe siècle, nous dit si sèchement, suivant son habitude : « Guillaume Colletet avait entre- » pris les vies de tous nos poètes français avec beaucoup d'appa- » reil et de travail même, mais sa mort nous a envié cet ouvrage. » Ce ne sera pas Urbain Chevreau, qui s'écriait dans cette page sur Colletet dont j'ai déjà cité un morceau : « C'est assurément un grand » dommage que la Vie des poètes, qu'il avait faite, ait été per- » due. » Heureusement, le P. Lelong (*Bibliothèque historique de la France*, 1719) satisfait à demi notre curiosité en nous informant que le manuscrit était, dans les premières années du XVIIIe siècle, entre les mains d'un libraire de Paris, le sieur Florentin Delaulne (2).

privé du Roy, de l'Académie françoise, continué et mis en lumière par le sieur François Colletet, son fils, de la maison de monseigneur le Daufin. A Paris, chez l'autheur, sur le quay, etc.

(1) Ce qui explique la présence presque constante de cette formule en tête des notices de la copie : *Pour Monseigneur le duc de Montausier*. Dans la pensée de François, c'était là comme autant de coups d'aiguillon destinés à réveiller le zèle endormi du gendre de la marquise de Rambouillet.

(2) Le P. Lelong ajoute : « Dans cette histoire, il est fait mention de 130 poètes » français qui ont fleuri de 1300 à 1650. Le manuscrit peut remplir dix ou douze vo- » lumes in-12. » Indications bien défectueuses ! Au lieu de 130 poètes, il aurait fallu dire 400 au moins, et au lieu de l'an 1300, il aurait fallu marquer 1209, date de la mort du plus ancien poète dont Colletet se soit occupé, Hélinand, lequel, d'après dom Brial (*Histoire littéraire de la France*, tome XVIII), aurait vécu jusqu'après 1229. — Titon du Tillet, en son *Parnasse françois*, 1732, s'est contenté d'observer que Colletet « mérite qu'on lui donne quelque place sur notre Parnasse, où il ne peut » qu'être reçu agréablement de ceux pour la mémoire desquels il a travaillé. » L'abbé Goujet (p. VI de la préface du tome IX de la *Bibliothèque française*) nous dit : « On » sçait que Guillaume Colletet avait ébauché cette histoire (de notre littérature) dans

Au milieu du XVIIIe siècle, l'abbé d'Artigny ajoute (p. 107 du tome VI de ses *Nouveaux Mémoires*) que la veuve du sieur Delaulne a souvent offert ce manuscrit à qui aurait le courage de le publier, et peut-être, dit-il encore, ne sera-t-il jamais imprimé (1). Fevret de Fontette et Barbeau de la Bruyère, dans leur édition de la *Bibliothèque historique de la France*, 1768-1778, s'expriment ainsi : « Gabriel Martin acquit le manuscrit » de la veuve Delaulne, et il est actuellement (1772) en la pos- » session de Claude Martin, libraire de Paris. » Ici nous perdons encore une fois les traces des *Vies des Poètes français*, et c'est par M. Weiss, auteur de l'article *Colletet* dans la *Biographie Universelle*, que nous savons que, sous le premier empire, le malheureux manuscrit avait enfin été recueilli dans la bibliothèque du Conseil d'Etat (2). De cette bibliothèque, il passa, un peu plus tard, dans la bibliothèque de la Couronne, et c'est là que, comme dans un port tranquille, il goûte, après tant d'agitations, le doux et honorable repos qui lui était enfin si bien dû. C'est là que sont venus le consulter tant de critiques qui nous parlent de lui avec un respect mêlé de reconnaissance, notamment M. Sainte-Beuve qui nous avertit (note de la page 398 de son *Tableau de la Poésie française*, 1843) qu'il en use perpétuellement, et qui, en effet, a de sa main délicate pris tout le dessus du panier:

» ses Vies des poètes français, dont le manuscrit est demeuré dans l'obscurité. J'avais » désiré la communication de son ouvrage; mais n'ayant pu l'obtenir, je me suis » déterminé à faire ce que je m'imagine que Colletet a fait lui-même. J'ai entrepris » de lire tous les écrits de nos poètes, etc. » Les notices de l'abbé Goujet sont en général bien moins développées que celles de Colletet, et ce qui y manque le plus, c'est ce que Chevreau regrettait tant, quand, croyant le manuscrit de Colletet perdu, il disait de l'auteur des *Vies des poètes français* : « Il en avait connu quelques-uns, » et par tradition qui était pour lui de fraîche date, il savait de certaines particula- » rités dont il pouvait seul nous informer. » On a prétendu que, plus heureux que Goujet, B. de la Monnoye avait eu communication du travail de Colletet, et s'en était largement servi. M. Weiss nous conseille de ne pas admettre légèrement de telles anecdotes.

(1) M. Livet, dans une note de son édition de l'*Histoire de l'Académie française* par Pellisson et d'Olivet, prétend qu'au XVIIIe siècle l'impression en fut commencée, mais qu'elle fut interrompue après la première feuille.

(2) M. Weiss a redit dans la deuxième édition de la *Biographie Universelle* ce qu'il avait dit dans la première édition, et pour lui, sous Napoléon III comme sous Napoléon Ier, le manuscrit des *Vies des Poètes français* est toujours à la bibliothèque du Conseil d'Etat. Trop d'articles de la nouvelle édition de la *Biographie Michaud* semblent avoir été revus ainsi par quelque Epiménide de l'érudition.

M. Viollet-le-Duc qui, à force de butiner dans un aussi riche recueil, a fait du *Catalogue* de sa bibliothèque poétique un livre tout plein de choses neuves, exactes et attrayantes; M. Léon Feugère qui, venu après ces deux habiles explorateurs, a pu glaner encore de piquants renseignements pour ses *Caractères et Portraits littéraires du* XVIe *siècle*, etc.

Publiera-t-on jamais *in extenso* un manuscrit dont les extraits ont paru si précieux? Exaucera-t-on une bonne fois les vœux formés par tant de savants, depuis le jour où le P. Lelong se plaignait de la fatalité qui réduisait un tel ouvrage à demeurer enseveli dans la poussière, jusqu'au jour où M. Feuillet de Conches a dit en ses aimables *Causeries d'un Curieux* (tome II, p. 454, 1862) : « Il est en vérité bien extraordinaire qu'un travail » si utile et si riche en curieux détails sur le monde des lettres » ne s'imprime pas, à une époque où les plus misérables rogatons » du XVIIe siècle sont exhumés si pieusement et précieusement » enchâssés en bijoux typographiques? » On avait annoncé, il y a quelques années, que M. Charles Asselineau s'occupait de la publication des manuscrits de Colletet (1). M. Asselineau lui-même, en 1861, confirmait ainsi une aussi bonne nouvelle (*les Poètes Français*, tome II, p. 494) : « Cette vie des poètes » français qui vient seulement après deux cents ans de trouver » un éditeur... » Rien pourtant ne semble indiquer la prochaine réalisation de ces belles promesses, et je crains bien que, les ajournements succédant aux ajournements, nous ne soyons condamnés à perpétuité à répéter les lamentations du P. Lelong.

Mais s'il faut renoncer à l'espoir de posséder cette publication complète, qui aurait été, sans contredit, un des plus considérables événements littéraires de notre temps, il ne nous est pas interdit de compter sur de partiels dédommagements. Déjà quelques-unes des notices de Colletet ont successivement vu le jour. C'est ainsi qu'en 1855 M. Prosper Blanchemain a inséré dans sa

(1) Voir notamment une note de M. Alleaume à la page XXXV de sa *Notice sur Théophile*, 1856.

charmante édition des *Œuvres inédites du P. de Ronsard* la vie du gentilhomme vendômois, tirée du manuscrit du Louvre (Paris, Aubry, petit in-8°, p. 15 à 124). C'est ainsi qu'en 1862, M. Reinhold Dezeimeris a placé en tête du 2e volume des *Œuvres poétiques de Pierre de Brach sieur de La Motte-Montussan* la notice de Guillaume Colletet sur le poète bordelais (Paris, Aubry, in-4°). C'est enfin ainsi que, plus récemment, M. Ernest Gellibert des Seguins, président de la Société archéologique et historique de la Charente, a reproduit dans un bien élégant petit volume in-8° (1) les *Vies d'Octavien de Sainct-Gelais, Mellin de Sainct-Gelais, Marguerite d'Angoulesme, Jean de la Peruse, poètes angoumoisins* (Paris, Aubry, 1863). Pourquoi ne ferait-on pas pour les poètes des autres provinces ce que M. Gellibert des Seguins vient de faire pour les poètes de l'Angoumois ? Pourquoi tour à tour ne publierait-on pas les vies des poètes parisiens, des poètes tourangeaux, des poètes normands, des poètes picards, des poètes languedociens, etc. ? Il n'est point de province qui ne compte dans son sein des hommes qui seraient heureux de contribuer à ramener de nouveau l'éclat de la célébrité autour du souvenir plus ou moins effacé des vieux poètes leurs compatriotes. Si nous voulions nous entendre, oh ! qu'il serait facile d'ajouter à la galerie chaque jour un portrait de plus, et d'obtenir peu à peu, par de solidaires efforts, ce résultat qui se dérobera toujours, sans doute, devant la meilleure et la plus ferme de toutes les volontés, si elle reste isolée !

Jaloux de donner à un conseil la sanction d'un exemple, je publie pour ma part, aujourd'hui, les vies de six poètes gascons dues à Colletet, et j'adopte l'ordre indiqué par la date de leur

(1) Extrait du tome Ier du *Trésor des pièces angoumoisines inédites ou rares.* M. Gellibert de Seguins dit avec raison que la copie des *Vies des Poëtes françois* est infidèle et de peu de valeur. Il avoue qu'il a usé de quelque liberté à l'égard du texte autographe, se plaignant des difficultés réelles de lecture que présente ce texte et des difficultés d'interprétation qui s'y rencontrent et qui tiennent à l'originale manière de se corriger employée par l'auteur, lequel modifie souvent sa phrase, mais ne l'efface jamais, M. Gellibert des Seguins loue beaucoup Colletet : et surtout « son amour de la vérité, sa conscience et, si l'on peut ainsi parler, son culte « littéraire. »

mort : Bernard du Poey (1565), François de Belleforest (1583), Guillaume de Saluste, sieur du Bartas (1590), François le Poulchre, sieur de La Motte-Messemé (1595), Jean de la Jessée (1596), et Joseph du Chesne, sieur de La Violette (1609). Je me suis attaché à reproduire scrupuleusement le texte du manuscrit original, ainsi que les variantes, soit de ce même texte, soit de la copie. Je n'ai jamais oublié que toute transcription qui n'a point la fidélité absolue de la plus nette photographie doit être frappée de réprobation. J'ai ajouté quelques notes parfois rectificatives, plus souvent complémentaires, aux récits et aux appréciations de Colletet, et je serais bien heureux si, après avoir lu ces notes, l'on ne me rangeait point, avec tant d'autres commentateurs, parmi ces hommes qui, comme le dit quelque part du Bartas,

.... tendent un filet pour y prendre le vent.

APPENDICE

N° 1.

La maison de Colletet.

Dans sa *Vie de Ronsard*, Guillaume Colletet dit de l'auteur de la *Franciade :* « Il aimoit le séjour de l'entrée du fauxbourg Saint-Mar-
» cel, à cause de la pureté de l'air et de cette agréable montagne que
» j'appelle son Parnasse et le mien. Et certes, je marqueray toujours
» d'un éternel crayon ce jour bien heureux que la faveur du ministre
» de nos roys me donna le moyen d'achepter une des maisons qu'il
» aimoit autrefois habiter en ce même fauxbourg, et sans doute après
» celle de Baïf, qu'il aima le plus. »

Colletet avait déjà glorifié cette maison dans un sonnet publié d'abord parmi ses *Epigrammes*, et que Tallemant des Réaux a reproduit en l'accompagnant d'un malin commentaire :

Sur la maison de l'autheur, qui estoit autrefois la demeure de Ronsard, au fauxbourg Saint-Marcel, 1638.

Je ne voy rien icy qui ne flatte mes yeux;
Cette cour du balustre est gaye et magnifique (1) :
Ces superbes lions qui gardent ce portique
Adoucissent pour moy leurs regards furieux.

Ce feuillage animé d'un vent délicieux
Joint au chant des oiseaux sa tremblante musique (2) ;
Ce parterre de fleurs, par un secret magique,
Semble avoir desrobé les étoiles des cieux.

L'aimable promenoir de ces doubles allées (3)
Qui de profanes pas n'ont point esté foulées,
Garde encore, ô Ronsard, les vestiges des tiens !

Dézir ambitieux d'une gloire infinie !
Je trouve bien icy mes pas avec les siens,
Et non pas dans mes vers sa force et son génie.

De ce trop pompeux sonnet, il faut rapprocher un autre sonnet adressé *à M. Colletet sur sa maison du faubourg Saint-Marcel*, par J. Le Blanc, que l'on trouvera à la p. 19 d'un volume manuscrit intitulé : *Mélanges en vers et en prose*, et qui porte, à la bibliothèque du Louvre, le n° F 2398[2].

Je citerai encore, relativement à la même maison, une lettre de l'abbé de Boisrobert, du 2 février 1651, conservée dans un autre volume manuscrit de la même bibliothèque (*Hommes savants et illustres*. F 2398[2]). Par cette lettre, sans adresse, l'ancien favori du cardinal de Richelieu prie quelqu'un d'obtenir de M. le duc de Candale que la maison de Colletet, qui est dans le faubourg, soit exemptée du logement des gens de guerre. Boisrobert rappelle que feu M. le cardinal a toujours eu soin de faire exempter la demeure du poète, et que, depuis, M. le maréchal de Gramont avait bien voulu la prendre sous sa protection. « Des soldats, dit-il, se sont emparez ceste nuit du logis

(1) *Magnifique* est une épithète dictée par l'amour-propre du propriétaire. Tallemant des Réaux assure que cette cour n'avait que quatre pieds carrés.

(2) Tallemant nous apprend que ce feuillage était celui d'un grand mûrier, dont Colletet vendait les mûres.

(3) L'impitoyable Tallemant réduit à de bien modestes proportions les allées de l'aimable promenoir : elles n'auraient eu, d'après lui, que quatre pieds chacune.

» de Colletet. Le tumulte de ces gens-là ne s'accorde guere avec les » muses (1). »

Où était située cette maison doublement célèbre ? M. Prosper Blanchemain, l'éditeur des *Œuvres complètes de Ronsard*, profitant d'une indication fournie par le sonnet de J. Le Blanc, avait déclaré qu'elle appartenait à l'ancienne rue des Morfondus, représentée aujourd'hui par la rue Neuve-Saint-Etienne. M. Paul Lacroix, trompé par le souvenir de l'arbre qui ombrageait la maison de Colletet, la plaçait, en vertu d'une induction bien hardie, dans la rue du Mûrier. La polémique, commencée dans le *Bulletin du Bouquiniste*, s'est récemment terminée dans le piquant et bien utile recueil intitulé : *L'Intermédiaire des chercheurs et curieux*. Là (numéro du 10 mai 1865), celui de tous nos érudits qui connait le mieux le vieux Paris, M. Adolphe Berty, a donné définitivement raison à M. Blanchemain, en s'appuyant sur les anciens censiers conservés aux Archives de l'Empire.

N° 2.

La seconde femme de Colletet.

Claudine Le Nain, appelée quelquefois Le Hain, probablement par suite d'une faute d'impression, était, suivant Tallemant des Réaux, la fille d'un tailleur de pierre. Le mordant auteur des *Historiettes* reconnait que Claudine était spirituelle et jolie, et tous les contemporains en disent autant, je me trompe, en disent encore davantage. Cadot, par exemple, atteste qu'elle était « d'une beauté à faire des adorateurs, » et il ajoute que jamais femme n'a été plus louée en vers et en prose. Mais nul n'a vanté les charmes et les talents de Claudine avec autant de feu que son mari. Jamais la tendresse conjugale ne s'est plus vivement exprimée, et parfois l'enthousiasme du bonhomme touche presque au délire. Il ne m'est pas possible de citer les louanges dont Colletet, dans son automnale passion (2), combla sa jeune femme. Les curieux sauront bien les trouver, sinon à la source même, dans les *Epigrammes* et dans les *Poésies diverses*, du moins dans les *Historiettes*, où Tallemant s'est amusé à grouper les plus singulières.

Colletet aima tant Claudine Le Nain qu'il voulut qu'à sa renommée

(1) Ce n'est pas là le seul service qui ait été rendu par le spirituel abbé à Guillaume Colletet. Ce fut grâce à lui que le poète fut compris dans la fournée des premiers académiciens. Aussi était-il un de ceux que l'on appelait les enfants de la pitié de Boisrobert.

(2) Colletet avait plus de cinquante ans quand il épousa Claudine (vers 1651). Ce fut en 16[illegible] que Tallemant rédigea l'historiette consacrée à l'un et à l'autre.

d'esprit et de beauté elle joignit la renommée que donne le talent poétique. Il composa donc sous son nom une foule de vers qu'elle apprenait par cœur et qu'elle débitait *inter pocula*. Plusieurs de ces vers apocryphes ornent les recueils du temps, et se mêlent, dans les œuvres de Guillaume et de François Colletet, aux vers dont leur signature revendique la paternité. Le complaisant prête-nom ne manque point de se faire adresser d'agréables compliments :

> Cher et sçavant espoux, seul objet de ma flamme.
> Toy qui m'as d'Apollon les secrets descouverts, etc.

Dans un autre madrigal, Claudine exalte encore sa fidèle tendresse, et celle qui, comme elle nous l'apprend, est proclamée par tous les beaux esprits la reine des belles et dont les yeux sont partout comparés, suivant l'usage, à des astres éclatants, s'exprime ainsi :

> Vous sçavez, mon cher espoux,
> Que si mon amour a des aisles
> Ce n'est que pour voler à vous.

Les éloges les plus flatteurs ne s'échangèrent pas seulement entre la femme et le mari, mais encore entre la marâtre et le beau-fils. On trouve dans ses *Muses illustres* (1) ce quatrain dont Claudine, suivant la spirituelle expression de l'abbé d'Artigny, *régala* François Colletet :

> Recevez, mon cher fils, ce jambon de Bayonne
> Si piquant et si doux.
> S'il n'a point de lauriers, faut-il qu'on s'en étonne ?
> Je n'en ai point chez moi : qu'il en prenne chez vous !

Colletet riposta à cet envoi poético-culinaire par le dixain suivant :

> Je reçois de grand cœur ce jambon de Bayonne
> Dont ta belle main me fait part :
> Mais, ô belle maman, dont le cœur est sans fart,
> Je refuse l'encens que ta muse me donne.
> Depuis que l'on te voit sur le sacré Vallon,
> Mon esprit ne peut rien sur l'esprit d'Apollon,
> Et je n'ai plus de part aux lauriers du Parnasse :
> On sçait qu'il a planté ces beaux arbres chez toi.
> S'ils t'appartiennent tous, belle, dis-moi, de grâce,
> Comment puis-je donner ce qui n'est pas à moi ?

(1) Paris, 1658, 1 vol. in-12. François Colletet a été l'éditeur de cet ouvrage qui contient, avec quelques pièces de sa composition, divers morceaux de Malherbe, de Théophile, etc.

La pièce la plus célèbre de toutes celles que Colletet porta au compte de sa femme fut le huitain que, se sentant mourir, il eut la touchante précaution de lui dicter :

> Le cœur gros de soupirs, les yeux noyés de larmes (1),
> Plus triste que la mort dont je sens les alarmes,
> Jusque dans le tombeau je vous suis, cher époux.
> Comme je vous aimai d'une amour sans seconde,
> Comme je vous louai d'un langage assez doux,
> Pour ne plus rien aimer, ni rien louer au monde,
> J'ensevelis mon cœur et ma plume avec vous (2).

Stratagème inutile! le silence de la veuve ne fut regardé que comme un aveu d'impuissance. La Fontaine, qui avait, dit-on, à se plaindre des rigueurs de Claudine, décocha contre la Muse postiche une de ses épigrammes les plus acérées :

> Les oracles ont cessé :
> Colletet est trépassé.
>
> Dès qu'il eut la bouche close,
> Sa femme ne dit plus rien :
> Elle enterra vers et prose
> Avec le pauvre chrétien.
>
> En cela, je plains son zèle,
> Et ne sais au par dessus
> Si les grâces sont chez elle,
> Mais les Muses n'y sont plus.

(1) Loret, dans cette *Muse historique* dont il est si regrettable que nous n'ayons pas une édition soigneusement revue et soigneusement annotée, certifie que les larmes prédites par Colletet ne furent point de ces larmes fictives qui roulent avec tant d'abondance à travers les élégies (*Gazette* du 15 février 1659) :

> Touchant cette aimable moitié,
> Qu'il espousa par amitié,
> Dans la tristesse qui l'accable,
> Elle est, dit-on, inconsolable.
> Le monde en perdant son époux
> N'a pour elle plus rien de doux,
> Et ses beaux yeux noyez de larmes
> Ont de si pitoyables charmes,
> Qu'il faut en ce lugubre ennuy
> Souspirer pour elle et pour luy.

(2) Ces vers, au jugement de Ménage, sont très beaux, dit d'Artigny. Le P. Vavasseur, qui sûrement s'y connaissait, en pense de même, et les traduisit en huit vers latins. On les trouve au IIIe volume du *Menagiana*, p. 319, édition de Hollande, 1716. D'Artigny ajoute, au sujet de Colletet : Il faut avouer que l'Apollon qui l'inspirait pour lui-même ne valait pas à beaucoup près celui dont il était échauffé quand il versifiait au nom et à la place de sa Claudine. Tallemant des Réaux pousse bien loin la prévention dans la phrase où il déclare que Claudine fait bien mieux les vers que son mari.

Sans gloser sur le mystere
Des madrigaux qu'elle a faits.
Ne lui parlons désormais
Qu'en la langue de sa mère.

Les oracles ont cessé :
Colletet est trépassé.

Si l'on en croyait Tallemant des Réaux, Claudine n'aurait pas tardé à agir de façon à donner le droit à La Fontaine d'écrire cette jolie fable de *la Jeune Veuve* si bien résumée en ce vers impertinent :

On fait beaucoup de bruit, et puis on se console.

elle épousa, dit-il, « un je ne sais qui, et devint misérable jusqu'à » demander l'aumosne dans les allées reculées de Luxembourg. » Je ne reproduirai pas les tristes détails que Tallemant nous fournit sur une dégradation peut-être exagérée, mais je citerai l'anecdote par laquelle il termine son récit :

« Elle ne fut malade que quelques heures, cela causa un plaisant » effect; car, pour escroquer Furetière, trois ou quatre jours devant sa » mort, elle alla luy demander de quoy enterrer sa mère, qui se por- » toit bien; et quand la mère vint luy demander de quoy faire enterrer » sa fille : Vous vous mocquez, luy dit-il; c'est vous qui estes morte et » non pas elle. »

Il ne me reste plus qu'à transcrire ici la seule lettre de Claudine qui probablement soit venue jusqu'à nous. Unique et inédit, ce document a de plus le mérite d'être autographe. Voilà trois conditions qui le dispenseraient d'être intéressant, et pourtant il me semble qu'il l'est beaucoup :

LETTRE DE « MADEMOISELLE COLLETET » A « MONSEIGNEUR LE CHANCELIER GARDE DES SCEAUX DE FRANCE. »

Bibliothèque impériale. Collection Saint-Germain français 709 ², p. 133.

Monseigneur

Comme je scais que vous aves tousiours eu beaucoup d'estime pour feu Monsieur Colletet mon mary qui avoit pour vous un respect le plus grand du monde, ie puis croire aussy avec raison que vous aures quelque sentimens de pitié pour une jeune personne qu'il a laissée dans l'accablement de sep proces qui la ruine et qui la mette à la dernier extremité. Enfin Monseigneur elle vous considere comme le ferme apuy de sa maison puisque vous l'aves tousiours esté et que vous ne l'aves jamais abbandonnée. Elle ne croy pas que cela dure encore longtemps mais Monseigneur en attandant elle vous suplie tres humblement d'avoir pitié d'elle et d'avoir la bonté de penser que c'est Claudine qui vous fait cette prier la et quel n'y est pas accoutumee, enfin Monseigneur quoy quel n'ait pas la force de vous en aller prier elle mesme, elle aura asses de force pour vous en remercier et pour obliger toute la cour à faire la mesme chose.

Je suis

Monseigneur

Vostre tres humble et tres affectionnée servante

CLAUDINE.

Ce 8eme novembre 1659.

VIES DES POÈTES GASCONS

I

BERNARD DU POEY

(autrement appelé Bernard du Poy en béarnais)

Manuscrit original, F 2398, t. 2, p. 218-252.
Copie, F 2398 ', t. 5, p. 124-130.

Ce genre d'hommes que l'on nomme vulgairement plagiaires ou usurpateurs du travail d'autruy estoient si frequens dans l'antiquité que ce fut (1) principalement pour se garentir de leur usurpation que quelques excellens (2) escrivains s'adviserent de mettre à l'entree de leur principal ouvrage (3) tantost leur nom propre, et tantost celuy de leur patrie, ou tous les deux ensemble, et tantost le catalogue de tout ce qu'ils avoient composé, et tantost quelque autre marque pour distinguer leurs ouvrages veritables d'avec les supposez. Ainsy l'antien pere de l'histoire grecque qui publia son livre sous le nom des neuf Muses (4), Herodote, commença son histoire par son nom propre et puis par celluy de sa

(1) Variante : *que c'estoit.*
(2) Variante : *que les plus excellens.*
(3) Variante : *plus considérable.*
(4) Ce n'est point Hérodote qui a donné le nom d'une Muse à chacun des livres dont se compose son histoire. Sans m'arrêter à ce que raconte poétiquement, mais faussement Lucien (*Hérodote* ou *Aétion*, chap. I) de l'enthousiasme avec lequel ceux qui entendirent la lecture de cet ouvrage, faite par l'auteur lui-même aux jeux olympiques, décorèrent par acclamation du nom gracieux d'une Muse chacun des neuf livres qui venaient de les charmer, j'observerai, avec le docte traducteur Larcher, que plusieurs écrivains postérieurs ne citent les livres d'Hérodote que par le rang qu'ils occupent dans son histoire, et non point par le nom de Clio, d'Euterpe, de Mnémosyne, etc. Ne faut-il pas en conclure que ces livres n'ont reçu que longtemps après la mort de leur auteur les noms des déesses du Parnasse? Daunou (*Cours d'études historiques*, tome VIII, pp. 33, 34), partage et confirme l'opinion de Larcher. J'ajouterai qu'un de nos plus aimables érudits, M. Prosper Mérimée, a commis, en ses *Mélanges historiques et littéraires*, 1855, p. 165, la même erreur que son confrère Colletet

patrie en disant : Herodote de Hallicarnasse a entrepris d'escrire telles et telles choses. Ainsy cet autre fameux autheur de l'histoire antienne le grand Thucidide ayant faict dessein (1) de donner l'histoire des Atheniens et de leurs guerres differentes, la commença par ces mots : Thucidide l'Athénien a résolu de parler des choses memorables qui se sont passées entre les Peloponesiens et les deux premieres republiques de la Grèce, Athenes et Lacedemone. Ainsy l'antien poete Orphée à l'entrée de son poeme grec des *Argonautiques* faict une enumeration succincte de ses autres poèmes, comme des hymnes des dieux et de ses pierres precieuses (2). Ainsy le grand Virgile qui de son temps mesme avoit bien senty les atteintes insolentes de ces lasches plagiaires, comme il s'en estoit plaint par ces vers :

Hos ego versiculos feci, tulit alter honores
Sic vos non vobis, etc.

voulut commencer sa divine Enéide par ces vers :

Ille ego, qui quondam gracili modulatus avenâ
Carmen,

et le reste où il parle clairement de ses églogues et de ses géorgiques qu'il avoit desia publiées. Ainsy finalement le poète moral et sentencieux Theognis voullut à costé de chacun de tous ses vers imprimer la marque de son cachet pour distinguer les siens davecque ceux que l'on luy pourroit faussement attribuer, et c'est ce qu'il dict à l'entrée de son poème par ces vers qu'il adresse à son amy intime le jeune Cyrné (3) :

(1) Variante : *entrepris*.

(2) La critique moderne a parfaitement établi qu'Orphée est un personnage légendaire. Les savants sont aujourd'hui d'accord, en Allemagne comme en France, pour donner raison à Huet, le docte évêque d'Avranches, qui le premier a reconnu que les *Argonautes*, les *Hymnes* et les *Pierres* sont des œuvres postérieures à l'ère chrétienne, ce qui n'a pas empêché les éditeurs du *Panthéon littéraire* de réimprimer, en tête des *Petits poèmes grecs*, 1838, une notice de de Lisle de Sales sur Orphée et ses œuvres, dans laquelle cet original littérateur assure que nous possédons *disjecti membra poetæ*.

(2) Colletet n'aurait pas dù copier le vocatif de ce nom propre, dont le nominatif est *Cyrnos*. Il a encore eu le tort d'accepter une mauvaise traduction, où jure le barbarisme *disertanti*, forgé comme synonyme de *docenti* (σοφιζομένῳ), par imitation sans doute du verbe français *disserter*.

Cyrne disertanti mihi fida sigilla parabis
Quæ clam de versu tollere nemo queat

que l'on pourroit traduyre ainsy (1)....................
ce qui n'empêcha pas pourtant qu'au rapport du grammairien Petrus Nannius (2) on n'ait glissé, parmi les vers de Theognis, du sage Solon et de quelques autres mesme de bien moindre considération (3).

Mais certes comme tous ces rares et excellens autheurs avaient raison d'estre jaloux de la gloire que l'on acquiert en faisant un bel ouvrage (4) qui donne de l'envie aux sçavans et qui fournit quelques fois des matieres de larcin aux foibles et aux lasches, on peut dire que les autheurs communs et les poètes médiocres n'ont guere à craindre de ce costé la puisqu'ils font ordinairement plus de pitié que d'envie, et qu'on ne s'empresse guere à desrober les meubles d'un pauvre hospital. Celluy cy est sans doubte de ceste basse categorie (5) du moins à l'esgard de ses vers françois qui sont durs et bas au possible, car quant à sa suffisance d'aillieurs, la connoissance qu'il avait de diverses langues, comme il paroist par ses versions diverses de quelques ouvrages latins et italiens, et mesme ses poésies latines, peuvent bien tesmoigner qu'il avoit beaucoup d'acquis tant du costé des sciences que des langues. Mais comme je ne le considère icy que comme un poète françois (6), ce n'est aussy qu'en ceste qualité que je le juge et que je le con-

(1) Ici un vide dans l'original et dans la copie.

(2) Pierre Nannius ou Nanning est un érudit néerlandais que ses nombreux ouvrages (énumérés par Niceron, tome XXVII de ses *Mémoires*) rendirent célèbre dans la première moitié du XVIe siecle. Le sentiment du professeur de l'Université de Louvain a été universellement adopté, et, deux cents ans après la mort de ce commentateur si oublié, M. Pierron (*Histoire de la littérature grecque*, 1850) a presque répété ses propres paroles. Il m'a été donné d'entendre un jour, jour qui brille parmi les fêtes de ma jeunesse, les plus habiles hellénistes de France, M. J.-V. Le Clerc, M. Guigniaut, M. Egger, déclarer en Sorbonne, à l'occasion de la soutenance d'une thèse pour le doctorat ès-lettres, que l'on ne saurait trop se méfier de l'authenticité des recueils de poésies gnomiques. Quand ces recueils ne sont pas entièrement apocryphes, comme celui qui est attribué à Phocylide, ils sont dénaturés par d'innombrables interpolations, comme celui qui nous est parvenu sous le nom de Théognis.

(3) Phrase incomplète dans l'original et dans la copie. Le sens exige que l'on ajoute : *des vers de contrebande.*

(4) Variante : *de la gloire de leurs ouvrages.*

(5) Variante : *de ceste categorie.*

(6) Variante : *que comme en qualité de poète françois.*

damne, mais avec tant de justice que je ne croy pas que sa memoire qui seroit peut estre perie sans moy ayt jamais droict d'en appeller à la juste posterité.

Il nasquit en la ville du Luc (1) en Bearn soubs le regne du roi François premier. Et en disant cela je ne croy pas que ny le temps ny le lieu de sa naissance que je designe soient capables d'abord de persuader mon lecteur que je luy parle d'un poète fort élégant et fort poly. Comme nostre langue n'estoit presque alors qu'en son berceau on n'en pouvoit pas attendre de si rares productions et après tout on peut croire que le voysinage des monts Pyrenées n'inspire pas ce doux air des montagnes de la Grèce et qu'en cela le vaste fleuve du Gave ne vaut pas le petit ruisseau de la fontaine de Castalie. Ce n'est pas que ceste province si feconde en courages guerriers n'ait encores produit d'excellens esprits capables des belles et hautes speculations, mais pour l'eloquence j'ay peine à croire que les intelligences de nostre siècle l'aillent jamais chercher dans les periodes fougueuses du chevalier et du soldat françois (2), et pour ce qui est de la poésie j'ose dire que les Muses ne se plaisent guères aillieurs plus que sur les vertes campagnes de Seine et de Loire, et que si par hazard elles ont obligé quelque autre de leurs douces faveurs, c'est qu'ils s'en sont rendus dignes lorsqu'ils les ont visitées dans des lieux

(1) Il y a deux petites communes du nom de Luc au pied des Pyrénées, l'une située dans le canton de Tournay (arrondissement de Tarbes), l'autre dans le canton de Lambeye (arrond. de Pau). C'est cette dernière qui est la patrie de notre poète, car elle appartient à l'ancien Béarn, tandis que la première fait partie de l'ancienne Bigorre.

(2) *Le Soldat François* (1604), qui fit du bruit sous le règne de Henri IV, avait pour auteur Pierre de l'Hostal, sieur de Roquebonne, Sendos et Maucor, béarnais, vice-chancelier de Navarre, lequel en accepte la paternité dans la préface de son *Avant-Victorieux*. Les visées guerroyantes du *Soldat François* suscitèrent à ce livre une foule de répliques, dont on peut voir la liste dans la *Bibliothèque de la France*, règne de Henri IV (édition 1768-1778, t. II, p. 372, 373). Parmi les pièces énumérées se trouve le *Cavalier François* (1605), par Julien Peleus, avocat au Parlement, livre aussi ampoulé que celui de l'Hostal. D'après les expressions de G. Colletet, Peleus serait béarnais comme son adversaire. Je ferai remarquer que ce dernier est appelé sieur d'*Estrem* ou d'*Estren*, par La Croix du Maine et du Verdier, qui ne lui donnent pas les trois titres que j'ai cités plus haut, d'après le P. Lelong, suivi par M. Weiss (*Biographie universelle*). Le nom même de l'auteur du *Soldat François* est écrit de bien des manières : *L'Hostal* par le P. Lelong, *l'Ostal* par Du Verdier, *Loustau* par le Scaligerana, etc.

si doux et si fleuris, et qu'ils leur ont faict la cour aux yeux de toute la cour mesme.

Cet autheur publia l'an 1551 à Tholouse un petit livre in-8° (1) intitulé : *Odes du Gave fleuve en Bearn, du fleuve de Garonne avec les tristes chans à sa Caranite* par Bernard du Poey (2) de Luc en Béarn, livre qu'il dédia à très illustre prince et princesse Antoine de Bourbon, duc de Vandosme, et Madame Jeanne de Navarre, ses souverains seigneurs, par un sonnet que je ne feindray point de rapporter icy pour justiffier en quelque sorte ce que j'ay dict de sa déplorable poésie :

Les premiers fruicts on doibt offrir aux dieux
Des biens receus leur en faisant hommage
Affin qu'après ne s'ensuive dommage
Et des cieux l'ire en ces terrestres lieux.

Si l'homme estoit à nature odieux
Privé seroit de l'éternel visage
Anichilant l'effort de son courage
S'il reconnoist son bien, il aura mieux.

Aux Roys on doibt parfaitte obeissance
Car Dieu nous a soumis à leur puissance
Par eux avons d'heur augmentation.

(1) Volume de 56 pages, à Tolose, par Guyon Boudeuille, juré de la ville et université d'icelle. Le rédacteur du catalogue de la Vallière-Nyon a placé ces poésies parmi les poëmes en *patois*. Involontaire ou préméditée, l'épigramme est charmante, mais je la crois involontaire, et cela prouve une fois de plus que le hasard a bien de l'esprit.

(2) C'est là la véritable forme du nom de notre poëte. Il signe ainsi le sonnet dédicatoire qui est en tête des *Odes du Gave* : « Vostre très humble et très obéissant serviteur Bernard du Poey Bearnois. » Goujet explique très bien l'origine des variantes de ce nom (t. XIII, p. 338) : « On l'a nommé du Puy, parce que dans quel-» ques poésies latines que nous avons de sa composition, il a tourné son nom par » Podius, qui signifie du Puy. Il a été appelé du Poymonclar, parce qu'il avait » passé sa première enfance à Monclar, où sa famille avait du bien. » Goujet a tort, du reste, d'appeler Monclar la localité que tous les dictionnaires appellent Moncla (Basses-Pyrénées, canton de Garlin, arrondissement de Pau), et que le poëte lui-même nomme ainsi (*Odes du Gave*, p. 15) :

Fais que mon Puy ie n'oublie.
Par Moncla recommençons.

Ce lieu me plaist, et m'est doux
Qui supporta la foiblesse
Quand trainois sur les genoux
Me conduisant à Ieunesse.

De presenter ces fruits j'ay prinse audace
A vous, seigneurs, d'ardente affection
De vous servir espérant quelque grâce.

Et pour faire voir encores à mon lecteur un eschantillon de sa poésie lyrique, voicy le commencement de sa première ode du Gave :

Descends, ma Muse, du ciel,
Laisse pour un peu la trouppe
Pour m'instiler de ton miel
Et du nectar en ma couppe.

Ou envoye moy ton ange
Qui me conduise en allant
Haut, pour chanter la louange
Du Gave des monts coulant.

Je voy descendre ton âme
Et sens en moy la douceur
Peu à peu mon cœur s'enflame
D'une amiable fureur.

Des Nymphes j'entends la voix
Qui des chappeaux me façonnent
Je fourvoye par les bois
Et d'un doux accord me sonnent.

Lors en m'aprochant j'avise
Mes dames soubs un laurier
Tout soudain je t'ay requise
Et as ouy mon crier.

Et ensuitte il loue selon son genie ce beau fleuve de son pays natal (1), et quoique ses vers ne soient pas ny fort beaux ny fort esclattans si est-ce qu'il a peu se vanter d'avoir esté un des premiers qui nous a donné des odes en nostre langue, puisqu'il n'y avoit que fort peu de temps que Joachim du Bellay et Pierre de Ronsard avoient publié les leurs, qui furent veritablement receues

(1) Voir Appendice, n° 1.

avec un grand applaudissement et qui servirent de modèle à tous les autres poètes (1).

Son ode de Garonne qui est à peu près de mesme style commence ainsy :

Les cieux colourez par nature
Les traits divers de la peinture
Arbres chargés champs jaunissants
L'ouvrage de marqueterie
Maintes fleurs parmi la prairie
Soulagent les cœurs languissans,

L'oraison enrichit la fable
Comme la viande la table.
Les astres font les cieux luisans
Divers harnois faut en bataille
L'émail décore la médaille.
Ainsy plaisent au cœur les sens.

Et un peu après :

Sus donc faisons son bruit durable
Je luy suis beaucoup redevable
Ayant receu don precieux
Par l'ordonnance Clementine
M'a fait présent de l'eglantine
Me reservant encore mieux.

Et par ces derniers vers il paroit que sa poésie avoit été reçue avec applaudissement aux jeux floraux institués par dame Clémence (2) à Thoulouse, et qu'on lui avoit décerné cette fameuse églantine dont la mesme ville m'a honnoré depuis deux années (3). Mais ô prix célebre, ô couronne d'honneur, que l'on t'acquerroit

(1) Le premier recueil des poésies de du Bellay parut dans l'automne de 1549. L'*Ovide français* n'avait alors que 24 ans, et déjà il prouvait que, victime d'écrasants labeurs, il serait du nombre de ceux qui, comme il l'a dit en un de ses plus beaux vers,

Pour allonger leur gloire, accourcissent leurs ans.

Ronsard fut un peu moins précoce. Né un an plus tôt que du Bellay, il publia ses premiers vers un an plus tard que lui, 1550 (Paris, in-8°).

(2) Voir Appendice, n° 2.

(3) Ce fut en 1652 que Colletet reçut de l'Académie des jeux floraux l'églantine d'argent émaillé. Il rédigea donc en 1651 la notice sur Bernard du Poey.

alors avec si peu de peine et tant de bonheur et de gloire qu'il faut aujourd'huy t'acquerir avecque de longs travaux et de longues veilles, et qu'il est encore besoin de bonne fortune aussy bien que de haute vertu pour te meriter !

Mais encores que ceste ode de Garonne ne soit pas fort excellente du costé de la poésie (1) si est-ce qu'elle n'est pas à mespriser du costé de l'histoire, puisque l'autheur y faict mention de la pluspart des hommes illustres qui florissoient alors à Thoulouse, soit dans les armes, soit dans les lettres. C'est là qu'il y est honnorablement parlé d'un cardinal d'Armagnac (2), d'un Mansencal (3), d'un Durban (4), d'un du Faur (5), des Bertrands,

(1) Colletet a cité le commencement de l'Ode à la Garonne. En voici la fin (p. 32) :

Or donc tiés heureuse rivière
A nous faire bien coutumière
Entenz de ma plume les sons.
Sois moy benine et secourable
Et si veux m'estre favorable
Recompense auras de chansons.

(2) Ton loz s'estend par les provinces
Tu es souhaitée des princes
Le Cardinal fait honorer
Ton nom, et d'Armagnac la gloire,
En éternisant ta mémoire :
Qui te pourrait mieux décorer ?

Le ciel luy promet davantage
Par vertu, qu'il a pour partage
Passant les contes ses aieuls.
C'est la perfection des Muses... etc. (p. 24.)

Qui croirait que le cardinal d'Armagnac, ce grand diplomate, ce protecteur généreux des sciences, des lettres et des arts, cet homme qui, à tant de points de vue, fut un des plus illustres du XVIe siècle, n'a pas un article dans la *Nouvelle Biographie générale*?

(3) ... de ton Mansencal l'excellence
Fait parler ta longue silence (p. 24.)

Le premier président de Masencal (c'est la vraie orthographe) publia, l'année même où parut son éloge dans l'*Ode à la Garonne*, un ouvrage intitulé : *De la Vérité et autorité de la justice du roy très chrestien, dans la punition des maléfices*, qui fut censuré par la Sorbonne. Il mourut en 1562.

(4) Les graces sont en toy infuses
Par Durban qui commande aux Muses,
Lequel à peine a son pareil. (p. 25.)

Je ne trouve rien sur ce Durban sans pareil dans les *Biographies*, même dans la *Biographie toulousaine* (2 vol. in-8°, 1823), ouvrage qui me paraît bien peu digne d'une ville aussi littéraire que Toulouse, et qu'il faudrait refondre en entier. La Croix du Maine cite un Pierre de Mauléon d'Urban, qui a publié en 1549 la traduction d'une harangue latine de son compatriote Pierre Paschal. C'est évidemment le même qui est chanté par Du Poey, puisque son triple nom est cité ailleurs par notre poète, comme on le verra dans un des derniers alinéas de cette notice.

(5) La vertu des Faurs exquise
De tout pais desia requise
Par la faveur qu'ils ont des cieux (p. 25).

Consulter sur les du Faur, les Bertrand, les Paul, et les autres membres des grand'un Paul, d'un Ferrier, d'un Papire, d'un Coras, d'un du Perrier, d'un Paschal, d'un Cujas (1), d'un Forcadel, d'un Scaliger (2) et de quelques autres dont les noms ne sont pas veritablement si connus, mais qui meritoient possible bien de l'estre (3). Ainsy cet

des familles parlementaires de Toulouse, la *Biographie* précédemment citée, mais en n'oubliant pas que, malgré son épigraphe empruntée à notre Code, il n'y a là ni *toute* la vérité, ni *rien* que la vérité. B. du Poey dit d'Arnoul du Ferrier, sur lequel il faut voir Scévole de Sainte-Marthe en ses *Eloges des hommes illustres* :

> Tu as ton Ferrier pour la rose (p. 26).

Il dit de Paschal, l'historiographe du Roi (p. 29) :

> Lequel a pour riche héritage
> De Cicéron le beau langage
> Tellement qu'il n'a point d'esgal.

(1) Du Poey dit (p. 30) des deux rivaux Cujas et Forcatel (plus souvent, mais à tort, appelé Forcadel) :

> Le temps comme le ciel l'ordonne
> Tient une dorée couronne,
> Afin d'en faire à Cuias part.
> A Forcatel de mesme forge,
> Qui aux lois de nouveaux noms forge
> Fameux bruit et honneur départ.

Colletet a une notice excellente sur Etienne Forcatel, et la Société archéologique de Béziers, qui est si active et qui a si bien mérité des lettres par sa publication du *Breviari d'Amor*, devrait bien nous la donner en tête d'une réimpression des œuvres choisies du charmant poète. Quant à Cujas, pourquoi tant tarder à mettre au jour les lettres françaises si intéressantes que la Bibliothèque impériale possède de lui en assez grand nombre? Une belle édition de ces lettres serait un hommage expiatoire que les Toulousains doivent au grand homme qu'ils ont méconnu, et auquel ils ont déjà, il est vrai, accordé une première réparation en lui élevant une statue. Cette nouvelle marque de repentir achèverait de réconcilier l'ombre du Roi des jurisconsultes avec la ville jadis inhospitalière.

(2) B. du Poey célèbre ainsi sa liaison avec Jules César Scaliger, en s'adressant à la Garonne :

> Ton onde doucement distille
> En coulant vers Bordeaux subtille
> Par Lairac, la Salle ondoiant :
> Où i'ay passé mainte iournée.
> Agen la voit souvent tournée
> Les sons de Scaliger oyant.
>
> Comme tu es la bienheureuse
> D'ouyr sa muse gracieuse :
> Heureus suis de l'avoir cogneu
> Du temps que ie suivois Diane
> Et lisois l'amour d'Oriane : (dans le roman d'*Amadis*)
> Heur plus grand ne m'est advenu.

(3) Je me reprocherais de ne pas citer cet éloge de Toulouse et des Toulousains (p. 31) :

> Il n'y a lieu qui tant m'agrée
> Où mon esprit plus se recrée
> Contemplant les dons plantureux,
> L'excellente beauté des femmes,
> Sans deshonneur et sans diffames.
> Qui s'en approche est très heureux.

Pour ne rien omettre, j'indiquerai (p. 20) un sonnet de P. du Cèdre Tolosain à

ouvrage tout inculte qu'il est n'est pas absolument inutile, non plus que son ode du Gave où il parle des principales familles de la province de Bearn et de ses personnes illustres.

Ses tristes chants à sa Caranite consistent en quelques odes qui sont autant de tableaux de ses passions amoureuses, mais tableaux si grossiers et si niais, que comme alors que la peinture n'estoit encores qu'en son berceau et que à son premier laict, il falloit escrire dessus pour la faire connoistre : ceci est un bœuf, ceci est un cheval, ceci est un asne (1), on pouvoit mettre : icy l'autheur veut dire qu'il aime sa maistresse, qu'il hait son rival, qu'il désire, qu'il craint, et ainsi des autres passions différentes mal conçues et mal exprimées. Après cela je ne croy pas que mon lecteur exige de moy davantage de ses rimes si fades (2).

Il publia plusieurs autres ouvrages en prose beaucoup plus considérables, comme ses quatre livres de la médecine des chevaux et de l'art vétérinaire de Publie Vegece, comte de Constantinople, favory de l'empereur Valentinien, traduits du latin, imprimez à Paris l'an 1563 (3). L'Escurie de Fridéric Grison

l'auteur de l'*Ode de Garonne*, et (p. 21) un sonnet adressé par B. du Poey à Mgr Jacques du Faur, président d'enquestes à Paris, et abbé de la Case-Dieu, au sujet de son retour de Paris, et dans lequel il assure que la Garonne se réjouit de sa venue. La Garonne ! n'est-ce pas suspect ?

(1) Voir le chap. 10 du livre x des *Histoires diverses* de cet Elien dont M. Miller (de l'Institut) vient, à la grande joie du monde savant, de retrouver quelques pages inédites dans sa mission scientifique en Orient.

(2) Colletet n'a que trop raison. Jamais femme n'a aussi pauvrement inspiré un poète que Caranite. En vain B. du Poey se bat les flancs pour attendrir l'inhumaine, il n'arrive qu'à produire des vers (dois-je dire des vers ?) comme ceux-ci :

> La blonde estoile à luire coustumière
> Souz les sourcils de tes esclairans yeux.

Le Béarnais se plaint d'avoir été desservi par des méchants auprès de son idole : il n'a été desservi probablement que par ses odes. Dans le *Triste chant à Caranite contre les mesdisans* (p. 34), bien triste chant, en effet, l'auteur désespéré évoque toute sorte de souvenirs mythologiques, historiques, littéraires : on voit passer dans ses lamentations Didon, Lucrèce, Maguelone et Pierre de Provence, Héro et Léandre, Endymion, etc. Non content d'implorer la belle au cœur d'airain, il la fait implorer par d'autres. Il y a, par exemple, p. 47, un sixain de Pierre le Comte Tolosain, disciple de l'auteur, à Caranite, dans lequel ce disciple la conjure de venir au secours de son maître. Parmi les poésies élégiaques de du Poey, il y a (p. 44) un huitain à M. de La Roche, médecin, et (p. 45) une ode à Geraud de Jean de Lauserte.

(3) Vegetius Renatus Publ. *Artis Veterinariæ, sive mulomedicinæ libri quatuor.* La traduction de B. du Poey (gr. in-4°. Ch. Perier) a, dit M. Brunet (*Manuel du Libraire*), été revendiquée pour Ch. Estienne (Renouard, *Annales des Estienne*, p. 113). Ch. Estienne, qui a tant travaillé pour son propre compte, ne me paraît guère avoir des droits aux *Quatre livres de Publius Vegece Renay, de la médecine des*

gentilhomme napolitain contenant l'art de choisir, de dompter, de dresser et de picquer les chevaux tant pour l'usage de la guerre que pour les autres commoditez de la vie, ouvrage traduit de l'italien et imprimé à Paris l'an 1565, où, comme il paroist beaucoup meilleur escuyer que poete, on peut dire qu'il n'a guere rien connu du Parnasse que le cheval Pégase (1).

Il composa encore quelques odes latines, l'une intitulée Cycanus en l'honneur de Thoulouse, une autre en la louange de Pierre de Ronsard, prince des poetes de son temps, et une autre en faveur de Pierre Mauleon Durban, fameux conseiller au parlement de Thoulouse, et grand Mécène des gens de lettres, toutes imprimées à Thoulouse l'an 1551 (2).

Il y publia encore l'an 1552 plusieurs épigrammes latines avec un poème à la postérité sur le mérite du collége d'Auch (3).

Par ce que j'ay dict il paroist assez qu'il vivoit encores l'an 1565 qui est le temps de l'édition de son Vegèce en prose, que l'on a réimprimé depuis, aussi bien que son Fridéric Grison sans les epistres et préfaces du traducteur.

chevaux malades, etc. Le consciencieux Colletet en aurait dit quelque chose; l'abbé Goujet aussi. M. Didot n'en parle pas plus qu'eux, et, enhardi par le silence de trois hommes bien informés, je propose de maintenir du Poey en possession de sa traduction.

(1) Grisoni Fed. *Ordini di cavalcare*, etc. M. Brunet (*Manuel du Libraire*) indique une traduction de ce livre qui parut sans nom d'auteur à Paris, chez Ch. Perier, 1559, in-4°, et il demande si cette traduction est de Th. Sibillet, comme celui-ci le dit dans la préface de sa traduction du *Contr'amour* de Frégose, ou de Bernard du Poey, comme le pensent à peu près tous les bibliographes? M. Brunet laisse ce petit problème sans solution, mais il constate que B. du Poey est nommé sur le titre de l'édition de 1665 qui parut chez le même Ch. Périer, lequel avait été aussi l'éditeur, nous l'avons vu, de la traduction du Végèce. Voilà bien des circonstances favorables à B. du Poey, et en présence desquelles la réclamation de Sibillet doit jusqu'à nouvel ordre être regardée comme nulle et non avenue.

(2) Colletet n'a pas connu un opuscule, aujourd'hui rarissime, publié par B. du Poey sous ce titre : *Poésies en diverses langues sur la naissance de Henri de Bourbon, fils d'Antoine de Bourbon, duc de Vendosme, comte d'Armaignac, et Jeanne d'Albret*. Tolose, Jacques Colomiez. 1554, in-8°.

(3) M. Léonce Couture (*Bulletin d'Auch*, t. II, p. 569) dit qu'on voit par ces épigrammes, adressées à une foule de Gascons et surtout de Lectourois, qu'il fut régent à Lectoure. L'auteur de l'*Histoire littéraire de la Gascogne* ajoute que B. du Poey professa aussi à Auch, et il parle ainsi du poème indiqué par Colletet : « Composition assez longue en distiques sous ce titre : *De Collegio Auscitano Carmen ad posteritatem*, que je porterai quelque jour à son adresse selon mes moyens. » Prenons acte de cette promesse si spirituellement formulée, et soyons bien persuadés que le résultat justifiera les *moyens*.

Sa devise estoit : jusques à quand? qui est inserée sur la fin de tous ses divers poëmes.

La Croix du Maine et Antoine du Verdier ont fait mention de luy dans leurs bibliothèques (1).

APPENDICE.

N° 1.

Je demande, la permission de citer quelques autres vers tirés de l'*Ode du Gave* :

> Gave, de source argentine
> De tout le pays l'honneur
> Qui par ton eaue cristaline
> Sur tous fleuves es seigneur,
>
> Gave flottant doucement
> Aymé des Muses pignées :
> Qui prens cours heureusement
> Des montagnes Pyrenées,

(1) On ne trouve rien de particulier sur B. du Poey dans les deux *Bibliothèques*. Seulement, Bernard de La Monnoye, dont il y a tant de précieuses notes dans l'édition de Rigoley de Juvigny, avertit que François de Rabutin confesse avoir eu recours à B. du Poey, son ami, pour polir sa diction. Se serait-on jamais attendu à voir du Poey investi d'une mission de ce genre? Voici le texte de François de Rabutin (*Commentaires des dernières guerres en la Gaule Belgique*, t. VII de la *Collection des Mémoires relatifs à l'Histoire de France*, par MM. Michaud et Poujoulat) : « Or desja prevoyant, par grandes apparances, que sur la nouvelle saison » nous faudroit retourner à la guerre, ne voulant laisser mon œuvre manqué et » imparfait, je priai un mien amy, nommé Bernard du Poey de Luc en Bearn, » qu'il daignast tant prendre de peine pour moy, que me secourir en ce qu'il co- » gnoistroit y défaillir de propriété de langage, liaison de sentences, et autres » choses. En quoy, comme il est homme non seulement amateur de toutes sciences, » ains qui est gracieux et secourant à ceux qui les suyvent, m'y a aidé et en tout » esté amy. » (*Epistre au magnanime prince Messire Francois de Clèves, duc de Nivernois, et pair de France*, etc)

Goujet (t. XIII, p. 338) n'ajoute pas grand'chose aux renseignements fournis par Colletet. Il rappelle pourtant que nous apprenons par l'*Ode du Gave* que B. du Poey avait déjà perdu, quoiqu'assez jeune, sa mère et ses sœurs, mais qu'un frère et son pere lui restaient encore. La religion de Bernard du Poey, ajoute-t-il, ne m'est pas connue, quoiqu'il y ait lieu de conjecturer qu'il naquit, comme Sponde, dans le calvinisme. M. Léonce Couture, dont j'aurai bien souvent, Dieu merci! à citer le témoignage, ne croit pas que le poëte professeur ait été calviniste : il me semble, dit le pénétrant critique, « plutôt voir dans ses œuvres cette indécision funeste qui ne » tarda pas à faire la ruine de l'enseignement laïque dans les villes catholiques. » (*Bulletin d'Auch*, t. II, p. 569).

Gave par Bearn passant
Qui arrouses le vignoble,
Plus que voirre reluisant
Tu es fameux et très noble.
. . . .

Des biens portes à foison.
Tu nourris truittes dorées
Parmy tant de beau poisson
Et lamproyes coulourées.

Le saumon resplendissant
Plus que pierre précieuse
Quand le soleil est luisant
Bondit sur l'onde amoureuse.

Plus fertile es que le Tage
Plus que le Nil plantureux
Qui près a son héritage
Celuy n'est-il donc heureux ?

Le poète saisit avec empressement l'occasion de saluer, en passant, le roi Henri d'Albret, digne grand'père, par la bonté et par l'affabilité, de notre cher Henri IV. Là, dit-il au Gave, en parlant de la ville de Pau :

. . . . . Tu abreves le Roy
Duquel Navarre se vante,
Qui d'amour sans desarroy
Son peuple et pays contente.

Plus loin, il adresse à cette reine de Navarre « du sang divin des Valois,» dont la France pleurait la perte récente (21 décembre 1549), des vers mieux tournés que d'habitude :

Les perles, ni le clair iour
Ne donnoient tant de lumière
Qu'Elle, des Muses seiour,
Et des Graces la première (1).

A l'éloge de Marguerite (p. 10) succède l'éloge de Jeanne d'Albret (p. 11), puis vient celui des magistrats de Pau (p. 14) :

D'Orient à l'Occident
Il n'y a lieu, quoy qu'on die

(1) Dans le distique célèbre destiné à servir d'épitaphe à Marguerite, on sait qu'elle est appelée *Musarum decima, et Charitum quarta.*

Mieux pourveu de president
Veu du Pac et d'Abadie.

Muse, ie te veux prier
D'avoir de Marla (1) mémoire,
Caudau, Pociet, Perier,
Conseillers dignes de gloire.

Bernard du Pocy mentionne ensuite un nom fameux dans les annales du Parlement de la capitale du Béarn et de celui de la capitale de la Guyenne :

Puis le chemin te convie
Vers Ortez de tes ruisseaux
Afin d'arrouser La Nie (2)
Grand au sénat de Bourdeaux.

Il entonne ensuite le pompeux éloge du talent, de la vertu du célèbre évêque d'Oelron, Gérard Roussel, et cet éloge ne me semble avoir été signalé par aucun des biographes du confesseur de Marguerite de Navarre (p. 157) :

Oleron vois d'autre part,
Qui tient le Père des Muses.
De tout sçavoir et tout art
Sont en luy graces infuses.

C'est Rosseau Prelat propice
Duquel la vertu reluit
(Si bien il fait son office)
Comme le iour sur la nuit (3).

Le poète termine ainsi (p. 19) ce morceau, dont l'extrême longueur fait plus d'une fois répéter aux plus intrépides lecteurs la devise de Bernard Du Pocy : *Jusques à quand?*

Gave, duquel les douceurs
Rendent le pays fertile,

(1) *Sic* pour Marca, sans doute.

(2) *Sic* pour La Vie. J'ai publié dans les *Archives historiques du département de la Gironde* plusieurs documents émanés de quelques membres de la famille de La Vie. Un des plus curieux de ces documents est une lettre écrite par le premier président du Parlement de Pau au chancelier Seguier, le 8 avril 1699. Tome III, p. 236.

(3) Quand le livre de B. Du Pocy parut, Roussel ne vivait plus depuis quelques mois : il était mort des coups de hache donnés, à Mauléon, à sa chaire, par un catholique dont les bras n'étaient pas moins robustes que la foi. Il faut lire sur la vigoureuse protestation de Maytie le récit de Sponde.

Gave, duquel les liqueurs
Feroient le plus sot abille (1).

. . . .

Plutost te pourrois tarir,
Que ton loz ie sceusse escrire,
Ce que m'en fait divertir
Tant i' y voy encore à dire.

N° 2.

Que faut-il penser de Clémence Isaure? Je ne veux le demander qu'à des Toulousains. Il y a déjà de bien longues années qu'à Toulouse même Clémence a été troublée dans la possession de sa gloire. Les plus redoutables pages qui aient été écrites contre la prétendue fondatrice des jeux floraux se lisent dans un vieux bouquin, où l'on ne s'attendait guère à les rencontrer, dans les *Mémoires sur l'histoire du Languedoc*, par Guillaume Catel, Toulouse, in-f°, 1633. Catel est bien connu comme magistrat et comme érudit. Conseiller au Parlement de Toulouse, il instruisit le procès de Vanini (2), qui eut la langue coupée, fut étranglé et brûlé ensuite, le jour même de sa condamnation (9 février 1619), sur la place du Salin. Auteur de l'*Histoire des Comtes de Toulouse* et des *Mémoires* déjà cités, il a mérité d'être appelé par dom Vaissète «auteur judicieux, » ce qui est un grand éloge dans la bouche de l'illustre Bénédictin. Catel n'hésite point à mettre au rang des fables la création des jeux floraux par Clémence Isaure. L'opinion qui attribue à cette noble dame un tel honneur ne repose, suivant lui, que sur une tradition vague et incertaine. Personne ne sait en quel temps elle a vécu (3). Dans un manuscrit où sont réunies des notices

(1) Imprudent éloge qui se retourne contre l'auteur si peu habile de ces strophes, les meilleures pourtant de tout le volume!

(2) *Mémoires* (manuscrits) de Malenfant, greffier du Parlement de Toulouse au commencement du XVIIe siècle, cités par M. Victor Cousin dans un bien remarquable article sur *Vanini, ses écrits, sa vie et sa mort*, publié d'abord par la *Revue des deux Mondes* du 1er décembre 1843, et reproduit parmi les *Fragments philosophiques*.

(3) Dom Vaissète la fait vivre dans les premières années du XIVe siècle. D'autres, au contraire, lui font présider les jeux floraux à la fin du XVe siècle. La plupart se dispensent de signaler les dates et négligent aussi les autres détails embarrassants. J'ai lu dans le *Recueil de l'Académie des jeux floraux*, de 1839, un éloge de Clémence Isaure, prononcé le 3 mai, jour de la fête des fleurs, par le comte de Castelbajac, un des quarante mainteneurs. L'orateur, au lieu de parler de la fondatrice des jeux floraux, s'étend beaucoup sur l'influence littéraire exercée en France par les femmes, et il loue tour à tour Mme de Sévigné, Mme de La Fayette, Mme Deshou-

sur tous les poètes du Languedoc et de la Provence qui ont obtenu quelque réputation, le nom de Clémence Isaure brille par son absence. Son testament, par lequel, dit-on, elle assura l'avenir de l'Académie qu'elle avait fondée, n'a jamais été exhibé. Enfin, Catel déclare que la véritable origine des jeux floraux doit être cherchée dans les anciens registres de l'Hôtel-de-Ville de Toulouse, registres qui gardent le silence le plus désolant sur l'initiative prise par Clémence Isaure. D'après Catel, les jeux floraux datent de l'année 1323 et ont pour fondateurs sept habitants de Toulouse.

Guillaume Catel était mort en 1626. Ses *Mémoires sur l'histoire du Languedoc* ne furent publiés qu'en 1633 par un de ses neveux. Pendant le temps qui s'écoula entre la mort de l'érudit magistrat et la publication de son livre, parut, en un volume in-4°, l'*Origine des jeux floraux de Toulouse*, 1629, par Pierre de Cazeneuve, auteur d'un grand mérite, dont les travaux sur la langue française ont été cités avec éloge et transportés avec profit dans le *Dictionnaire de Trévoux*, ce vénérable aïeul de nos encyclopédies (1). P. de Cazeneuve arrive, dans son *Traité*, aux mêmes conclusions que Catel, et c'est contre les prétentions des défenseurs de Clémence Isaure un formidable argument que l'accord parfait avec lequel un historien consciencieux et un habile critique, après avoir accompli séparément leurs recherches, écartent simultanément le nom de cette femme de la liste des célébrités littéraires du pays des troubadours. N'oublions pas, d'ailleurs, que ces deux enfants de Toulouse étaient intéressés à ne pas révoquer en doute, pour peu qu'elle leur eût paru probable, la tradition qui faisait jouer à leur belle et spirituelle compatriote un rôle si honorable et qui ajoutait quelque chose à la gloire d'une ville que, trois siècles auparavant, G. de Tudela surnommait la fleur et la rose de toutes les cités.

Un autre Toulousain, dont l'ouvrage parut de 1687 à 1701, Germain de Lafaille, embrassa l'opinion soutenue par ses doctes compatriotes. Ses *Annales de la ville de Toulouse* (2 vol. in-f°) forment un ouvrage digne de la plus haute estime. Lafaille a l'excellente habitude

lières, voire même Mme de Genlis et Mme Cottin. Ce discours me rappelle l'éloge de l'athlète par Simonide :

> Après en avoir dit ce qu'il en pouvait dire,
> Il se jette à côté, se met sur le propos
> De Castor et Pollux, etc.

(1) Je recommande ici aux Toulousains d'intéressantes lettres inédites de Cazeneuve, que j'ai eu le plaisir de lire dans la collection Dupuy, à la Bibliothèque Impériale.

de remonter aux sources, et il cite, par exemple, avec le plus grand soin, les registres du parlement. Il n'a donc pas suivi aveuglément les traces de ses devanciers, et son témoignage contre Clémence Isaure acquiert ainsi une valeur particulière. Mais ce qui est bien singulier, c'est que Lafaille fut secrétaire de l'Académie des jeux floraux de 1694 à 1711, époque de sa mort. On ne saurait en vérité garder plus d'indépendance dans des fonctions aussi exigeantes, et ce qui chez les autres Toulousains était du courage devient en quelque sorte ici de l'héroïsme.

Le XVIIIe siècle ne s'écoula pas sans que la fête annuelle que l'on célébrait en l'honneur de la protectrice du gai savoir fût l'objet de véhémentes attaques. Un rude jouteur parut dans la lice en 1774. Ce fut M. Lagane (encore un Toulousain !), auteur d'un *Discours contenant l'histoire des jeux floraux et celle de dame Clémence* (Toulouse, in-8°). De ce discours il résulte que celle dont on a, en vers comme en prose, tant loué le talent, la beauté, la générosité, etc. (1), n'a été ni la fondatrice, ni la bienfaitrice des jeux floraux, qu'elle n'a même jamais existé. Rien n'atteste, en effet, que ce ne soit pas un personnage chimérique. Son testament, dont on a fait tant de bruit, et dont les libérales dispositions ont été gravées sur une table de bronze par la naïve reconnaissance des habitants de Toulouse, n'est revêtu d'aucune authenticité. Le tombeau que l'on voyait dans le chœur de l'église de la Daurade (2), et sur lequel, au mois de mai de chaque année, les Capitouls venaient en procession jeter des fleurs (sans compter celles de rhétorique), n'a jamais été le sien. Enfin, c'est seulement en 1513, aux jeux floraux, que son nom a été prononcé pour la première fois (3).

Nous voici arrivés au XIXe siècle. Certes, on n'avait plus de doutes

(1) Le premier éloge connu de Clémence Isaure est celui de Papire Masson. Le dernier en date est celui de Mgr Dubreuil, évêque de Vannes, aujourd'hui archevêque d'Avignon, maître ès jeux floraux, 1863, in-8° de 15 pages. Je trouve dans le *Journal des Savants* de 1746 ce curieux fragment de l'éloge qui fut prononcé le 3 mai 1745 : « Représentons-nous une illustre fille issue d'une des premières et des » plus anciennes maisons du royaume, une quatrième rivale à donner en beauté aux » trois fameuses déesses qui en disputaient le prix ; plus comparable néanmoins à » Pallas qu'à aucune des autres par sa sagesse et ses vertus, une nouvelle Muse sem- » blable aux neuf autres, qui les unit, qui les rassemble toutes... »

(2) Autrefois église de Sainte-Marie. Ce fut dans cette église que se réfugia Rigonthe, fille de Chilpéric, en 581. Voir Grégoire de Tours, ch. 49 du l. III, et Aimoin, ch. 72 du livre III. Une autre basilique de Toulouse, celle de Saint-Saturnin, servit d'asile à la femme de Ragnowald.

(3) Les raisonnements de M. Lagane, moins connus qu'ils ne méritent de l'être, ont paru incontestables à M. Le Roux de Lincy, et l'article sur *Clémence Isaure*, dans le savant et aimable livre : *Les Femmes célèbres de la France*, 1re série, 1848, n'est qu'un résumé du *Discours contenant l'histoire des jeux floraux et celle de dame Clémence.*

sur le caractère essentiellement romanesque de la tradition relative à Clémence Isaure; mais il restait à expliquer comment une fiction s'était, aux yeux de tant de générations, transformée en une réalité. M. J.-B. Noulet, membre de l'Académie des sciences et belles-lettres de Toulouse, a lu, devant cette société, en 1852, un mémoire très ingénieux et en même temps très concluant, d'après lequel dame Clémence Isaure aurait été substituée, comme patronne des jeux floraux, à N.-D. la Vierge Marie. Grâce à cette piquante dissertation, on comprend très bien comment l'apothéose de la prétendue Muse de Toulouse, favorisée par l'ardente imagination des habitants de nos provinces méridionales, est peu à peu sortie des hommages que l'on rendait à la Vierge (1). Aucun nuage n'obscurcit plus la question, et malgré les arguments contraires que l'on peut emprunter à dom Vaissète (*quandoque bonus dormitat Homerus*), à M. de Ponsan, à M. du Mège, etc., il est certain qu'on ne doit voir désormais dans Clémence Isaure qu'un brillant et poétique fantôme.

(1) Parmi les érudits qui ont accepté dans toute son étendue la thèse de M. Noulet, je citerai M. Cambouliu, auteur d'un travail étendu sur la *Renaissance de la poésie provençale à Toulouse au XIVe siècle*, et M. Paul Meyer, analysant ce dernier travail dans la *Bibliothèque de l'Ecole des chartes*, 25e vol., p. 51.

II

FRANÇOIS DE BELLEFOREST

Manuscrit original, t. 3, p. 70-83.

Copie, t. I, p. 217-228.

Si l'on en croid la Popeliniere dans son Histoire (1), Belleforest merita aussy mal des bonnes lettres, qu'il fut indigne de les traitter. Il fut, dict-il, aussy despourveu d'esprit, de jugement, de memoire, que fourni de hardiesse à mal interpretter, et pirement advancer ce qu'il n'entendit jamais; sa desreglée volonté d'escrire favorisée du vulgaire qui ne veult et ne sçauroit prendre le loisir de bien examiner aucune chose, se licentia tellement, adjouste-t-il, à griffonner le papier que tous les imprimeurs de Paris preferant leur mal mesurée capacité d'esprit à tous ouvrages judicieux s'employoient comme à l'envy à l'achepter, publier et faire voir à tout le monde, bien qu'il n'eust jamais esté fort instruit en sa jeunesse, pauvre d'aillieurs et desnué de tous les moyens que les plus advisez ont toujours nommé les aisles de vertu. Il n'y a langue ny science qu'il n'ait profané, il a mesme barbouillé l'histoire generale et particuliere à sa sotte fantaisie, et ainsi l'on ne sçauroit croire combien luy et Thevet (2) ont prejudicié à la jeunesse et

(1) On pourrait croire qu'il s'agit là de l'*Histoire de France enrichie des plus notables occurances survenues ez provinces de l'Europe et pays voisins*, etc. sans nom d'auteur, 2 vol. in-8°, 1581, l'ouvrage le plus célèbre du sieur de la Popelinière. Mais il n'en est rien. La citation est empruntée à un ouvrage du même auteur qui n'est indiqué ni dans la *Nouvelle biographie générale*, ni dans le *Manuel du Libraire* : c'est l'*Histoire des Histoires*, in-4°. Voir la page 150. Bayle *Dictionnaire critique*, note c de l'article *Belleforest* a reproduit littéralement le virulent passage de la Popelinière que Colletet a beaucoup écourté.

(2) André Thevet a été bien sévèrement jugé par des critiques tels que Joseph Scaliger, Casaubon, le président de Thou, etc. Chaudon s'est inspiré de tous ces jugements quand il l'a appelé le plus crédule des auteurs, et quand, en particulier, il a ainsi caractérisé l'*Histoire des plus illustres et sçavans hommes* : « Compilation

par conséquent à l'Estat. Finalement il conclud que ces deux escrivains n'ont rappetassé leurs foibles escrits que de pures inepties, que la pauvreté les fit parler comme un geay, c'est-à-dire comme une beste, et qu'ils se monstrèrent brutaux en toutes façons vers la postérité. Certes pour ne point parler ici de Thevet qui n'est nullement comparable à Belleforest, voila un estrange jugement et une horrible censure des ouvrages d'un homme qui par ses longues et doctes veilles a tant mérité du public. Que peut-on dire de pis du plus ridicule escrivain du monde et du dernier de tous les hommes? Si l'on entreprenoit ce censeur on le trouveroit bien luy mesme très digne d'une juste censure, et son style rustique aussy bien que ses jugements bizarres ne seroient pas tousiours mis au rang des choses pures et fleuries, sincères et solides, et il seroit ainsy bien esloigné du premier rang qu'il croyoit meriter parmy les heros de l'histoire antienne et moderne. Aussy tant de sçavants n'ont pas esté en cela de son advis, et leurs illustres suffrages que je rapporteray tantost en faveur de Belleforest tesmoigneront bien la haute estime qu'ils ont faicte de luy.

Il nasquit au mois de novembre l'an 1530 en la ville de Cominge près de Sarmatan sur la rivière de Sabe (1). Son père qu'il

maussade, pleine d'inepties et de mensonges. » Bernard de la Monnoye, qui, en sa qualité de Bourguignon, aimait les anecdotes saupoudrées de sel, a égayé de celle-ci une note sur l'article *Thevet* de La Croix du Maine (t. I, p. 21) : « Thevet étant » sorti des Cordeliers dont il avait pris l'habit, il voyagea et fit de gros livres, où » l'on remarqua beaucoup de mensonges, et surtout des ignorances très grossières, ce » qui donna lieu de le représenter sous deux figures à côté l'une de l'autre : la pre» mière, en habit de cordelier, tel qu'il l'avait autrefois porté; la seconde, en habit » séculier avec un gros livre sur sa tête. Au bas de la première était ce vers :

» Asne jadis sous ma grise vêture ;

» Au bas de la seconde celui-ci :

» Plus asne encor sous ceste couverture. »

M. de Ruble (note I de la p. 61 de sa belle édition des *Commentaires de Blaise de Monluc*) a trop généreusement plaidé en ces termes la cause du polygraphe d'Angoulême : « Le recueil de biographies d'André Thevet, traité dédaigneusement par » les éditeurs de la *Bibliothèque historique de la France*, nous paraît très digne » de confiance. » G. de Lurbe avait donné à M. de Ruble l'exemple de cette indulgence extrême à l'égard d'André Thevet, auquel Ronsard a dédié une ode maritime.

(1) Belleforest vit le jour, non dans la ville de Comminges qui n'existe plus depuis l'an 585, où elle fut détruite par le roi Gontran (cette erreur avait été commise déjà par le Ghilini, *Teatro d'Uomini Letterati*, 1633), mais dans un petit village du comté de Comminges, le village de Sarzan (dont le nom ne se trouve dans aucun dictionnaire géographique). C'est Belleforest lui-même qui nous l'apprend par ce passage du tome III de ses *Histoires prodigieuses*, p. 39 : « Il naquit au village de

perdit à l'aage de sept ans faisoit proffession de porter les armes, et de soustenir par son courage la splendeur de sa maison (1). Mais après tout comme ceste maison toute antienne et toute noble qu'elle estoit demeura fort incomodée (2), ce jeune enfant y rencontra fort peu de quoy subsister et de quoy vivre. Dans cette disgrâce de la fortune sa mère ne laissa pas de l'entretenir du mieux qu'elle put aux estudes, où il tesmoigna tousiours une grande inclination. La Royne Marguerite de Navarre, sœur du roi François premier, vivoit alors, et comme ceste grande Princesse estoit extremement obligeante (3) et favorable à tous ceux qui dès leur jeunesse (4) se portoient au bien, elle attira dans sa cour ce jeune homme ayant ouï parler de son merite naissant, et commença de le considerer comme un futur ornement des belles-lettres (5). Il demeura quelques années auprès de ceste princesse qu'il ravissoit de ses premiers escrits tant de prose que de vers (6) et après sa mort triste et melancolique au possible d'avoir perdu un si puissant appuy (7) il s'en alla renouveller ses estudes en l'Université

» nostre naissance, appelé Sarzan, un monstre, etc.» Belleforest commença ses études à Samatan, aujourd'hui chef-lieu de canton de l'arrondissement de Lombez, sur la rive gauche de la Save. Il a parlé avec un honorable enthousiasme, dans sa traduction de la *Cosmographie de Munster* (3 in-f°, Paris, 1575), des bienfaits que son enfance devait à Samatan. A la marge de la page 371 (2e partie), on lit ces mots : « l'Auteur nourry à Samathan, » et en regard de cette étiquette se prolonge une intéressante description de cette petite ville et de ses environs. « Ie dois, dit-il, cest » ornement à ceste ville ma nourrissiere, et douce naissance où i'ay commencé à » gouster les lettres sous Maistre Jean Thora mon premier regent, que de luy consa- » crer ceste memoire à la posterité : et si le nom de Belleforest est pour vivre parmy » les siecles à venir, que Samathan et ses citoyens se ressentent de cest honneur, » qu'un nourrisson issu d'eux, nourry parmy eux, et abreuvé des eaux des fontaines » Comingeoises aura relevé la Gascoigne du blasme de grosserie qu'on luy mectoit sus : » et fait vivre le nom de Samathan qui estoit presque incogneu sinon à ses voisins.»

(1) Ce dernier membre de phrase a été effacé dans la copie. Tout le texte avait été d'abord reproduit avec fidélité. Ce sont des ratures qui, dans la notice sur Belleforest plus que dans nulle autre, ont mutilé le travail de G. Colletet, travail que je rétablis ici dans toute sa primitive intégrité. Je me demande si ce n'est point le sévère duc de Montausier qui a exigé le sacrifice de tant de phrases supplémentaires. Le duc était de ceux qui pensent qu'une superfluité que l'on retranche vaut deux beautés que l'on ajouterait. Au risque de faire ici un jugement téméraire, je penche à croire que nul autant que le précepteur du dauphin ne doit être soupçonné d'avoir si vigoureusement émondé le style touffu du bon Colletet.

(2) Variante de la copie : *fort peu accommodée*. La phrase suivante a été biffée.

(3) Mots supprimés dans la copie.

(4) Mots supprimés.

(5) Toute cette période a disparu sous une large rature.

(6) Même observation.

(7) Phrase recouverte d'une couche d'encre.

de Bourdeaux (1) où il eut le bonheur d'avoir pour maistres ces grands maistres dans l'éloquence (2) Georges Buchanan, Elie Vinet, Salignac et quelques autres soubs la discipline desquels (3), comme fit autrefois Ciceron dans Athenes soubs Apollonius Molon (4), il acquit tant de thrésors de doctrine et d'erudition qu'il pust dès lors faire justement dementir (5) ceux qui l'accusent d'avoir esté mal instruit en sa jeunesse, et ce fut alors aussi qu'estant en aage de penser meurement à l'establissement de sa fortune, il se resolut de s'en aller à Thoulouse en intention (6) d'y frequenter le barreau, et y estudier la jurisprudence, mais son paisible genie resistant naturellement à cette vocation turbulente, charmé qu'il estoit déjà de la beauté (7) des lettres humaines, il changea de résolution et s'en vint à Paris, où pour se confirmer encores dans ce quil sçavoit et joindre à ses clartez de nouvelles

(1) Avant d'aller suivre les leçons de l'Université de Bordeaux, Belleforest alla continuer à Toulouse les études commencées à Samatan. J'en trouve la preuve à la page 361 du tome 2 de la traduction de la *Cosmographie* de Munster. D'abord, en marge, figurent ces mots : « L'auteur a apris la grammaire à Toulouse. » Le texte nous donne ensuite les détails suivants : « J'ay apris premièrement à parler latin » au collége de l'Esquille en icelle cité, à laquelle je dois une bonne partie de ma » première nourriture ; et quoi qu'il en soit, à laquelle je voue mes affections, et » souhaite luy faire voir par effect combien la chéris et honore. » Belleforest, qui nous apparaît en toutes ces pages comme un prodige de reconnaissance, ne tarde pas à payer sa dette, en vantant outre-mesure (p. 364) l'antique université de Tolose. Je relève (p. 365) cette mention de la vivacité des sentiments religieux des Toulousains : « Si ie n'eusse veu la pieté et devotion des Parisiens, i'eusse dit que Tolose estoit la » plus chrestienne ville de l'Europe. »

(2) Cet éloge des professeurs de Bordeaux n'a pas été maintenu dans la copie.

(3) Sur tous ces érudits, voir le bien remarquable opuscule de M. Reinhold Dezeimeris : *De la Renaissance des lettres à Bordeaux au* XVI*e siècle*, 1864, in-8°, *passim*. La *Nouvelle biographie générale* prétend, la malheureuse ! que Belleforest alla étudier le *droit*, à Bordeaux et à Toulouse, sous d'illustres professeurs, tels que Buchanan, Vinet, Salignan (sic). Prendre Buchanan, Vinet, etc., pour des professeurs de droit ! Ne croirait-on pas que l'article, qui, du reste, est anonyme, a été rédigé par le singe de la Fable ? La *Biographie universelle* (article de Musset-Pathay) se contente de dire que Belleforest étudia à Bordeaux et à Toulouse sous les plus fameux professeurs en droit.

(4) Voir sur Apollonius, outre Cicéron dans le *Brutus* et dans le *de Oratore*, Denys d'Halicarnasse, Suétone, Valère Maxime et Quintilien. Colletet s'est trompé quand il a parlé d'Athènes en cet endroit. Ce fut à Rhodes que Cicéron suivit les leçons d'Apollonius, qu'il avait déjà connu à Rome, où ce rhéteur avait été envoyé en ambassade par les Rhodiens, ses compatriotes. La phrase incidente : *comme fit autrefois Cicéron*, etc., a été proscrite par l'impitoyable correcteur de la copie.

(5) Variante de la copie, variante bien simplifiée : il acquit tant de connaissances que l'on peut démentir, etc.

(6) Variante de la copie : pour y frequenter.

(7) Suppression dans la copie des mots : *desja de la beauté.*

lumières (1), il fréquenta les célèbres auditoires de Turnebe, de Dorat, de Strazele, de Vicomercat, de Pierre Gallandius, de Ramus et de Charpentier (2), qu'il respecta comme ses maistres, et dont il fut estimé comme un de leurs disciples. Ce fut en ce temps là qu'il s'acquit encore par sa vertu, et par sa rare suffisance dans les bonnes lettres, l'estime et l'amitié de Ronsard, de Baïf, de Belleau, de Vigenère (3), et de la plupart de tous ces grands hommes qui rendirent le siècle de Henri second et de Charles 9e si florissant dans les langues et dans les sciences. Avecques tous ces avantages d'honneur et de vertu, il faut advouer qu'il luy manquoit une chose mais qui est d'autant plus considérable qu'elle seulle est le fondement de toutes les autres, c'estoit la fortune, mais il n'avoit jamais peu se resoudre à la chercher dans le sac et dans la chicane (4) pour la raison que j'en ay dicte. Il se fit considerer et cherir de toute la noblesse sçavante, et dans son humeur aussy independante que libre, il ne put s'assujettir jusques au poinct d'imiter ces âmes basses et lasches, qui soubs l'esperance d'un peu de gain sacriffient tous les momens de leur vie à ces

(1) La phrase : *pour se confirmer*, etc., jusqu'à *lumières*, a été enveloppée dans la proscription déjà si souvent signalée.

(2) Pour tous ces professeurs, je renvoie le lecteur aux grands recueils biographiques, et surtout au *Dictionnaire* de Moréri, de 1759. Rien ne me serait plus facile que de faire entrer dans une note sur chacun de ces doctes personnages ce que Moréri et ses continuateurs nous en apprennent, mais ne serait-ce pas donner raison au joli mot de M. Michaud, l'académicien, définissant l'érudit un homme qui attelle, chaque matin, une paire de ciseaux à un encrier? Je signalerai seulement comme aussi importants que peu connus deux passages de la *Chronographie* de Gilbert Genebrard (1558, in-fo), l'un sur Turnèbe, l'autre sur Charpentier. On lit p. 715 : « Adrianus Turnebus in graecis praeceptor meus, professor regius, etc., obiit Lutetiae pridie idus iunii (1566). Catholicus, etsi haeretici contrarium spargere conati sunt. » (Avis à la *France protestante*!) On lit p. 756 : « Calendis februarii 1574, moins de deux ans après le lâche égorgement de Ramus), Jacobus Carpentarius, in philosophia meus praeceptor, professor et medicus regius, antiquae philosophiae contra Ramum et alios logodaedalos assertor tabe trimestri, magno eruditorum desiderio, ex hac vita decessit. »

(3) Sur Ronsard, sur Baïf, sur Belleau, M. Sainte-Beuve reste et restera toujours l'auteur à consulter par excellence. L'histoire de la poésie et des poètes du XVIe siècle a été son sujet favori, traité d'abord avec toute la chaude verve et tout le magique éclat de la jeunesse, approfondi ensuite avec toute la vigueur et toute l'habileté de l'âge mûr. Ce riant domaine lui a fourni à pleines corbeilles toutes ses fleurs et tous ses fruits. — Vigenère mériterait, par son originalité plus que par sa valeur, une étude particulière. En attendant ce travail, on lira avec intérêt les détails rassemblés sur lui par B. de La Monnoye (p. 86 du t. I de la *Bibliothèque* de La Croix du Maine). Voir encore Goujet, t. VIII, et Niceron, t. XVI et XX.

(4) La copie, plus polie, a remplacé *le sac et la chicane* par *le barreau*.

vaines et trompeuses idoles de cour qui traittent souvent leurs adorateurs en esclaves, et qui triomphent insolemment des pretieuses despouilles de leur liberté naturelle. Que fit-il donc en ceste extremité pour subsister, et pour vivre de soy-mesme? Il fit comme on dict de necessité vertu, car s'adonnant plus que jamais à l'estude des sciences et des langues (1) il se mit à composer et à traduire tant de bons livres qu'il fut sans doute le premier de tous nos escrivains français qui establit ce petit mais toutesfois utile commerce entre les autheurs et les libraires, puisqu'en les enrichissant de ses thresors (2), il commença par eux aussy de vivre des nobles productions de son esprit et du travail assidu de ses mains (3). C'est de ceste seconde source que sont procedez ces grands et doctes volumes d'histoire, de cosmographie, de philosophie et de tant d'autres matières gayes et serieuses que nous avons de luy et que nous lisons encore avec beaucoup de fruit et beaucoup de plaisir (4). Encores que sa façon d'escrire ait je ne sais quoy de long et d'ennuyeux à la façon des Italiens et des Espagnols qui tiennent les esprits en suspens avant que de venir au but, et qui font souvent consister l'éloquence en l'abondance des paroles (5) et en la variété des phrases, ce qui lui estoit passé comme en habitude par des lectures assidues et par les frequentes versions de leurs livres, si est ce que son style est assez net et doux et mesme assez flory pour son temps; et puis, à mon advis, il a esté le premier qui a développé (6) nostre histoire des espesses (7) tenèbres dont elle estoit enveloppée. D'ailleurs il se soutient si fort par le haut merite et par la noble diversité des grandes choses qu'il traitte, que dans ma pensée il est un de nos

(1) Tout ce long passage, à partir de : *pour la raison que j'en ay dicte* jusqu'à : *il s'adonna*, a été escamoté dans la copie.

(2) Variante de la copie : en les enrichissant de ses *ouvrages*.

(3) Ce dernier membre de phrase a été amputé par l'inexorable réviseur de la copie qui s'est contenté de mettre : *il commença aussy à en subsister*.

(4) Nouvelle suppression à partir de : *et que nous lisons encore*. On voit que c'est là une véritable Saint-Barthélemy de phrases.

(5) Est-ce là un souvenir du mot si spirituel de saint Augustin à l'adresse des avocats de son temps : « qui garrulitatem authoritatem putant. »

(6) Variante de la copie : qui a *tiré*.

(7) Le mot *espesses* a disparu de la copie

autheurs dont les ouvrages et le nom ne mourront jamais, ce que je dis seullement à l'égard de sa prose; car quant à ses vers dont il fit un assez bon nombre, je trahirois mon jugement et le vœu que j'ay fait icy de ne flatter personne (1), si je le mettois au rang de nos excellens poëtes. Il s'estoit tellement accoustumé à escrire le langage des hommes, qu'il n'a jamais sceu cognoistre ou du moins sceu parler dignement le langage des dieux (2); si bien que parmy les intelligences (3) ses vers ne passeront jamais que pour de la prose assez mal rimée; avecques tout cela ils sont si durs et si barbares, que l'on juge bien par là qu'il n'avoit jamais sacrifié aux grâces (4). Ce n'est pas qu'en quelques endroits de ses poemes il ne se rencontre aucune fois (5) de belles et agréables saillies d'esprit et de certaines naïfves peintures des choses; mais c'est un esclat qui dure si peu qu'il semble ne s'estre eslevé que pour tomber de plus haut (6), et puis le tour des vers en est presque tousiours si malheureux, la cadence si contraincte, l'élocution si mal peignée et si raboteuse (7) qu'il paroist bien que la nature ne faict pas un petit effort quand elle produit en un seul homme un grand orateur et un grand poète tout ensemble. Aussy puis ie dire avecque vérité s'il fut loué des savans et caressé des princes de son siècle que ce fut pour le merite infiny de ses autres œuvres et non pas pour sa poesie vulgaire. Quoy qu'il en soit, nous avons fort peu d'autheurs à qui nostre langue soit plus obligée (8) et qui aient pris plus de soin à la cultiver par de lons et laborieux volumes. Mais comme ce sont ces mesmes travaux qui le feront vivre en la me-

(1) La mention du vœu de l'honnête Colletet n'a pas été respectée par le terrible censeur.

(2) Encore une phrase restée sur le carreau!

(3) Idem.

(4) Cette phrase a été raccourcie de la manière suivante: *Ils sont durs et quelquefois barbares.* Ce que dit Colletet de la *Musa pedestris* de Belleforest fait songer à l'épigramme de Rivarol contre les poésies de François de Neufchâteau: « C'est de la prose où les vers se sont mis. »

(5) *Aucune fois* ne se retrouve plus dans la copie.

(6) Il y a seulement dans la copie: *c'est un esclat qui dure peu.*

(7) Variante: *le tour des vers en est presque touiours malheureux, la cadence contrainte, l'élocution mal peignée et raboteuse.* Tout le reste, jusqu'à *Quoy qu'il en soit*, a fait naufrage.

(8) *A qui notre langue*, etc., a éprouvé le même sort que tant d'autres phrases restituées ici.

moire des hommes, ce furent eux aussy qui advancèrent sans doubte le terme de ses jours (1) puisqu'il mourut à Paris aagé de 53 ans l'an 1583 le premier jour de janvier, estrennes funestes à la France qui perdit alors une de ses plus grandes lumières dans les lettres (2).

Je croy que mon lecteur me dispensera facilement icy de faire une exacte enumeration de ses œuvres diverses, puisque elles sont en si grand nombre que leur seul catalogue pourroit composer un assez juste volume (3) et puisque tous nos bibliothequaires les ont assez designées, quoyque la plupart d'entre eux en ayent encor beaucoup obmis. Il suffira que je die qu'entre ses inventions (4) ses grandes *Annales de France* (5), imprimées plusieurs fois, que son *Histoire des neuf Roys Charles* (6), que sa grande *Cosmographie ou description de tout l'univers* (7), que son *Recueil d'histoires prodigieuses* (8), et qu'entre ses traductions, les *OEuvres de saint Cyprien*, les *Lettres des princes*, les *Harangues militaires*, les

(1) *Mais comme ce sont*, etc , phrase qui n'a pas été conservée dans la copie.

(2) *Estrennes funestes*. etc., même observation.

(3) On chercherait en vain dans la copie le premier *puisque* et tout ce qui le suit.

(4) Variante de la copie : *ses ouvrages les plus considérables*.

(5) *Les grandes annales et histoires generalles de France dès la venue des Francs en Gaule*, etc., 1579, 2 in-f°.

(6) *L'histoire des neuf rois Charles de France*. 1568, in-f°.

(7) On sait que c'est une traduction revue, corrigée et augmentée de la *Cosmographie de Munster*. 3 in-f°. Paris, Michel Sonnius (et Nic. Chesneau), 1575. Le livre est dédié à très illustre et très généreux prince Charles Monseigneur, prothonotaire de la maison de Bourbon, et est datée de Paris ce 23 décembre 1571. Je remarque, en tête du 1er volume, l'anagramme de l'auteur, Franciscus Belleforestius : *Usu florens, factis celebris*. Un sonnet congratulatoire (je prie que l'on me passe ce vieux mot) se termine ainsi : Ce que Munster promet, Belleforest le donne.

(8) *Histoires prodigieuses, extraites de plusieurs fameux auteurs grecs et latins*, par Boaistuau, surnommé Launay, C. de Tesserant, Fr. de Belleforest, etc. La 1re partie de ce recueil, la seule qui soit de Boaistuau, parut en 1560. La 2e partie, qui est de Cl. de Tesserant, parut en 1567. La 3e partie, qui est de Belleforest, parut en 1571. Les trois parties furent réunies en 1576, in-8°, et Belleforest ajouta à ce pot-pourri *Six histoires advenues de nostre temps*. Plus tard, trois autres parties vinrent encore grossir un tel amas de contes bleus, et la 5e partie fut fournie par Belleforest sous forme d'une traduction du *Traité des monstres* d'Arnaud Sorbin, 1583. J'espère que nul ne s'avisera de confondre ces *Histoires prodigieuses* avec les *Histoires tragiques, extraites des œuvres italiennes de Bandel, et mises en langue françoise;* les six premières par P. Boaistuau, surnommé Launay, et les suivantes par Fr. de Belleforest. Le travail de Boaistuau fut publié en 1559, et celui de Belleforest en la même année. L'ensemble des morceaux traduits par les deux *traditori* a eu plusieurs éditions, notamment en 1580, et en 1603 et 1604. On a extrait la quintessence des diverses nouvelles de l'évêque d'Agen sous ce titre : *Trésor des histoires tragiques de Fr. de Belleforest, contenant les harangues, complaintes, exhortations, missives et autres propos remarquables contenus en icelles*. Paris, 1581.

livres *de la Trinité* de saint Augustin, les *Vies de quelques saints et sainctes*, la *Civile conversation* de Guazzo, les *Sermons* de saint Cyrille, ceux de Guevare, les *Epistres* de Cicéron, les *Inventions des choses* que j'ay depuis luy traduictes en nostre langue du latin de Polydore Virgile (1), les *Secrets d'agriculture* d'Augustin Gallo, les *livres de la Providence* de Salvian, evesque de Marseille, l'*Histoire* de Josèphe, les *Heures de récréation*, de Louis Guichardin, et une infinité d'autres (2) sont des ouvrages recommandables à la postérité qui tesmoignent esgalement la force de l'esprit de l'autheur, l'intelligence parfaite qu'il s'estoit acquise des langues mortes et vivantes, et la noble passion qu'il avoit de servir utilement par ses longues veilles ses concitoyens et sa patrie (3).

Mais puisque je le mets au nombre de nos poètes, ce n'est pas tout de dire qu'il le fut. Il le faut encores justiffier par ses propres œuvres (4). Voicy donc à peu près ce que j'en ay veu et examiné. L'an 1561, il publia un assez juste volume de vers intitulé la *Chasse d'Amour avec les Fables de Narcisse et de Cerbère* (5), et plusieurs sonnets amoureux, les uns à quelques amys, et les autres à quelques maistresses, dont en sa jeunesse il feignoit d'estre passionné. Je dy qu'il feignoit car s'il l'eust esté véritablement il y a bien de l'apparence qu'il eust bien mieux trouvé l'art de plaire et de persuader puisque, selon Platon, l'Amour est un grand maistre en musique et en poésie, voire mesme en toute sorte d'arts et de sciences, aussy est-ce pour cela qu'on le nomme Pandidascale, celluy qui enseigne toutes choses (6). Et affin que l'on puisse en quelque façon juger de son style (7), voicy le commencement

(1) La traduction du *de rerum inventoribus* par Guillaume Colletet n'a jamais vu le jour. La version de Belleforest parut en 1576, in-8°, sous ce titre : *Les mémoires et histoire de l'origine, invention et autheurs des choses* etc. Déjà, une partie de cet ouvrage avait été mise en notre langue par Michel de Tours (in-f°, sans date).

(2) Parmi cette infinité d'autres, on distingue une traduction de la *Description* (en italien) *des Pays-Bas* du même Guichardin, neveu du grand historien, 1567, et une traduction des *Amours de Clitophon et de Leucippe*, d'Achille Tatius, 1568.

(3) Tout ce passage, depuis *et une infinité d'autres*, n'existe que dans l'original.

(4) Variante de la copie : *Quant à ses œuvres poétiques, voicy à peu près ce que j'en ay veu.*

(5) Paris, 1561, petit in-8°.

(6) Tout le passage, depuis *dont en sa jeunesse*, est absent de la copie.

(7) La copie ajoute l'épithète *mal poli*.

de (1) son poème de la chasse qu'il dedie aux damoiselles Marguerite et Marie Cotte-Blanche, qui estoient sans doubte ses inclinations, et qui estoient apparamment de la mesme famille dont damoiselle Marie Prunelle, ma chere et desfuncte femme (2), est pareillement descendue :

Peu cauts amants qui courez sans raison
Après l'enfant Lydien, nud, volage,
Vous qui suivez tout temps, toute saison,
Son arc, son feu, son bandeau et sa rage,
Voyez les lacs et fers de mon servage,
Voyez le fiel amer de la poison
Qui mon cœur ronge; ah! s'il vous est possible
De voir le sort de ma peine invisible
Peut estre lors que mon malheur sera
De vos douleurs la guerison future,
En cet espoir mon mal s'allégera
Si par cettuy vostre bien se procure.
Puisque mon deuil est immortel j'ai cure
De vous ayder. Ainsy s'effacera
La mort qui suit mon cœur et le menace,
Et aux amants feray voir cette chasse.
Chasse trop lente, ô temps trop differé
Qui de mon sort as effacé la trace

(1) Variante de l'original : *C'est ainsy qu'il commence son poème.*

(2) La copie a supprimé, sans doute comme trop intime, le mot *chère.* Tallemant nous raconte qu'on vint dire un jour à Colletet que sa femme était dangereusement malade. En se rendant auprès d'elle, il fit son épitaphe, insérée depuis dans le volume de ses *Epigrammes* (p. 447) :

Quoyqu'un marbre taillé soit riche et précieux,
Un plus riche tombeau Prunelle a dû prétendre.
Si tost que son esprit s'en alla dans les cieux
Mon cœur fut le cercueil et l'urne de sa cendre.

Ce n'est pas, dit Tallemant, qu'il n'aimât tendrement sa femme, c'est qu'il est ainsi bâti. Prunelle ne mourut pas alors, et Colletet garda en portefeuille cette épitaphe d'avant-tombe, comme l'appelle spirituellement M. P. Paris. L'auteur devint veuf en 1641, et dans une pièce adressée à Seguier pour le consoler de la mort du marquis de Coislin, il lui annonce que *Brunelle est aux abois,* sur quoi Tallemant s'écrie : Voyez qu'il estoit bien nécessaire d'aller parler de sa femme à M. le chancelier! Colletet avait changé le nom de Prunelle en celui de Brunelle parce que sa première femme était brune. La seconde était blonde, comme l'indiquent ces vers d'un sonnet qu'il lui adressa sous le titre de *Rodomontade amoureuse :*

Claudine, avec le temps tes grâces passeront,
Ton jeune teint perdra sa pourpre et son ivoire;
Le Ciel, qui te fit blonde, un jour te verra noire,
Et, comme je languis, tes beaux yeux languiront.

Pourquoi fuir one en mon cœur desiré,
Pourquoy encor les pas je suis et trace,
Ce que je quiers un autre le pourchasse,
Ce qui m'est deub d'autres l'ont retiré.
Ainsy en vain je tiens mes chiens en laisse
Puisque la proye aller ainsy je laisse.
Dedans le pré de mes ans primerains
Lorsque le feu de ma folle jeunesse
Brûloit mes sens et pensements hautains
Et en mon cœur batissoit telle presse
De vains desirs que toute ma liesse
Gisoit au sort des destins faux et vains,
Dedans ce pré vis une beste telle
Que je ne croy point qu'elle fut mortelle.

Et le reste qui est ainsy fort traisnant et fort ennuyeux, aussi bien que tous ses autres Poemes, témoin le commencement de sa fable de Narcisse :

Plante divine, ô miracle des cieux,
Celeste plante aux feuilles de laquelle
Divinement ont eslargy les Dieux
Vertu durable, et vigueur immortelle,
Plante où mon bien, où mon heur se révèle,
Où est le fruit que je desire mieux,
Si en toy vit, s'il se cache, ou s'adombre
Quelque valeur, je veux vivre en ton ombre.

Les sonnets ne sont pas véritablement de meilleure trempe, comme on le peut voir par celluy-cy qui est le premier des siens :

Ce doux miel distilant du couppeau my-fendu
(Où, Phœbus, a grand trait boivent les douceurs tiennes
Les sœurs, divines sœurs, les filles Pindiennes)
A sa douceur sur moy doucement épandu.

J'ay, en la savourant, ta grandeur entendu.
L'entendant, plus j'accrois par toi les forces miennes
Pour y savourer mieux les eaux Aoniennes
Par qui sage et sçavant sera bien tost rendu.

O quel canal croistra alors en ma poitrine !
Que mon vers en sera plein de fureur divine
Pour vomir le meilleur que de toy pris j'auray.

Alors mon vers courra empenné de tes aisles
Pour voir et les enfans et les nymphes plus belles
Desquelles et de toy vers et argument j'ay.

J'advoue que je ne croyois pas avoir assez de patience pour transcrire icy une si mauvaise chose qu'est ce sonnet, qui a sans doubte plus d'une centaine de frères tous semblables, et là dessus je m'en rapporte à mon lecteur si je n'aurois pas esté de l'advis de la Popelinière s'il avoit traitté Belleforest de mauvais poëte et non pas de mauvais historien (1).

L'an 1567, il publia encore à Paris in-4° un Poëme françois traduit du latin de Legier Duchesne, docte professeur de l'Université de Paris, intitulé : *Remontrance aux Princes françois de ne point faire la paix avec les mutins et rebelles* (2). Comme l'original en est bon, on peut dire que la coppie n'en est pas absolument mauvaise du moins quant au mérite des choses, car quant à la diction ce Poëte est toujours luy-mesme.

L'an 1569, il fit imprimer encore à Paris en mesme marge un autre poëme soubs ce titre : *Déploration de la France sur la mort de Timoléon de Cossé, comte de Brissac* (3), brave seigneur qui finit ses jours au service du Roy, et pour la deffence de la religion de ses ancestres, poëme considerable du moins en ce point que comme il estoit beaucoup plus historien que poëte on y voit beau-

(1) Ces réflexions n'ont pas paru devoir être conservées dans la copie.

(2) M. Brunet, en son *Manuel du Libraire*, ne mentionne ni la traduction de Belleforest, ni l'original de Legier du Chesne, duquel cependant il énumère diverses productions poétiques. L'abbé Goujet donne à ce poëme la date de 1561. Le même critique cite encore de Belleforest un *Chant funèbre sur le trépas de Henri II* (1559). Goujet immole (t. XIII), en Belleforest, à la fois le traducteur, l'historien et le poëte. Cet écrivain, si mesuré d'ordinaire, va jusqu'au mot *dégoûtant*. Niceron n'a pas épargné ce même vilain mot à notre pauvre Belleforest, au sujet de la traduction des *Histoires* de Bandel, qui, dit-il (t. XX), « dans l'original italien sont jolies et agréables, et n'ont dans la traduction française rien que d'ennuyeux et de dégoûtant. »

(3) Inconnu à M. Brunet. Timoléon de Cossé, fils de Charles de Cossé, comte de Brissac, avait été tué, en cette même année (1569), à l'âge de 26 ans, à la bataille de Mucidan en Périgord. Le jeune guerrier s'était déjà montré à Rouen, à Lyon, à Paris, à Malte, à Saint-Denis, enfin à Jarnac, digne d'un père qui a été un des plus grands capitaines du XVIe siècle.

coup de particularitez de l'histoire de ce temps là; il commence ainsy :

De quoy sert que le ciel un printemps nous rameine
Et que d'un œil plaisant sa face rassereine,
Inspire ses douceurs soubs la faveur des vents
Lesquels tous appaisez addoucissent le temps,
Haussent trop les esprits, les corps regaillardissent,
Et les mains aux combats enclines enhardissent?
De quoy me sert de voir les trouppeaux bondissants
Sur les herbages drus folatrant et paissants?
A quoy tend le plaisir chatouilleux de l'oreille
Qui cause que le sens bien souvent s'emerveille,
Oyant le doux jargon des oyseaux tous divers
A partir leurs chansons et leurs aymables vers.

Et le reste, où il y a un peu plus du doux et du poly que dans ses autres vers, mais où il y a egallement du fort et du solide.

La mesme annee il publia encore un autre Poëme funèbre (1) sur la mort de Messire Sebastien de Luxembourg, comte de Martigues, gouverneur de Bretagne, qui est de la force et du mérite de l'autre. Il commence ainsy :

Doncques, o fiere mort, o mort espouvantable,
Tu raviras ainsy à la France honnorable
Les guerriers qui d'un cœur invincible ont corru
En maint pays divers et qui ont secouru
D'une force robuste et la France et l'Ecosse, etc.

L'an 1570 (2), il publia à Paris un Poëme dramatique intitulé : *La pastorale amoureuse, contenant plusieurs discours non moins plaisants* (3) *que recreatifs, avec plusieurs descriptions de paysages*,

(1) Inconnu à M. Brunet. Sébastien de Luxembourg avait été tué (1569) au siége de Saint-Jean-d'Angely. On l'avait, lui aussi, surnommé le *chevalier sans peur*, et ce titre ne parut immérité à aucun de ceux qui avaient vu l'héroïsme déployé par le dernier des Martigues aux siéges de Metz et de Calais, aux batailles de Dreux, de Jarnac et de Moncontour.

(2) L'an 1569, d'après le *Manuel du Libraire*, qui indique une réimpression faite en 1570 et une autre faite en 1571. L'exemplaire que j'ai consulté, à la bibliothèque impériale, ne porte point de date, mais le privilége est du 19 février 1569.

(3) Lisez : *non moins proufitables*. L'épître dédicatoire, en trois pages, est datée de Paris, ce 1er jour de mars 1569; elle est adressée « à très noble, illustre et genereux seigneur Monsieur Loys de Tournon, seigneur d'Arlan. » Déjà Belleforest avait payé

le tout escrit d'un style sinon aussi fleury que les choses qu'il traitte, du moins aussi rustique. Ce n'est pas que parmy cette rusticité il n'y ait des endroits fort pathetiques, et qu'il n'y decouvre assez bien les sentiments de quelques heros de son siecle, soubs l'habit et le nom de quelques simples bergers. Mon lecteur curieux en peut juger lui mesme s'il s'en veut donner la peine. Mais à

largement son tribut de reconnaissance à ce protecteur en composant un *Poème historial touchant l'origine, l'antiquité et excellence de la maison de Tournon*. Paris, 1568, in-8°. Dans la dédicace de sa *Pastorale amoureuse*, il va jusqu'à louer la beauté de M. de Tournon, disant que «la beauté corporelle a ne sçay quoy de sym» bolisant avec ce qui est de parfaict en l'âme. » Il insiste, en conséquence, sur la « grande majesté de visage» de ce fils d'une vaillante guerrière (voir le *Discours de la brave résistance faite aux rebelles, l'an* 1567, *par* Mme de Tournon, comtesse de Roussillon, nommée Claude de Turaine, escrit premièrement en vers latins par Jean Villemin, et depuis traduit en françois par Belleforest, 1569). Il veut par cet hommage reconnaître les biens qu'il reçoit de sa courtoisie. « Je loue, ajoute-t-il, la » vertu, la chasteté, et honneste poursuite est par moy prisée.., » lequel (ouvrage) lisant, continue-t-il, « vous verrez un esguillon pour vous pousser à l'imitation de voz » ancestres, non si vif, et bien dressé que les saintes impressions que le seigneur » Willemin vostre precepteur, très digne de telle charge, engrave et burine en vostre » âme.» Ce même Willemin (Jean) ne pouvait s'empêcher de complimenter à son tour le poète : il n'y a pas manqué dans le sonnet qu'il a mis, en tête du petit volume de Belleforest, sous ce titre : « A très haute et héroïque dame Claude de Turaine dame » de Tournon, et comtesse de Roussilion. » Je dirai peu de choses de la *Pastorale amoureuse*, si bien jugée par Colletet. J'en détache ces vers :

O yeux qui reluisez plus que la clère estoile
Que le sombre manteau de la nuit nous desvoile!
. . . .
Tant la playe est profonde et le trait bien planté.
. . . .
Tu cognois, bon pasteur, une nymphe certaine
Sortie du cler sang des heros de la plaine
Arrousée du Drot, et qui s'estend au bort
Où l'Anglais a senti iadis le dur effort
Des bras du fort François...

Il y a des détails gracieux sur les chasses aux palombes et petits oiseaux faites par Camille et Sylvie. Je ne transcrirai point l'éloge que Belleforest met dans la bouche de Turne, mais je tiens à reproduire ici les détails géographiques et surtout hydrographiques qui abondent dans les adieux d'Alpin :

Allez, mes aignelletz, pour ce coup ie vous quitte,
Et vous chiens garde corps de ma troupe petite
Soignez vous du troupeau, veillez, et conduisez
Et sur mes grands beliers de bien prez advisez,
Car ie quitte le Tarn, et la Sabe, et Garonne,
Loth, Baïse, le Gers, Bandiat et Dordonne,
Et tous les beaux costeaux d'autour de Sanmathan
Qui foisonnent en vins, et en bledz, chascun an, etc.

Jacques Moysson, dans un sonnet à M. d'Arlan, dit de Belleforest :

Ce Comingeois ains cest autre Apollon
Qui fait des vers plus doux que miel d'Hymette...

Il rappelle au jeune Tournon que Virgile chanta la gloire d'Auguste :

Mais toy ayant l'honneur de la Gascoigne
Et Villemin honneur de la Bourgoigne
Te peux vanter d'avoir double sonneur.

mon gré le plus considérable de ses ouvrages, du moins en ceste nature, est celluy qu'il publia à Paris in-8° l'an 1571 soubs ce titre : *La Pyrenée et Pastorale Amoureuse* (1) *contenant divers ouvrages de prose et de vers, touchant plusieurs accidents et histoires amoureuses, plusieurs descriptions de paysages, diverses fables, et occurrences de choses memorables de son tems;* ce qu'il traitte d'un si bel air qu'il paroist bien qu'avecque l'aage il avoit fait un grand progres dans la cognoissance de nostre langue. Ceux qui ont de la vénération pour la gentille Arcadie de mon Sannazar (2) peuvent avoir une légitime affection pour ceste agreable et divertissante Pyrenée. Quiconque voudra voir les merveilles de ces hautes et fameuses montagnes ausquelles elle a donné le nom peuvent voir dans cet ouvrage pastoral qui tient encores beaucoup du serieux et de l'héroïque, de sorte que cet autheur peut justement dire avec avec le grand Virgile :

(1) Le véritable titre est celui-ci : *La Pyrenée et pastorale amoureuse, contenant divers accidens amoureux, descriptions de païsages, histoires, fables et occurrences des choses advenues de nostre temps, servant comme l'avant-coureur de l'adolescence, divisée en deux livres*, par François de Belleforest, comingeois. A Paris, chez Iean Hulpeau, rue Sainct Jean de Latran, 1571. Je cite ici le titre de l'exemplaire de la Bibliothèque de l'Arsenal. Le *Manuel du Libraire* cite tout différemment la dernière partie de ce long titre. Au lieu de : *servant comme l'avant-coureur*, etc., on lit dans cet ouvrage : *euvre de fort belle invention et faite à l'instar de l'Arcadie de Sannazar*. Y a-t-il deux éditions de la même année, ou bien y a-t-il des exemplaires de la même édition qui portent un titre différent? Les successeurs de M. Brunet nous donneront la solution de ce petit problème. *La Pyrenée* est dédiée (le 20 février 1571) «A mon bon seigneur et amy le seigneur Jean de Villevault, enquesteur » pour le Roy et la Royne-mère, en la seneschaussée de Clermont, et procureur en » la court de parlement de Paris » Belleforest dit là avec une spirituelle originalité : » Vous estes touiours monstré l'ami de Belleforest, et en ses adversitez, qui sont per- » petuelles et en sa felicité, qui est celle de laquelle il iouit, content en sa simpli- » cité, mescogneu de chascun, que des parfaitement bons, et si peu caressé de for- » tune, que si elle plouvoit ses graces aussi espaisses que les brouillatz d'hyver, » encor ne luy en feroit-elle point largesse.» Suivent diverses pièces de vers toutes très et trop louangeuses par Jean Thirmoys, par Pierre Tamisier, par Iacques Moisson. Ce dernier appelle Belleforest « la *gloire des Gascons*,

» Et l'ornement encor de la langue françoise,»

avec quoi il fait rimer la grace comingeoyse. Pensant n'en avoir pas assez dit, et abusant de l'éloge comme d'autres abusent du galon, il déclare que les vers de son ami «aux Muses font honneur.» Et pourtant qu'ils sont incolores les vers dont ce roman est parsemé, tout comme l'*Estelle et Némorin* de Florianet ! Le patriotisme de l'auteur s'est donné carrière dès les premières pages de son livre. J'y remarque (p. 3) un pompeux éloge de la Sabe, *ornement du pays comingeois et fille de Pyrène*, etc. Tout enchante l'auteur dans sa province natale : « Ie ne voy rien en ce » cartier comingeois qui ne porte marque d'excellence. L'air y est libre, subtil et se- » rain, et les esprits dociles, gais, et de bonne et gaillarde aprehension.» (P. 3 et 4.)

(2) Colletet appelle ainsi le *Virgile chrétien* parce qu'il avait traduit le *De partu Virginis*.

Si canimus sylvas, sylvæ sint consule dignæ (1).

J'oubliois à dire qu'il publia encore l'an 1559 un long *Chant pastoral* sur l'heureux mariage du Roy d'Espagne Philippe II et de ceste illustre princesse Elisabeth de France (2), et de Philibert Emanuel, duc de Savoye, avecque Madame Marguerite de France, ouvrage rellevé par sa matiere, et diversifié par ses peintures d'une infinité de choses qui appartiennent à l'estat de bergerie. Il commence ainsy :

Au pied beau et fecond des hauts mons Pyrénées,
Aux landes tout autour de ce mont ordonnées
Où paissent à foison un millier de trouppeaux
Nagueres sont venus deux gentils pastoureaux
L'un gascon et voisin pour estre Comingeois
De ce mont si fameux, et l'autre d'Angoulmois,

et le reste où l'auteur n'observe non plus qu'à ce commencement la liaison si belle et si nécessaire du masculin avecque le féminin.

Par l'inspection de son portrait qui est en la seconde partie du promptuaire des médailles, il paroist qu'il avoit le visage assez long, le front large, le nez peu eslevé, les yeux battus, les cheveux courts, la barbe negligée, et au reste un air triste et melancolique qui ne provenoit sans doute que de ses longues et laborieuses estudes (3). Sa devise ordinaire estoit mort ou vie, voullant dire par la qu'il se tuoit pour revivre dans ses escrits.

Plusieurs autheurs celebres, comme j'ay dit d'abord, ont parlé fort honorablement de luy. Gilbert Genebrard, dans sa docte chro-

(1) Tout ce passage a été ainsi raccourci sur le lit de Procuste de la copie : «Cette Pyrénée a quelque air de l'Arcadie de Sannazar. Cet ouvrage pastoral tient encore beaucoup du sérieux et de l'héroïque »

(2) *Chant pastoral sur les noces de Philippe d'Autriche roy des Espagnes et Madame Elisabeth, fille ainée du roy très chrestien Henri II, et d'Emmanuel Philibert, duc de Savoye, avec Madame Marguerite, fille et sœur des roys François I et Henri II.* Paris, in-4°. Voir, sur le premier des mariages célébrés par Belleforest la belle *Histoire d'Elisabeth de Valois, reine d'Espagne,* par M. le marquis Du Prat, 1 vol. in-8°, 1859, p. 55-61.

(3) Cet air mélancolique ne provenait-il pas plutôt du remords que devait éprouver Belleforest d'avoir fait tant de mauvais vers?

nologie, remarque precisement le tems de sa mort, et dit le lieu de sa sepulture en ces termes : «Calendis januarii Franciscus » Belleforestius, politus, piusque multorum gallicorum librorum » scriptor, humanis eximitur, et apud Franciscanos Lutetiæ tumu- » latur.» François de Belleforest, dit-il, autheur pieux et poli qui a escrit plusieurs bons (1) livres en nostre langue, mourut à Paris le premier jour de janvier 1583 et fut enterré dans l'église des Cordeliers.

Scevole de Sainte-Marthe, dans le troisiesme livre de ses Poësies Meslées, rend ce témoignage de luy et (de) Launay Boisteau :

Belleforest et le gentil Launé
De nostre temps ont esté deux lumières
Qui en langage heureusement orné
Au ciel françois ont paru des premières, etc. (2)

Pierre le Loyer, Angevin, dans ses Meslanges Poëtiques, luy adresse plusieurs vers, et entre les autres un sonnet dont voicy la fin :

Comme dans une belle et ombreuse forest
Par la diversité des arbres qui parest
On voit diverse aussy la beauté du feuillage ;

Ainsy, Belleforest, tes ouvrages divers
Tissus de beau langage et de scavoir couvers
Pour leurs divers sujets t'illustrent davantage.

Guillaume du Buys, Quercinois, dans ses Œuvres Poëtiques, parle ainsy de luy à la fin d'un sonnet :

Comme nos ans de mesme aux siècles advenir
Seront, Belleforest, par un doux souvenir
Tesmoins de tes labeurs et de ta belle histoire.

(1) Le mot *bons* n'avait pas été dit par Genebrard.

(2) Sur Scévole de Sainte-Marthe et sur la plupart des poëtes cités ensuite par Colletet, je ne puis mieux faire que de renvoyer aux notices de ce même Colletet; et ceux qui ne pourront pas aller cueillir les pommes d'or du jardin des Hespérides (malheureusement pour ma métaphore ce ne sont point des *dragons*, mais bien des grenadiers de la garde impériale qui veillent aux barrières du Louvre!) consulteront avec profit la *Bibliothèque française* de l'exact et excellent abbé Goujet, comme M. Sainte-Beuve l'a si bien appelé.

Jean le Masle, Angevin, dans ses Recreations Poëtiques, luy addresse l'un des plus considerables de ses poëmes qui est *de la noblesse et de son origine*, où il remarque qu'il estoit né bon gentilhomme dans la comté de Comminge.

Jacques Moisson luy addressa plusieurs vers que l'on void parmy ceux de Belleforest, témoin ce sonnet qui commence :

Ce Commingeois ains cet autre Apollon, etc.

Claude Sellier de Langres luy desdia sur sa Pastorale Amoureuse un beau poème latin qui mérite bien d'estre leu (1), où il insère ces vers :

In miseris adeo quærens solatia bellis
Belleforestus init nemorosos mente recessus
Quasque suæ dryadas conservat tegmine sylvæ
Quasque suis Musas latitantes nutrit in Antris
Priscarum memores rerum memoresque locorum
In quibus incisi longo sunt ordine fasti
Et genus et proavi patrumque novissimus ordo
Unde suum nomen soboles Turnonia traxit.

Et le reste où comme quelques autres autheurs il le loue pour sa piété, et en effet j'ay remarqué dans tous ses ecrits qu'il estoit extremement zelé pour la vraye Relligion, et qu'il estoit un des plus mortels ennemis de l'heresie et des nouveaux dogmatisans. Le sonnet satyrique qn'il composa sur le collier de l'ordre du Roy que l'on donnoit alors indifféremment aux huguenots comme aux catholiques est une des preuves de son zèle. Je le rapporterois icy volontiers, si je ne croyois qu'il fut hors de son rang. Neantmoins tout rude qu'il est il ne desplaira pas peut estre à quelques uns. C'est sur l'ordre de Saint-Michel (2) :

(1) Ad illustrissimum et optime institutum adolescentem, Ludovicum a Turnone, Claudii Sellier lingonici carmen in sylvam Belleforesti.

(2) Tout ce qui précède depuis : *je le rapporterois*, a été noyé dans l'encre des ratures. Il me semble que dans l'âme de celui qui a tant et tant diminué la notice sur Belleforest avait passé quelque chose de la colère de cet empereur romain qui voulut que certains auteurs effaçassent avec la langue leurs compositions, sous peine d'être fouettés ou plongés dans le fleuve le plus voisin. Suétone, *Caius Caligula*, ch. XX.)

En l'ordre de nos Roys tu vois peinte l'image
D'un Ange, et d'un démon tremblant dessous la croix.
Cet ordre fut commun aux serviteurs des Roys
Maintenant l'huguenot en possède l'usage.

Mais puisque l'huguenot creve de malle rage
Sur l'Ange et sur la croix, desquels donc fera choix
Le Roy pour reconnoitre ores le bon françois
Et tantost le mutin qui ne court qu'au pillage.

Ainsy qu'en la doctrine il differe des bons
Ainsy soit son collier; l'Ange pour le fidèle
Et la croix serviront, et le diable au rebelle.

Aussy est-il raison qu'eux qui sont vrays demons
Sur eux portent le diable, et contemplent sa face
Qui leur brisant le col brisera leur audace.

Pascal Robin du Faux dans ses Poésies l'appelle :

Docte Belleforest, l'ornement des François, etc.

L'autheur de la preface des harangues funebres des Animaux est dans cette pensée, lorsqu'ayant pris occasion de parler de luy, il l'appelle le tres docte historiographe de France. François d'Amboise, son intime amy, et l'autheur de ce gentil livre imprimé sous le nom feint de Tymophile, le loue hautement dans ses vers, tesmoin le commencement de ce sonnet qu'il luy adresse sur son docte discours en prose, *de l'heureux malheur des grands* (1) :

(1) ***Arraisonnement fort gentil et proffitable sur l'infelicité qui suyt ordinairement le bonheur des grans** : avec un beau discour sur l'excellence des princes du **sang de France**, qui gouvernent l'Estat du royaume*, etc., 1569, in-8°, réimprimé sous un titre différent en 1572 et en 1585. Colletet a oublié de citer un autre discours de Colletet : ***Discours** des présages et miracles advenir en la personne du Roy, **et parmy la France**, dit le commencement de son règne*, 1568, in-8°, et les ***Allegresses*** (en prose et en vers) *au peuple et citoyens de Paris, sur la réception et **entrée d'Elisabeth d'Autriche**, reyne de France, en sa ville de Paris*, etc., 1571, petit in-8°. Mais ce qui m'étonne, c'est que le biographe ait laissé de côté un des ouvrages les plus remarquables de Belleforest, vigoureuse et parfois éloquente réfutation du vil pamphlet de Buchanan *De Maria, Scotorum regina*, 1572, qui avait été tout aussitôt traduit en français. Belleforest intitule cette défense de la princesse que l'on attaquait avec des armes si infâmes : *L'innocence de la très illustre, tres **chaste et débonnaire princesse**, Madame Marie, reyne d'Ecosse, où sont amplement **refutées les calomnies** publiées par un livre secrètement divulgué en France, l'an* 1572, ***touchant** la mort du seigneur d'Arley, son époux*, etc. Paris, 1572, in-8°, sans nom d'auteur. M. G. du Fresne de Beaucourt, en un sympathique et savant

Apollon, et Minerve, et Minerve et la France
Pour toy sont en discord, ô docte Commingeois;
Tous les quatre ont débat, tous quatre à cette fois
Veullent avoir de toy l'entiere jouissance.

Claude du Verdier, après luy avoir donné quelque atteinte dans sa censure latine des Autheurs, ne laisse pas dans ses diverses poësies latines de luy addresser ce distique agreable :

Fecisti quantum fuit in te Belleforeste,
Nunquid fecisti, Belleforeste, satis?

Ce docte president de Mascon, Pierre Tamisier, dans le ravissement où il estoit de la lecture de sa Pyrennée luy consacra un sonnet où il y a beaucoup d'esprit et de feu, qui commence ainsy :

Si ces monts, ces rochers, ces arbres, ces fontaines, etc.

Raoul Boterays, dans son livre intitulé *Aurelia*, rapportant un passage de Belleforest, l'accompagne de cet éloge honorable : Franciscus Belleforestus, celeberrimus nostro tempore historicus, in sua Galliæ descriptione aït, etc.

André Thevet qui estoit tantost son amy et tantost son adversaire dans la carrière des lettres dit dans la vie de Sébastien Munster, que Belleforest se voulut reconcilier entierement avec luy peu de jours avant sa mort, et qu'à cet effet il l'envoya querir, d'où il infere avecque raison qu'il fit une fin tres pieuse et tres chrestienne (1).

compte rendu de *Marie Stuart et le comte de Bothwell*, par M. L. Wiesener (*Revue indépendante* de février 1864), a rappelé que Fr. de Belleforest fut le premier français qui, du vivant de Marie, prit en main sa noble cause. Je m'honore d'avoir été un des défenseurs (291 ans après Belleforest) de celle dont on peut si bien dire :

Il est beau de tomber victime
Sous le regard vengeur de la postérité.

Voir *Annales de philosophie chrétienne* de mai 1863, *de quelques erreurs de l'Histoire de France de M. Henri Martin*. Je me suis plu, dans ces pages, à citer les témoignages favorables du prince Labanoff, du docteur Lingard, de M. J.-B. Rathery, de M. D. Nisard, de M. Boutaric, et surtout du pape Benoit XIV qui a eu de si belles paroles pour célébrer l'innocence et le martyre de Marie Stuart.

(1) « Thevet, qui n'était pas un auteur de plus grande conséquence, dit Bayle, » s'est vanté publiquement que Belleforest lui fit une réparation solennelle au lit de » mort. » Le grand critique ajoute en note : « Il n'y a rien de plus malhonnête que

Guy Le Fèvre de la Boderie, sur la fin du second cercle de sa Galliade, parle de luy en ces termes honorables :

> Et mon Belleforest qui a fait une enceinte
> De la grande forest où la machine est peinte
> Qui de sa langue et gent a si bien mérité,
> Nostre histoire illustrant, fille de vérité.

L'autheur de l'histoire chronologique des hommes illustres de France, parlant de Belleforest, dit qu'il merite une singuliere recommandation pour avoir par ses elegantes compositions et traductions fidèles beaucoup enrichy nostre langue vulgaire; et ensuitte il parle des trois gros volumes de sa Cosmographie, de ses Annales de France et de son Histoire universelle.

René de Luzingue des Alymes, dans son livre de la maniere de lire l'histoire, dit en termes exprès, que nous avons pour les modernes escrivains de nostre histoire generale, François de Belleforest qui separe avec un grand jugement les difficultez qui embrouillent la verité de l'histoire françoise, sur la supputation des tems, homme de grande leçon, qui n'ignore rien de ce que la vieille antiquité a laissé de confus dont il esclaircit les passages avec un grand soin et un langage fort bon (1). Je laisse à juger à mon lecteur si celluy-ci estoit du sentiment de la Popeliniere. Outre qu'Antoine du Verdier a fait fort honorable mention de luy dans sa *Prosopographie*, il en parle encore fort honorablement dans sa Bibliothèque Françoise, où il se glorifie hautement de l'honneur de sa cognoissance et de son amitié, et du commerce

» le procédé de cet homme. Il se fait honneur de l'humilité que son adversaire té» moigna envers lui dans le lit de mort, et il ne laisse pas de le maltraiter, tout » comme il aurait pu faire avant leur réconciliation. » Suit une longue citation du passage des *Eloges des hommes illustres* (tome VII, p. 292-293, éd. de 1671) dans lequel Thevet reproche si aigrement à son ancien adversaire d'avoir *rabobliné* la Cosmographie de Munster. Sorel, en sa *Bibliothèque françoise*, 1644, accuse, comme Thevet, Belleforest de plagiat : « Il a fait encore imprimer plusieurs livres comme » siens, mais il auroit possible mieux fait de ne vouloir parestre que leur traducteur, » plutost que de s'en dire l'autheur, n'y ayant pas mis beaucoup du sien. » (P. 222.)

(1) Bayle a reproduit l'éloge de Belleforest par René de Lusinge, d'après la citation faite par Mart. Zeillerus, *de Histor. chronol. et geograph.*, part. II, p. 172. Joseph Scaliger (*Scaligerana*) reproche vivement à Belleforest ce langage que R. de Lusinge trouve fort bon.

des lettres qu'il avoit avecque luy (1). La Croix du Maine, Georges Draude (2) et les autres Bibliothequaires ne l'ont pas aussy oublié dans leurs catalogues des Autheurs. Nicolas Le Fevre, dans une de ses odes pindariques, parlant de nos plus excellents hommes, dit nommement :

Clion cherit Belleforest, etc.

Jean Bodin et Pierre Gaillard, dans leurs *Méthodes de l'Histoire*, le mettent au nombre de ceux que l'on doit lire exactement. L'autheur du *Promptuaire des Médailles*, que j'ay desja cittées, apres nous avoir donné son portrait de son vivant, fait encore son éloge en peu de mots. Pierre d'Auzoles de La Peyre observe precisement le temps de sa mort dans sa *Chronologie*. Guillaume du Peyrat, dans sa docte *Histoire de la chappelle du Roy*, le citte en une infinité d'endroits et souvent avec preface d'honeur, comme aussy font Scevole et Louis de Saincte-Marthe dans leur fameuse *Histoire généalogique de la Maison de France*. André du Chesne rapporte quelques-unes de ses œuvres dans ses *Historiens françois*. Gabriel Naudé ne l'obmet pas aussy dans sa curieuse *Bibliographie politique*, ny dans ses *Additions à l'histoire de Louis XI*. Le P. Pierre de Sainct-Romuald, religieux fueillant, dans son *Thresor chronologique*, après avoir observé le tems de sa mort, et le lieu de son cercueil, qui fut devant le grand autel des cordeliers, dit que c'est cet auteur dont nous avons tant d'ouvrages. Le Père Hilarion de Coste, dans son *Histoire des daufins de France* et dans ses nobles *Eloges des dames illustres*, le cite honorablement en mille endroits; le baron d'Auteüil fait la mesme chose dans sa brillante

(1) L'article de du Verdier est très intéressant et très considérable (p. 607-640 de l'édition de Rigoley de Juvigny). Nous trouvons là toute l'abondance de paroles de l'amitié. « Bas de fortune, dit-il de Belleforest, il m'a aimé et frequenté fort fami-
» lièrement, lorsque j'ai été à Paris, comme aussi réciproquement je lui ai porté
» amitié singulière. » L'énumération très détaillée des ouvrages de Belleforest est presque infinie ; elle s'étend de la p. 609 à la p. 618. (Elle est pourtant incomplète, et on en trouvera une plus exacte dans le tome XI des *Mémoires* du P. Niceron.) Du Verdier accompagne sa liste bibliographique d'une longue citation du second livre de la *Pyrenée* (p. 619 à 627), et d'une citation plus longue encore (p. 627 à 640) des *Histoires Tragiques*.

(2) Georges Draud (en latin Draudius), auteur de : *Bibliotheca classica*. Francfort, 1611, in-4°.

Histoire des Ministres d'Estat; enfin il n'y a presque poinct d'homme qui, depuis Belleforest, ait touché à l'histoire antienne et moderne qui n'ait advantageusement parlé de luy; de sorte qu'auparavant que d'estouffer sa memoire, il faudroit supprimer tous ses escrits et tous les autres encore qui les ont considerez comme des productions eternelles (1).

(1) Ces cinq dernières lignes ont été effacées dans la copie.— Je citerai ici quelques autres jugements portés sur Belleforest. Du Haillan, dont Belleforest avait si gracieusement parlé dans la *Cosmographie* (au sujet de Bordeaux), a dit de lui (épître dédicatoire de l'*Histoire de France*, édition de 1584) qu'il « avoit des moulles aus- » quels avec grande promptitude il jettoit des livres nouveaux. » Scipion du Pleix, qui n'est tendre pour aucun de ses devanciers, s'exprime ainsi (*Au lecteur*, en tête de l'*Histoire générale de France avec l'estat de l'Eglise et de l'Empire*, t. I, Paris, 1621, in-f°, 3e édition) : « Belleforest, s'étant mêlé d'illustrer les anciennes annales » et chroniques de France, y a laissé les plus grandes erreurs avec plusieurs fables, » et y en a ajouté d'autres de son cru, faute de jugement et de doctrine. » Ce jugement si bref et si dur, et qui a quelque chose du coup de massue, est ratifié par Louis Legendre, chanoine de l'église de Paris, qui a placé en tête du premier volume de sa *Nouvelle Histoire de France jusqu'à la mort de Louis XIII*, in-f°, 1718, une judicieuse appréciation des historiens qui l'ont précédé. L'abbé Legendre (p. 32) accorde pourtant une grande lecture au gentilhomme du comté de Comminges (lequel était écuyer), mais avec bien des gens, dit-il, il lui refuse le discernement. Il prétend que ses *Annales* sont pleines de contes et que son style n'est pas agréable. Le P. Niceron a reproduit l'article consacré à Belleforest par la *Bibliothèque historique de la France*. Chateaubriand (*Etudes historiques*) trouve Belleforest diffus; mais, d'après lui, « sa compilation des anciennes chroniques met » sur la voie de plusieurs raretés. » Augustin Thierry (*Dix ans d'Etudes historiques*) déclare que les *Grandes Annales* offrent « plusieurs points remarquables. » M. Léonce Couture a donc eu le droit de dire, aprés ces deux maîtres, que cette œuvre capitale de Belleforest renferme de bonnes parties. (*Bulletin d'Auch*, t. 2, p. 580.)

III

GUILLAUME DE SALUSTE

SEIGNEUR DU BARTAS.

Manuscrit original, tome 4, non paginé.
Copie, tome I, p. 171-185.

Pierre de Ronsard jouissoit paisiblement et sans trouble de la haute et unique principauté de nostre Parnasse françois, lorsque du Bartas vint à paroistre au monde. Mais le merite des ouvrages de cet excellent homme (1), la noble mattiere qu'il traittoit et la sublimité (2) de ses raisonnemens et de ses pensées, commencerent si bien à partager les esprits des doctes, que tandis que les uns demeuroient tousiours fermes dans leur premier respect envers Ronsard les autres se revolterent contre luy, et proclamerent hautement du Bartas le prince des poëtes françois; et pour fortiffier d'autant plus ce nouveau party ceux de la relligion pretendue reformée, du nombre desquels il estoit, prirent comme à tasche de lire, de traduire et de commenter ses ouvrages, et de les faire reimprimer à l'envy par toutes les villes de France et d'Allemagne où ils estoient les maistres. De là vient que nous n'avons peut estre point de livres en nostre langue plus cognus, ny plus fameux que les siens; s'ils sont preferables à ceux de Ronsard, du moins quand au charactère de la vraye poësie, car quand à la dignité de leur subiet je n'en parle point, je m'en rapporte à ceux qui ont une exacte cognoissance des secrets de cet art, et qui sçavent distinguer le style du vray poëte d'avec celluy du poëte historien. Je diray seullement qu'il semble que du Bartas n'eust pas si bien cognu la force et la beauté de nostre langue, si Ronsard auparavant ne

(1) Le mot *homme* n'est pas dans l'original. Il était resté au bout de la plume de G. Colletet.
(2) G. Colletet avait d'abord écrit *solidité*.

l'eust cultivée, qu'il fut peut estre plus heureux que lui au choix de ses matières, et qu'il fit en docte historien ce que sans doubte Ronsard eust mieux faict en noble poëte. Les subiets serieux que Ronsard a traittez avec tout l'air de l'antienne et brillante poësie, me semblent des preuves assez claires de cette verité, et quiconque voudra considerer de pres son fragment du poëme de la loy qu'il fit apres avoir veu la premiere Sepmaine de du Bartas (1), jugera bien par cet essay, que son vaste esprit ne trouvoit rien d'impossible ny mesme rien de difficile dans les belles lettres (2). Du Bartas luy mesme en demeura bien d'accord, et le tesmoigna bien hautement, en quelque sorte, lorsque ravy des œuvres de Ronsard, il ne put s'empescher dans le second jour de sa Seconde Sepmaine d'en parler de la sorte :

> L'autre est ce grand Ronsard qui pour orner la France
> Le grec et le latin despouille d'éloquence
> Et d'un esprit hardy manie heureusement
> Toute sorte de vers, de style et d'argument.

Je scay bien qu'il y en a qui se sont persuadez que du Bartas avoit plus faict en une sepmaine que Ronsard en toute sa vie, et qui attribuent encore ce bon mot à Ronsard (3). Mais je scay bien aussy que Ronsard luy mesme de son vivant dementit ceux qui faisoient courir ce bruit si contraire à sa reputation aussy bien qu'à sa creance; et pour ce que le sonnet qu'il composa sur ce subiet, est tombé entre mes mains, escrit de la main propre de Ronsard, et que je ne croy pas qu'il se trouve aillieurs, si ce n'est peut estre dans la derniere edition de ses œuvres, je ne feray point de difficulté de

(1) Variante de la copie : *De celluy dont j'escris la vie.*

(2) Idem : *Dans les productions spirituelles.*

(3) Voir, à la fin de la présente notice, les *Remarques curieuses du sieur Colletet le fils.* Adrien Baillet dit dans ses *Jugemens des savans sur les principaux ouvrages des auteurs*, édition in-4°, Paris, 1722, tome IV : « Il faut savoir que Ronsard ayant lu l'ouvrage de la Création de du Bartas en conçut tant d'estime et d'admiration, que sans s'arrêter aux inspirations de la jalousie, il lui fit présent d'une plume d'or, en lui témoignant qu'il avoit plus fait en sa semaine que lui-même, tout Ronsard qu'il étoit, n'avoit fait en toute sa vie. » B. de La Monnoye, dans une note sur ce passage, assure que Simon Goulart en son commentaire est le premier qui ait rapporté ce mot de Ronsard, mais qu'il n'a fait nulle mention du présent de la plume d'or. Cette plume doit aller rejoindre les objets célèbres si nombreux qui n'ont jamais existé, et dont j'ai donné une rapide énumération au bas de la page 21 de *Louis de Foix et la Tour de Cordouan*, 1864. (Extrait de la *Revue de Gascogne.*)

le rapporter icy pour le contentement des curieux (1); c'est donc ainsi qu'il parle à Jean Dorat son maistre :

Ils ont menty, Dorat, ceux qui le veulent dire
Que Ronsard, dont la muse a contenté les roys,
Soit moins que du Bartas, et qu'il ait par sa voix
Rendu ce tesmoignage ennemy de sa lyre.

Ils ont menty, Dorat. Si bas je ne respire.
Je scay trop qui je suis, et mille et mille fois
Les plus cruels tourmens plustost je souffrirois
Qu'un adveu si contraire au nom que je desire.

Ils ont menty, Dorat. C'est une invention
Qui part à mon advis de trop d'ambition.
J'aurois menty moi mesme en le faisant paroistre.

Francus en rougiroit, et les neuf belles sœurs
Qui tremperent mes vers dans leurs graves douceurs
Pour un de leurs enfans ne me voudroient cognoistre.

Et en suitte de ce Sonnet, il escrivit ces six vers, qui sont sans doubte comme un jugement tacite qu'il fit des œuvres de du Bartas, son illustre rival :

Je n'ayme point ces vers qui rampent sur la terre
Ny ces vers empoulés dont le rude tonnerre
S'envole outre les airs; les uns font mal au cœur
Des liseurs desgoûtez, les autres leur font peur;
Ny trop haut ny trop bas, c'est le souverain style.
Tel fut celluy d'Homère, et celluy de Virgile.

Et en effect le style de du Bartas passe parmy les intelligens pour un style enflé et bouffi, mesme raboteux, dur, et qui faict autant de bruit dans la lice des muses que ce chariot de fer de Salmonée (2) lorsqu'il passoit sur un pont d'airrain. Avec tout cela, il faut que je die icy une chose assez curieuse dont mon lec-

(1) Ce beau et fier sonnet est dans l'édition des œuvres de Ronsard de 1623, in-f°, p. 601. Il a été reproduit dans le *Parnasse françois* de Titon du Tillet, 1732, à l'article *Du Bartas* (p. 157); dans la *Bibliothèque françaıse* de l'abbé Goujet, tome XIII; dans le *Tableau historique et critique de la poésie française au* XVIe *siècle* de M. Sainte-Beuve, p. 399 de l'édition de 1843; enfin dans la notice de M. Cénac-Moncaut sur Saluste du Bartas (*Revue d'Aquitaine*, 1863, page 280). M. Cénac-Moncaut est de ceux qui croient à l'envoi de la plume d'or.

(2) Variante de la copie : *de la fable*.

teur s'estonnera d'abord, c'est que l'invention de son poëme de la Creation du monde n'est pas une invention toute pure de son autheur. Georges Pisides, qui selon l'opinion de Suidas estoit diacre et chartulaire de la grande eglise de Constantinople, et qui selon Tritheme et Gesner vivoit l'an 620, avoit composé un grand et vaste poëme grec, en vers iambiques (1), intitulé ΕΞΑΜΕΡΟΝ Η ΚΟΣΜΟΟΥΡΓΙΑ (sic), l'ouvrage des six jours, ou de la creation du monde, que du Bartas (qui n'ignoroit pas les poëtes latins ny les grecs) (2) imita en tout et par tout, horsmis en ses Frontispices et en ses Invocations, et en ses episodes (3), qui se sentent de la force de son genie et qui sont purement de luy. Du moins c'estoit la pensée de ce docte et fameux professeur du roy, Federic Morel mon maistre qui traduisit ce poëme grec en vers latins, et qui le publia à Paris in-4° l'an 1585 (4). C'estoit aussy le sentiment de Robert de Laudun qui dans son commentaire sur le second livre de la *Franciade* de Pierre d'Aigaliers son nepveu dict en termes expres que non seulement du Bartas avoit suivy dans la Sepmaine ce docte Pisides, mais encore qu'il l'avoit presque translaté entièrement, ce qu'il fit, adjouste-t-il, avec un tel succez qu'il a gaigné le nom de l'immortalité y ayant apporté tant d'enrichissemens de sa part que tout l'ouvrage semble sien. Et de vray apres les avoir conferez tous deux je trouve que la coppie de du Bartas l'emporte en merite d'aussy loin sur son original que Pisides l'emporte sur du Bartas dans l'ordre du temps qui estoit si vieux et si esloigné du sien. Après tout je trouve que la moindre des episodes de du Bartas vaut le poëme entier de Pisides qui s'est contenté

(1) Ce *grand et vaste* poëme grec se compose de 1,910 vers dans l'édition plus complète qu'aucune autre qui en a été donnée par J. M. Foggini (*Corporis Historiæ Bysantinæ nova Appendix;* Rome, 1777, in-f°). S'il fallait en croire Suidas, l'*Ἑξαήμερον ἤτοι κοσμουργία* ne nous serait point parvenu dans son intégrité, car il comprenait, d'après ce lexicographe, 3,000 vers. Mais l'ouvrage, tel que nous le possédons, ne paraît nullement tronqué. On sait, d'ailleurs, combien le texte de Suidas a été déplorablement altéré, et peut-être le nombre de vers indiqué dans son recueil n'est-il qu'un *lapsus calami* de copiste. Aucun de nos érudits, depuis le XVIe siècle, ne s'est, ce me semble, occupé de Georges Pisidès.

(2) Cette parenthèse n'est pas dans l'original.

(3) Variante de la copie : *en quelques-uns de ses épisodes.*

(4) *Opus sex dierum seu mundi opificium, poema; ejusd. senarii de vanitate vitæ: omnia nunc primum græce in lucem edita, et latinis versibus ejusdem generis expressa*, per Federicum Morellum, etc. Lutetiæ, 1584 (in fine 1585), in-4°.

de suivre pas à pas l'ouvrage de la Creation, et qui n'osa presque s'enfoncer à faire des reflexions sur les choses dont il parloit, soit qu'il n'eust pas l'imagination assez vive, soit qu'il eust crainte d'ennuyer le lecteur par des discours et des disgressions qui luy sembloient hors de son subiet, et c'est en quoy certes excelle nostre illustre du Bartas qui tesmoigne bien du moins en cela s'il ne se fut pas si precisement attaché à la suitte exacte de l'histoire, qu'il se fust monstré capable de deployer tous les grands ornements de la poësie heroïque. Certes quiconque prendra la peine de considerer la vive peinture qu'il y faict du cheval de Caïn, de l'Arion et de son Dauphin, du Phœnix (1), et une infinité d'autres descriptions pathetiques, et comparaisons estendües, je croy qu'il demeurera d'accord avecque moy que du Bartas estoit un des plus forts genies qu'ait jamais produit l'empire des belles lettres, et par consequent qu'il est très digne de cette haute reputation que ses doctes écrits luy ont acquis par tout le monde, d'estre le prince des poëtes chrestiens suivant cette belle inscription latine qu'un bel esprit de son temps prit le soin de consacrer à sa memoire.

« Gulielmo Salustio Poetarum facile Principi, scriptori mira-
» bili, pio mirabilium assertori, præconi virtutis dulci, doctoque,
» cujus monumenta documenta posteris futura sunt, qui musas
» ereptas profana lascivia sacris montibus reddidit; sacris fontibus
» aspersit, sacris cantibus intonuit; viro vere nobili, mortalibus
» exuviis spoliato immortalitatis compoti

» A. M. M. P. P. » (2)

(1) Après le mot *Phœnix*, il y a dans le manuscrit original un vide que G. Colletet comptait sans doute combler par quelques autres citations.

(2) Je trouve dans un ouvrage peu connu d'un érudit hollandais (*Académie des sciences et des arts contenant les vies et les éloges historiques des hommes illustres qui ont excellé en ces professions depuis environ quatre siècles parmi diverses nations de l'Europe : avec leurs pourtraitz tirez sur des originaux au naturel, et plusieurs inscriptions funèbres, exactement recueillies de leurs tombeaux*, par Isaac Bullart, chevalier de l'ordre de Saint-Michel, Paris, 1682, in-f°) une autre épitaphe de du Bartas composée par Jacques Lectius :

His, fateor, nemo exuviis inscribere honorem,
Aut pater Aonii debuit ipse Chori.
Gratia sed quoniam taciti prope nulla doloris,
Neu videar mœstas non maduisse genas,
Audiat ecce gemens etiam me turba gementem
Ecce meus vano murmure peccet amor :
Et titulus saltem esto : Bona super æthera fama
Notus eget nullo, qui jacet hic, titulo.

Et que j'ay ainsy traduitte, tant pour la gloire de ce grand poëte que pour la satisfaction de ceux qui l'ayment, et qui n'ont pas assez la cognoissance de la langue latine pour entendre les veritables eloges qu'elle luy donne :

A la memoire eternelle de ce noble esprit Guillaume de Saluste, prince de tous les (1) poëtes, escrivain merveilleux, juste et pieux deffenseur des miracles du Tout puissant, doux et docte heraut de la vertu, de qui les fameux escrits doivent estre autant d'enseignemens à la posterité, qui delivrant les muses de ces profanes lascivetez dont elles estoient comme assiegées, les rendit à leurs sainctes montagnes, les arrosa des eaux de leurs fontaines sacrées et ne fit ouïr à ces chastes divinitez que de pures et de divines chansons (2).

Mais seroit-il raisonnable de parler icy deja de la mort d'un heros (3) dont je n'ay pas encore commencé la vie? Il nasquit l'an 1544 (4) d'une noble famille de Gascongne au pays d'Auch, et dans une petite terre seigneuriale nommée du Bartas dont il portoit le nom, et qui depuis longtemps avoit esté possedée par ses Ancestres (5). Son pere qui exerçoit une charge de thresorier de France

(1) Variante de l'original : *nos poètes*.

(2) Du Bartas (chant 2e de la première Semaine) s'était rendu ce témoignage :

> .... I'ay destiné
> Ce peu d'art et d'esprit que le ciel m'a donné
> A l'honneur du grand Dieu, pour iour et nuit escrire
> Des vers que sans rougir la vierge puisse lire.

(3) Variante de la copie : d'un héros du Parnasse.

(4) La plupart des biographes ne donnent cette date que comme approximative. *Vers* 1544, disent-ils presque tous. Si l'année de la naissance de du Bartas est un peu incertaine, le jour et le mois sont tout à fait inconnus.

(5) La Croix du Maine, Baillet, et bien d'autres encore, ont cru Guillaume de Saluste originaire du château du Bartas (commune de Saint-Georges, entre Mauvezin et Cologne). L'abbé Goujet, le premier, a rappelé que Pierre de Brach, intime ami de l'auteur de la *Semaine*, né dans la même province, dit expressément dans le récit du *Voyage en Gascogne* qu'ils firent ensemble, que Saluste naquit à Montfort, à quelques lieues du Bartas. Comme l'opinion contraire est ancienne et autorisée, remarquait le docte critique, je crois devoir rapporter les vers du sieur de Brach, et il cita un passage des poésies du chantre d'Aimée, lequel passage est aussi formel qu'un extrait des registres de l'état civil :

> Saluste me montra de loin un grand clocher...
> Voilà le lieu, dit-il, de ma nativité,
> Voilà Montfort qui m'a dans ses bras allaité...

Tous ceux qui sont venus après Goujet ont tenu compte de sa rectification, notamment Chaudon, M. Sainte-Beuve, MM. Haag et M. Cénac-Moncaut. Voir sur ce point,

dans ceste province (1), voyant les lumieres d'esprit qui des sa jeunesse esclattoient naturellement en luy, le destina d'abord à l'estude des bonnes lettres, où selon son desir, ce futur ornement de la France s'employa si heureusement, et avec tant d'assiduité, qu'il se rendit enfin par ses longues veilles, un des scavans hommes de son siecle. Car ayant joint l'art à la nature, il joignit la cognoissance des sciences profondes à l'intelligence des langues mortes et vivantes. Il se mit à composer des poëmes où l'on admire esgalement la force de son genie, et ses lectures prodigieuses. Aussy comme apres la publication de quelques-unes de ses œuvres, le bruit de sa reputation et de son merite fut parvenu jusques aux oreilles de Henry IV pour lors seulement roy de Navarre, ce genereux prince (2) le jugeant capable de quelques

et sur beaucoup d'autres points au sujet desquels je ne veux pas qu'on me dise: *Non bis in idem*, les notes dont j'ai entouré une *Lettre inédite de Saluste du Bartas à Henri IV* (*Revue d'Aquitaine*, novembre 1863).

(1) Le nom de la mère de du Bartas (Bertrande de Broqueville) nous a été révélé par le testament du poète qu'a publié M. Bladé dans la *Revue d'Aquitaine* de janvier-février 1861, et qui a été réuni, en une petite brochure portant le titre de: *Saluste du Bartas, Documents inédits*, à la lettre mentionnée dans la précédente note. — M. Louis de Broqueville (de Mauvezin) a cherché inutilement l'acte de mariage du père de notre poète; mais il a trouvé son testament (*Testament de noble François de Saluste du Barthas, gentilhomme ordinaire de la chambre du Roi, marié à Bertrande de Broqueville*, étude de Me Sabatier, notaire à Montfort, A, no 1, fol. 385) du 10 septembre 1566; et de la même année (ibid., fol. 19) l'acte de mariage d'une sœur (nom illisible) de Guillaume du Bartas avec noble Guillaume de Lafitan. M. L. de Broqueville signale de plus, d'après des notes prises dans la même étude et dans celle de Me Lauzero, notaire au même lieu, une Marie de Saluste, mariée à Géraud de....., et une Catherine du Barthas, épouse d'un Broqueville; mais il ne détermine pas le degré de parenté de ces dames avec l'auteur des deux Semaines. Je n'en dois pas moins des remerciements publics à ce bienveillant chercheur et à M. J.-F. Bladé qui m'a communiqué le résultat de ses recherches.

(2) M. Paul Raymond, dans son *Inventaire-sommaire des archives départementales des Basses-Pyrénées* (t. I. 1863), a signalé plusieurs documents relatifs aux relations qui existèrent entre le roi de Navarre et G. de Saluste. L'habile et zélé paléographe auquel on a si bien fait de confier d'aussi importantes archives que celles de Pau, après nous avoir appris qu'en 1571 du Bartas acheta la justice de Montfort (B 1589), nous apprend qu'en 1580 il reçut du futur Henri IV une pension de 400 livres (B 2482), qu'en 1583 il toucha ses gages comme gentilhomme servant (B 1598), qu'en 1584 le roi de Navarre honora de sa visite la maison de son dévoué serviteur (B 2712), qu'en 1585 diverses sommes furent comptées à du Bartas pour sa pension et pour des levées de troupes (B 2793-2802), qu'en 1587 des frais de voyages lui furent soldés à deux reprises, et notamment 150 écus pour son voyage en Angleterre (B 2923 et B 161), qu'en 1588 les trésoriers du roi eurent encore à verser entre ses mains le montant de sa pension et l'indemnite qui lui était due pour divers voyages (B 3012 et B 161), qu'enfin en 1589 il reçut cent écus comme gentilhomme de la chambre (B 163). Je lis dans une lettre écrite par le roi de Navarre, en janvier 1580, au sujet des désordres du Lauraguais: « J'ay aussy depesché le sieur » du Bartas devers mon cousin Monsieur de Montmorency pour le prier de choisir et » deputer quelque gentilhomme catholique et l'envoyer avec ledit sieur de Terride » (Géraud de Lomagne), pour par ensemble pourveoir à ce qui sera necessaire. » (Recueil de M. Berger de Xivrey, tome I, p. 266.)

autres employs que ceux de l'estude, après l'avoir fait gentilhomme de sa chambre, l'envoya de sa part en ambassade en Angleterre, en Escosse (1), et en Dannemark, où il receut des princes estrangers des honneurs qui ne sont pas imaginables, jusques là mesmes que cet auguste Roy d'Escosse Jacques Stuard, ce prodige de toute sorte de doctrine et d'erudition, qualité qui n'est pas ordinaire en la personne des souverains (2), apres mille tesmoignages d'estime et sincere affection, fit tout ce qui luy fut possible à force de grandes promesses et par des presens mesmes fort considerables pour le retenir apres son employ, et pour l'obliger de s'arrester en sa cour, et demeurer aupres de sa personne Royalle. Mais le genereux du Bartas, qui aymoit naturellement son estude, ou plustost sa patrie, et qui ne voulloit pas qu'il luy fust un jour reproché d'avoir preferé le service d'un prince estranger au service de son Roy legitime, ne pouvant se resoudre a satisfaire aux ardans desirs du Roy d'Escosse, il s'en excusa envers luy, avec toutes les soumissions et toutes les civilitez dont il se put adviser, et ce fut alors que pour tesmoigner encore à ce genereux prince la haute estime qu'il faisoit de sa rare vertu et de sa grande suffisance, il se mit à traduire en vers françois le poëme latin que ce docte prince avoit composé sur le subiet de la bataille (3) et de l'heureuse victoire de Lepanthe contre les Turcs, et lui desdia en ces termes :

Jacques si tu marchois d'un pied mortel ça bas,
Hardy j'entreprendrois de marcher sur tes pas,
Je tendrois tous mes nerfs; et ma course sacrée
Loin loin (4) lairroit à dos les aisles de Borée, etc.

En quoy certes il l'obligea d'autant plus, qu'il n'estoit pas homme, comme il dit luy mesmes, à mettre la main à pas une traduction ny à paraphrase quelconque, estant beaucoup plus fecond en matiere qu'en parolles, et l'invention luy coustant beaucoup moins

(1) Variante de la copie : *Auprès du roy d'Angleterre et d'Escosse*. — Voir à l'appendice n° 2 : *Du Bartas en Ecosse*.
(2) Variante de la copie : *des testes couronnées*.
(3) Variante de la copie : *fameuse* bataille.
(4) Idem : *Bien* loin

que l'elocution; ce qui resiste puissamment à ceux qui traittent de version ou de paraphrase sa Sepmaine de la creation du monde (1). Quoy qu'il en soit, son procedé fut universellement approuvé de toute la cour de France, qui commença de le considerer comme un grand homme d'estat, et comme un grand homme d'estudes, et principalement lorsqu'apres la bataille d'Yvry, où le roy son maistre remporta sur le party des rebelles de la ligue ceste memorable victoire qui furent comme les heureux auspices de sa royauté, il publia ce bel hymne triomphant que nous lisons encore avecque ravissement dans ses œuvres (2). Mais comme il vesquit en un temps, où souvent le bruit de Mars troubloit le repos et la tranquillité des muses; parmy les desordres du royaume il se vid une fois contrainct de quitter l'agreable sejour de son cabinet, pour

(1) Laissons un moment la parole à du Bartas: « Lecteur, ne pense point qu'un » desir d'augmenter ma reputation, m'ait poussé à travailler apres cette version. Quel- » que petitesse d'esprit qu'il y ait en moy, si suis-ie, par la grâce de Dieu, beau- » coup plus fecond en matiere qu'en mots, si que l'invention me couste moins que » l'elocution. Voilà pourquoy i'avoy fait vœu à mes plus sainctes muses, de ne mettre » iamais la main à traduction ou paraphrase quelconque : mais que ne pourroit sur » moy, ie ne di pas la grandeur, ains l'admirable esprit du roy d'Escosse? Ainsi la » grave douceur, la belle et artificieuse raison, les vives et parlantes descriptions de » sa Lepanthe, m'ont tellement ravy que i'ay esté contraint de fausser mon serment. » Accepte donc, ie te prie, ceste plante que l'Apollon de notre temps a semé de sa » propre main, et les Graces ont arrousé du nectar plus divin qui coule de leur bou- » che. Sa Majesté l'a rebatu et resumé, et en somme fait tel, qu'il semble estre sorty » de la boutique d'Homere. » (*Préface du sieur du Bartas sur la Lepante*, p. 402 des *OEuvres de G. de Saluste, sieur du Bartas, revues, corrigées*, etc., in-f°, 1611. Paris, chez Jean de Bourdeaux.) Le *Manuel du libraire* n'indique aucune édition de la traduction du poème de Jacques VI. En voici une : *La Lepante de Jacques VI, roy d'Escosse faicte françoise par le sieur du Bartas*. Edimbourg, 1591, in-4°. Cette plaquette (de 13 feuillets non chiffrés) sortit des presses de Robert Waldegrave, imprimeur du Roi.

(2) *Cantique sur la victoire d'Ivry*. Lyon, Tholosan, 1591. Petit in-8°. M. Brunet dit en son *Manuel du libraire* (je cite toujours la dernière édition) : « La ba- » taille d'Ivry, *à laquelle du Bartas avait assisté*, ayant eu lieu le 11 *mai* 1590, » il est probable qu'il existe une édition de ce cantique antérieure à celle de 1594, » qui, d'ailleurs, est postérieure à la mort de l'auteur. » Du Bartas ne paraît pas avoir assisté à la bataille d'Ivry. Cette bataille fut livrée le 14 mars, et non le 11 mai. Enfin, il n'est nullement probable pour moi que le *Cantique sur la victoire d'Ivry* ait paru avant 1594. Du Bartas adressa le manuscrit de son petit poème au nouveau roi dans le même mois où le Béarnais avait si glorieusement ajouté le droit de conquête au droit de naissance. (Voir la lettre d'envoi publiée par moi.) Du Bartas mourut trois mois après, sans avoir eu le temps, en ce désordre affreux des guerres civiles, de faire imprimer son chant triomphal, et ce fut seulement quand les circonstances redevinrent propices que le patriotique poème vit enfin le jour. Il fut réimprimé, avec sommaire et annotations, à Genève, en 1596, in-12. Ces éditions isolées sont rares, mais comme l'énorme volume des œuvres complètes (1611) se trouve facilement, j'y renverrai (p. 418 à 428) le lecteur auquel, à défaut de lyrisme, le *Cantique sur la victoire d'Ivry* offrira des descriptions animées, un fidèle récit, dont l'histoire a pu avantageusement se servir, et surtout une vive et chaude empreinte de nobles sentiments.

endosser le harnois à la campagne, d'y convertir sa plume en une espée, d'accepter le commandement d'une compagnie de cavalerie soubs la conduitte du mareschal de Matignon qui l'aymoit pour la bonté de son esprit, et pour ses inclinations genereuses. Et ce fut en ce nouvel équippage, et dans ce changement de fortune et de vie, qu'après avoir rendu des preuves insignes de valeur et de courage, il mourut en la fleur de son aage, de 46 ans, dans sa terre natale veritablement, mais au milieu du bruit des trompettes, des canons et des armes, ce qui advint l'an 1590 et peu de temps après qu'il eut celebré sur les bords de Garone ceste fameuse bataille d'Ivry (1), comme si ces beaux vers eussent esté les derniers soupirs de ce nouveau cygne (2).

Comme il estoit marié (3), il laissa deux enfants masles

(1) Quelques auteurs ont écrit que du Bartas fut mortellement blessé à la bataille d'Ivry. J'ai déjà relevé ailleurs l'erreur commise à ce sujet par M. J. Travers dans le *Dictionnaire général de biographie et d'histoire*, de MM. Dézobry et Bachelet, 1857. J'ajouterai que j'ai retrouvé la même erreur dans l'*Histoire de France*, par MM. Henri Bordier et Edouard Charton (tome 2, 1860, p. 146), et dans l'*Histoire abrégée de la littérature française*, par M. Eugène Géruzez (1862, p. 93). Ce dernier critique a dit, au contraire, avec autant d'exactitude que d'élégance, dans un autre ouvrage (*Histoire de la littérature française depuis les origines jusqu'à la révolution*, 2 vol. in-8°, 2e éd. 1861, p. 371) : « Les armes et la diplomatie l'arrachent » souvent aux muses qu'il voulait servir exclusivement, et les blessures qu'il avait » reçues sur les champs de bataille, en défendant la cause du Béarnais, lui laissèrent » à peine le temps de célébrer la victoire d'Ivry qui venait d'assurer la fortune de » son roi : ce fut son dernier chant. Cette manière de finir est rare chez les poètes: » elle sera pour la mémoire de du Bartas une auréole toujours rayonnante. »

(2) La vieille et *inusable* métaphore du chant du cygne, si fausse au point de vue de l'histoire naturelle, a été appliquée au *Cantique d'Ivry* par presque tous les biographes de du Bartas.

(3) Dans l'*Intermédiaire des chercheurs et curieux* du 25 mars 1865, j'ai posé, sous ce titre : *Les Femmes du poète du Bartas*, les questions suivantes qui, jusqu'à ce jour, ont été laissées sans réponse : « Combien Guillaume de Saluste, seigneur » du Bartas, eut-il de femmes? Comment s'appelaient-elles? — M. de Villeneuve-» Bargemont (*Notice historique sur la ville de Nérac*, 1807) prétend que du Bartas » avait épousé une femme nommée Defrèze, de laquelle il tenait le château de » Hordosse, où il aurait composé la *Semaine*. MM. Haag (*France protestante*) di-» sent qu'il eut une femme du nom de Catherine de Manas, qui le rendit père de » deux enfants. Enfin, le poète gascon lui-même, dans son testament (voir *Saluste » du Bartas, Documents inédits*. Aubry, 1864, p. 18), appelle, le 18 mars 1587, sa » femme Catherine d'Homs, et institue héritières les quatre filles que voici : *Anne*, » *Jeanne*, *Isabeau* et *Marie*. Du Bartas a-t-il eu réellement trois femmes? Une » seule, je l'avoue, me paraît authentique, Catherine d'Homs, et pour croire à l'exis-» tence des deux autres, j'attendrai que l'on me prouve que ce ne sont point les » filles... d'une distraction des érudits qui seuls en ont parlé. » Catherine d'Homs avait pour mère, d'après le testament de du Bartas, Hélène de Lacassaigne : elle était en vie le 18 mars 1587, et très probablement elle survécut à un époux qui paraît l'avoir tendrement aimée. Moréri nous apprend (article *du Faur*) qu'une des filles de du Bartas fut mariée à N. du Faur, fils de Louis du Faur, seigneur de Glatteins, chancelier du roi de Navarre, et d'Anne de Preignan, dame d'honneur de la reine de Navarre. Aucun des biographes de notre poète n'avait parlé de ce brillant mariage d'une de ses filles

qui porterent son nom fameux et ses armes (1) ; ainsy que je l'apprends de cette epitaphe qu'un de ses amys prit le soin de consacrer à son illustre memoire.

Cet Orpheus françois dont la lyre immortelle
Nous a fait en sept jours renaistre l'univers
Au ciel fut appellé par la voix éternelle
Qui des sept jours forma le sujet de ses vers ;
Ça bas laissa ses os, sa vie à son ouvrage,
Son nom à ses deux fils, et sa gloire aux François.
O François, qui pourra avoir en appanage
Le laurier qui suivoit et sa lyre et sa voix?

Je serois volontiers tenté de ne point parler icy du detail de ses œuvres puisqu'elles ne sont pas moins publiques et connuës que l'air que nous respirons. Neamoins puisque c'est une loy que je me suis d'abord imposée, et qu'il est honteux à tout homme qui faict profession des belles lettres de les ignorer, je diray seullement (2) qu'en l'an 1579 (3) il fit imprimer à Paris son petit poëme pour l'accueil de la Reyne de Navarre, lorsqu'elle fit son entrée en la ville de Nerac, où il introduit trois nymphes qui debattent entre elles, en trois diverses langues, latine, françoise et gasconne, à qui aura l'honneur de saluer Sa Majesté, et par le petit eschantillon de son caractere latin, il paroist assez s'il eut voullu tenir quelque rang parmy les poëtes latins, qu'il n'eut pas esté des derniers. Mais la juste passion qu'il avoit poür sa langue, luy ayant faict mespriser les autres, il aima mieux estre

(1) Nulle part, je ne trouve de traces de ces deux enfants mâles. Furent-ils posthumes, comme le *Cantique pour la victoire d'Ivry*, et leur naissance justifia-t-elle les prévisions du testament du poëte? Les archives départementales d'Auch renferment une pièce concernant un sieur du Barthas, vivant au dernier siecle, et l'on m'assure que la famille de Saluste existe encore, si elle ne s'est éteinte depuis peu d'années. Mais MM. de Saluste descendent-ils du poëte lui-même? Des souvenirs de famille et des recherches faites avec soin dans les études des notaires du pays nous fourniraient sans doute sur ces deux points et sur quelques autres des renseignements qui ne sauraient guère nous venir d'ailleurs.

(2) La copie ajoute cette parenthèse : (en faveur des curieux).

(3) Voir sur cette composition une note assez étendue dans l'opuscule : *Saluste du Bartas, Documents inédits*, p. 8. J'y signale, entre autres choses, la réimpression qui en a été faite, en entier, par M. de Villeneuve-Bargemont dans sa *Notice historique sur la ville de Nérac* (Agen, 1807, in-8°), et, en partie, par M. le dr J.-B. Noulet, dans son *Essai sur l'histoire littéraire des patois du Midi de la France aux* XVIe *et* XVIIe *siècles* (Paris, 1859, in-8°).

un Virgile en sa langue qu'un Silius Italicus, ou tout au plus un Lucain en la langue romaine.

L'an 1580, il fit imprimer à Paris pour la première fois sa premiere *Sepmaine, ou creation du monde*, qui fut si favorablement receue qu'en moins de quatre ou cinq années elle fut reimprimée plus de vingt fois dans les villes de France, de Lorraine, d'Allemagne et d'Angleterre en toute sorte de marges et de characteres (1). Et sa reputation fut si grande que ce fameux ministre Simon Goulard si cognu parmy les doctes par ses divers escrits ne desdaigna pas de l'honnorer d'un docte commentaire qui en esclaircit les passages obscurs, et qui fait bien cognoistre la doctrine profonde de ce grand poëte, lorsqu'il y descouvre les sources veritables où il a puizé ses thresors d'esprit et de jugement (2).

Panthaleon Thevenin de Lorraine ravy du merite d'un si grand

(1) Phrase ainsi modifiée dans la copie : « Qu'en moins de quatre ou cinq années, elle fut imprimée plus de vingt fois en toute sorte de marges et de caractères *sans mettre en ligne de compte* les impressions qui s'en firent encore dans *toutes* les villes de France comme de Lorraine, d'Allemagne, d'Angleterre et autres provinces et royaumes. » On remarquera dans cette nouvelle phrase, ou plutôt dans cette paraphrase, un énorme contre-sens. L'édition de 1580 qu'indique ici Colletet est loin d'être la première. Le *Manuel du Libraire* en cite une édition de Paris donnée par Michel Gadoulleau, en 1578, in-4°, et une édition de Blois, donnée par Barth. Gomat, en 1579, in-8°. M. Brunet ajoute : « A en juger par la date de la traduction latine ci-dessous, il doit y en avoir une plus ancienne de quelques années.» Cette traduction a pour titre : *Guillelmi Salustii Bartassii hebdomas, opus gallicum a Gabriele Lermeo Volca latinitate donatum*, Parisiis, Mich. Gadoulleau, 1573, petit in-12. N'y a-t-il pas là une erreur? Ne serait-ce point un chiffre mis pour un autre, 7 au lieu de 8? Partout, je vois la date de 1583 attribuée à la traduction de Gabriel de Lerm, et Colletet, Goujet, et autres bons critiques et bibliographes ne permettent guère d'hésiter entre les deux dates.

(2) Le commentaire de Simon Goulart est comme cette terre de Gascogne que Pierre de Brach appelle « la terre plantureuse. » Mais plantureux n'est pas assez dire. Le théologien calviniste parle, en effet, dans ce commentaire, *de omni re scibili*, avec une inépuisable abondance. Il y a quelques utiles observations au milieu de tout ce fatras pédantesque. Goulart ne se contente pas d'être un prosateur infatigable; il cultive aussi ce que du Bartas appelle « l'art divin des vers, » et il a notamment décoré d'un sonnet très flatteur pour « la Muse Bartassine » une des pages préliminaires de *la Seconde Sepmaine*. Parmi les autres poëtes qui ont inséré leurs stances dans l'édition de 1611 des œuvres de du Bartas, je nommerai Pierre Bergeron, Lamberdière, Jean Lauron, advocat à Châteauroux, etc. La dédicace des éditeurs au roi contient cet éloge de l'auteur : « Les conceptions en sont si belles, » l'expression si claire et si vifve, et toutes autres choses si bien rapportées à leur » subject, que considerées en un gentilhomme champestre, et d'une nation qui ne » parle pas tousiours bien françois : elles semblent plus dignes d'admiration que de » louange : et faut confesser que s'il fut nay aussi bien en France comme en Gas» cogne, et qu'il eust esté nourry en la cour comme en sa maison, il eust surpassé » tout ce que l'art de bien dire en a peu iamais enseigner. » *L'avis au lecteur* est sur un ton plus dithyrambique encore : « Les rayons du soleil esblouyssent les yeux : » et la splendeur des poëmes de du Bartas offusque le plus clair de ma pensée...»

ouvrage le fit encore reimprimer à Paris in-4° l'an 1585, avec de nouveaux commentaires et de nouvelles illustrations qui ne cedent point en fonds ny en merite aux observations de ce docte senlisien et scavant ministre de Geneve; et pour une nouvelle preuve de son merite extraordinaire, Jean Edoard du Monin, et Gabriel de Lerm la traduisirent tous deux à l'envy en beaux vers latins, les uns imprimés à Paris l'an 1579, et les autres l'an 1583, comme en l'an 1592 Ferrante Guisone la fit paroistre en beaux vers italiens qui sont encore les delices du Tybre, et l'ornement de la Seine (1). Ce n'est pas pourtant, comme les jugements des hommes sont divers, qu'il ny en ait eu quelques uns, et mesme des plus scavans qui ont trouvé de notables deffauts dans les jours de ceste docte sepmaine, tant pour les raisons que j'en ay alleguées, comme pour ces deux suivantes. Ils disent que ce poëme n'estant qu'une nue et simple narration des choses comme son subiet semble le requerir on doibt plus tost mettre son autheur au nombre des historiens que des poëtes, et que n'ayant pas dans sa forme d'escrire suivy les regles prescrittes par les antiens, il s'est escarté du vray chemin, et que moins on travaille à les imiter et à les suivre de pres, moins on merite de louanges. Mais apres tout, on peut bien dire à l'exemple du poëte Martial, qu'il jouissoit de son vivant de la gloire qu'il s'estoit acquise par ses longs travaux, puisque par les charmes de la muse, il gagna le cœur de toutes les nations du monde. Et puis l'an 1584 il publia à Paris in-8° un advertissement (2) en prose où il respondoit succinctement aux objections que l'on avoit faictes contre son ouvrage, si bien que l'on recognut par là, s'il avoit peché, qu'il ne l'avoit pas faict par ignorance, ny par inadvertance, mais appuyé sur des raisons ou veritables, ou apparentes. Ce n'est après tout

(1) Le travail de Ferrante Guisone est dédié à Vincent de Gonzague, duc de Mantoue et de Monferrat. Voici le titre de la cinquième édition de cette version italienne, qui ne méritait pas tant de succès : *La Divina Settimana: cioè i sette giorni della creatione del mondo, del sig. Guglielmo di Salusto signor di Bartas: tradotta di rima francese in verso sciolto italiano... In Venetia. G. B. Ciotti Senese.* 1601. In-12 de 126 feuillets. Il y a en tête une ode alcaïque 3 strophes de Guill. Dupeyrat, lyonnais, à la gloire de l'auteur et du traducteur.

(2) Variante de la copie : *Un discours* ou advertissement.

que Simon Goulard apres avoir amplement exageré dans sa preface le merite de son divin autheur, qui mesle si agreablement le doux avec l'utile, et qui parle pertinemment de toutes les sciences, il ne demeure d'accord qu'il y a des phrases rudes, et des duretez de vers et de rymes qui ne luy sont que trop frequentes; mais il adjoute pour la gloire de du Bartas, que si ce grand poëte eut vescu davantage, il eut fort adoucy ces endroicts raboteux, et qu'il nous eut faict un jour cueillir toutes ses roses sans espines. Apres tout ses vers masles et hardis, et ses sentiments qui n'ont rien de bas, ny de populaire impriment ce me semble dans les cœurs je ne scay quel respect pour leur merite; de moy j'advoue franchement que si dans mes vers il se rencontre quelque forte elocution et quelque hardiesse qui ne desplaisent pas aux esprits rellevez, que je doibs moins ces advantages à la bonté de ma nature, ny à la force de mon imagination qu'à la lecture assidüe que j'ay faicte autrefois de ses ouvrages solides et aux nobles teintures que j'y ay prises.

L'an 1584 il fit imprimer à Paris sa *Seconde Sepmaine* (1) ou enfance du monde, qui toute imparfaicte qu'elle est dans son premier dessein, a les mesmes beautez et la mesme force de la premiere, quoy qu'en dient de certains autheurs qui la trouvent moins noble que l'autre; et certes je ne scaurois m'empescher icy de tesmoigner la joye secrette que je sens toutes les fois que je vois cette premiere et belle edition, où se rencontre le nom de Colletet au rang de ceux qui signerent la permission de la publication de son livre puisque je suis ravy que mon grand pere dont je porte le nom et qui estoit très digne secretaire de la noblesse de France, ait encore en qualité de commis au greffe, favorisé de son suffrage et de son approbation le plus important ouvrage de son siecle, ouvrage dont le premier jour sous le titre d'Eden, fut encore enrichy de doctes commentaires par un certain autheur annonyme qui les fit imprimer à Nevers in-4° l'an 1591 avec promesse d'achever

(1) Il y eut deux éditions de la *Seconde Semaine* en 1584, toutes les deux à Paris, chez l'Huillier, in-4°.

le reste, ce qui comme je croy autant que j'en ay pu faire la recherche ne fut jamais exécuté.

L'an 1603, Jean du Pin, tres digne gendre du fameux Isaac Casaubon, ayant heureusement recouvré un pretieux manuscrit intitulé la Suitte de la Seconde Sepmaine du sieur du Bartas, ne voullut point cacher ce thresor soubs la terre, et le publiant à Paris l'an 1603, le dedia au roy d'Escosse, d'Irlande et d'Angleterre, prince qui le receut avec presque autant d'accueil, qu'il en avoit faict autresfois à l'auteur luy mesme (1), et s'il m'est permis d'opposer ceste suitte presque incognue à son commencement si celebre; j'ose dire que du Bartas ne s'y dement pas luy-mesme, et qu'il ne fit jamais peut estre rien de mieux, de plus fort ny de plus poly. Et je souhaitterois volontiers que quelque scavant homme eut voullu prendre la peine de l'enrichir de quelques doctes commentaires tels que sont ceux de Simon Goulard sur la premiere et seconde sepmaine de ce fameux autheur, puisqu'il y a des choses cachées que le commun des lecteurs ne scauroit penetrer, et qui ne sont cognues que des intelligens, et des esprits versez et raffinez dans la lecture des sainctes lettres et de la plus profonde philosophie.

Si je ne parle point icy de la Judith (2) ny de ses autres poë-

(1) Cette suite de la *Seconde Semaine* contient *la Vocation, les Capitaines, le Schisme* et *la Décadence*. Dans les premiers vers de la Vocation, du Bartas adresse cette partie de son poème à Jacques VI. Du Pin, dans sa dédicace au « tres auguste roy » d'Escosse, d'Angleterre et d'Irlande » appelle du Bartas le « phœnix de nostre » siecle, qui, en mourant, comme un cygne sur les rives de Méandre » (ô l'inévitable cygne!), « chantant doucement l'hymne de la mort, a bien sceu faire choix du mo- » narque le plus docte de l'univers. » L'éditeur a soin de présenter cette suite de la *Seconde Semaine* comme « un sommaire, lequel le poete pouvoit embellir, amplifier » et amener à perfection, si nostre Seigneur luy eust allongé la vie. »

(2) J'extrais de l'*Advertissement de G. de Saluste, s^r Du Bartas sur la Judith et autres poëmes suivans* (p. 343 de l'édition de 1611), les lignes que voici: « Amy » lecteur, m'ayant esté commandé par feu très illustre et très vertueuse princesse » Jeanne, reine de Navarre, de rediger l'histoire de Judith en forme d'un poëme » epique, je n'ay pas tant suivy l'ordre, ou la phrase du texte de la Bible, comme » j'ay tasché (sans toutesfois m'esloigner de la verité de l'histoire, d'imiter Homere » en son Iliade, Virgile en son Æneide, et autres qui nous ont laissé des ouvrages » de semblable estoffe : et ce pour en rendre de tant plus mon œuvre delectable... » Tant y a que comme estant le premier de la France, qui par un juste poëme ay » traitté, en nostre langue, des choses sacrées, j'espère recevoir de la grâce quelque » excuse... Or si ie cognoy que ce mien coup d'essay te soit agreable, ie poursuivray » avec plus grande allegresse la carriere commencée : et feray en sorte que tu ne te » repentiras de ton indulgence, ny moy de ma peine. » La *Judith* parut pour la

mes (1), c'est qu'il suffit de les lire dans ses œuvres publiques (2) pour les estimer comme ils le meritent, et d'ailleurs qu'est-ce qu'un petit trait de plume pourroit adjouster à la gloire d'un si grand homme?

Christophle de Gamon qui d'ailleurs honoroit fort du Bartas qu'il nomme d'abord une perle nompareille, l'honneur de son aage, la merveille du monde, homme immortel, esprit divin, ne laissa pas de refuter sa premiere Sepmaine de la creation par une autre qu'il luy opposa hardiment, et qui n'est pas certes indigne d'un si grand antagoniste (3). Et quelques années après, Alexandre de Riviere dans son poëme du *Zodiac poetique* (4) prenant en main la deffense de du Bartas contre Gamon, le traitta comme un petit escholier qui se seroit revolté contre son maistre, mais s'il le fit avecque raison, et avecque la majesté qu'exigeoit nostre poesie francoise, c'est ce que j'ay observé en son lieu (5).

Entre ceux qui l'ont hautement loué dans leurs escrits, Theodose de Beze luy en addresse un sur sa docte Sepmaine, qu'il appelle un poëme digne de luy et d'une memoire éternelle. Cet illustre prince Henry B. d'Angoulesme luy consacra un sonnet qui se void au frontispice de sa Sepmaine, aussy bien que celuy dont P. Abbé d'Elbeine la voullut honnorer, et tous deux furent traduits par ce fameux poëte du Roy Jean Dorat, qui d'aillieurs

première fois, avec d'autres petits poëmes de du Bartas, à Bordeaux, 1573, in-4° sous ce titre : *La Muse Chrestienne* de G. de Saluste, etc. C'est une des plus belles publications de l'habile Simon Millanges.

(1) *L'Uranie ou Muse céleste*, opuscule dédié à Gabriel de Minut, seigneur du Castera, l'original panégyriste de la belle Paule, l'Uranie dont le début est charmant :

> Ie n'estoy point encore en l'avril de mon aage,
> Qu'un desir d'affranchir mon renom du trespas,
> Chagrin, me faisoit perdre et repos et repas
> Par le brave projet de maint savant ouvrage, etc.

Puis : *le Triomphe de la Foy*, dédié à Guy du Faur, seigneur de Pybrac, conseiller du Roy en son privé conseil, et président en sa cour de Parlement à Paris; *les neuf Muses Pyrénées, présentées* par *G. de Saluste au Roy de Navarre*, recueil de neuf sonnets dont le 3e célèbre l'Ariège, et le 5e Le Lers.

(2) Variante de la copie : *Œuvres poétiques*.

(3) « Ce Gamon, dit M. Sainte-Beuve, a fait peut-être les vers les plus ridicules qu'on ait écrit en français. » L'illustre critique en cite un échantillon, tiré de son *Printemps* (1600), et ajoute : « C'est de l'argot. Il n'y a plus, après cela, que les Petites-Maisons. »

(4) *Zodiaque poétique et philosophique de la vie humaine*, 1619.

(5) La copie ajoute : *C'est-à-dire dans leur vie que j'ay écritte.*

l'honnora de quelques autres vers grecs et latins de son invention, temoin cet heureux Anagrammatisme :

> Musis laus illius viget,

qu'il trouva heureusement (1) sur le nom de Guilielmus Salustius, et qu'il expliqua dans une excellente epigramme qui finit ainsy :

> Nam crescente novo mundo, nova carmina crescent,
> Crescit et aucthoris gloria, sicut opus.

Henry Estienne, Federic Morel, Salomon Certon, Guillaume du Peyrat, André Mage, Simon Goulard, Jean de Serres l'historien, Pierre de l'Ostal, Roland du Jardin, Auguste Costé, Estienne Grisel, Jacques Lectius, Theodore de Beze, le baron de Solignac, et plusieurs autres excellens esprits, ont rendu en diverses langues, et en plusieurs differens poëmes que l'on void dans leurs œuvres propres, et quelques uns en celles de du Bartas, temoignages publics de la haute estime qu'ils ont faicte de ce grand poëte. Un Nicolas Clement de Tresles fit encor son anagramme où sur Guilelmus Salustius Bartasius, il trouva ces paroles :

> Artibus ille satus sum gallis usu,

qu'il enferma dans ce distiche latin :

> Artibus ille satus sum gallis optimus usu :
> Artes testantur nomen et hebdomada.

Edoard du Monin apres avoir, comme j'ay dict, traduict en vers latins sa premiere Sepmaine, dans un long poëme latin et françois conceu tout en la louange de du Bartas, rend graces à Dieu de ce qu'il avoit accomply ce laborieux ouvrage en l'espace de deux mois seullement comme on le void dans son Manipule poëtique; et non content de cela il parle encore magnifiquement de luy en plusieurs endroits de ses œuvres, particulierement à la fin de son poëme du Phœnix, où il l'appelle ainsy ridiculement et pensant bien dire :

(1) Variante de la copie : Fortuitement.

Ronsard, Dorat, Pimpont, Saincte-Marthe, Bartas,
Evesques delphiens triez du mortel tas, etc. (1)

Ce fameux historiographe de France Scipion Dupleix pour soustenir ses opinions philosophiques rapporte en plusieurs endroits de ses œuvres plusieurs vers tirez de la *Sepmaine* de cet excellent poëte; Guillaume du Buys, Guillaume (du) Sable, celuy-ci dans sa *Muse chasseresse*, l'autre dans ses ouvrages poëtiques, le capitaine La Sphrise dans le recueil de ses *Diversitez*, du Chesne la Violette dans la preface de sa *Morocosmie*, Abel Dargent dans la préface de sa *Sepmaine* du mesme nom, Clement de Sauve dans son *Eraton*, Philippes Bosquier dans ses *Tragedies*, Antoine de la Puyade dans ses *OEuvres sainctes*, N. Guerin dans sa preface de *Penthée*, Guillaume Bonet dans son recueil chrestien, et une infinité d'autres orateurs et poëtes de son siècle fort cognus, le traittent de grand esprit et de grand genie en nostre poësie françoise. Estienne Pasquier faict encore honorable mention de luy dans ses doctes *Recherches de la France*, quoyqu'en quelques endroits il accuse son style de trop d'enflure (2). Ce que Claude du Verdier faict encore dans sa censure latine des autheurs françois, où il l'appelle dur, trop fecond en epithetes, et destitué de cette veine douce et naturelle qui faict que les poëtes expriment naïfvement les choses.

Antoine Possevin jesuite dans son traicté de la poësie latine,

(1) Les vers de du Monin n'ont pas été calomniés dans ces lignes de l'abbé Goujet (p. 313 du tome XII) : « L'obscurité la plus profonde, une dureté insupportable, et le » galimathias le plus ridicule forment le caractère des écrits de cet auteur. » Dans un piquant article de la *Nouvelle Biographie générale*, M. Gustave Brunet est tenté de voir en lui « une espèce de fou qui, de tous les auteurs de l'antiquité, aurait pris » pour modèle le ténébreux Lycophron. » M. Brunet renvoie à diverses notices sur le bizarre poëte bourguignon : la sienne peut tenir lieu de toutes celles qu'il indique, et même de celles qu'il n'indique pas, telles que celle de Bayle (*Dictionnaire critique*) et celle de B. de La Monnoye (dans l'édition de la *Bibliothèque* de La Croix du Maine, par Rigoley de Juvigny).

(2) Déjà de Thou avait, au livre XCIX de son *Histoire*, observé que plusieurs reprochaient à du Bartas le même defaut, *stylum ejus tanquam nimis crebro figuratum, tumidum, et vasconice ampullatum, critici quidam reprehendunt.* Ce *vasconice ampullatum* me rappelle le mot d'un homme d'un goût pur jusqu'à l'austérité qui, choqué des trop pompeuses figures de rhéthorique d'un compatriote de Baour-Lormian, le disait possédé d'un démon particulier aux provinces méridionales, le démon de l'emphase, et s'écriait plaisamment : *A dæmonio meridiano, libera nos, Domine!*

dit que ce grand poëte faisant profession du calvinisme ne devoit estre leu qu'avec la permission de l'Eglise; neantmoins ses œuvres imprimées avec le privilege du roy ont encore le certifficat et l'approbation de deux docteurs en theologie (1).

Je scay bien que l'on a repris en luy quelques vers, qui semblent n'estre pas orthodoxes, comme en parlant de la saincte Trinité il dit :

Et faict des trois ensemble une essence triple une,

et qu'il devoit dire : Trine-une. Mais combien s'est-il rencontré de peres de l'Eglise mesme qui ont erré par megarde, et non pas de volonté determinée dans l'expression des termes mysterieux de la vraye theologie que la delicatesse du dernier siecle a changé dans la langue! Aussy fut il bien rellevé de cette maniere de parler par son docte adversaire Christophle de Gamon, qui bien loin de luy pardonner le traitta avec beaucoup de severité. Pierre Deimier dans son *Art poetique*, apres l'avoir aussy fort hautement loué, l'accuse de plusieurs deffauts tant au sens qu'aux paroles, et fait bien voir que pour grand homme que l'on soit, on se sent toujours de la foiblesse humaine (2). Scevole de Saincte-Marthe dans ses eloges des hommes illustres, lui en consacra un fort riche, et fort éloquent, que j'ay traduit en françois en traduisant son livre (3). Antoine du Verdier (4) et La Croix du Mayne, ne

(1) On a ajouté dans la copie : Ce qui marque probablement que l'examen particulier en avoit esté faict, et qu'il ne s'y estoit rien trouvé de contraire aux purs sentiments de nostre saincte église.

(2) Pierre de Deimier, en son *Académie de l'art poétique* dédiée à la reine Marguerite, 1610, n'a pas seulement censuré les fautes de langage et de versification de du Bartas, mais aussi celles de Desportes, de Ronsard, etc. Il a trouvé à son tour, dit Goujet, t. I, p. 398, un censeur dans Esprit Aubert, auteur des *Marguerites poétiques*, 1613, in-4°, Lyon. C'est un recueil par ordre alphabétique de lieux communs tirés surtout des œuvres de Ronsard et de du Bartas.

(3) Sainte-Marthe appelle du Bartas esprit sublime (p. 413 de la traduction de G. Colletet). Il assure que jamais livre ne fut accueilli en France avec plus d'applaudissement et d'admiration que la *Semaine*. Il n'a pas manqué de voir dans le cantique d'Ivry les derniers soupirs du nouveau cygne français. Sainte-Marthe est le premier qui ait parlé du voyage diplomatique de du Bartas en Danemark; j'ai eu soin de remarquer ailleurs, non pour le plaisir de faire un mot, mais pour le plaisir de rectifier une erreur, que les *missions* dont du Bartas avait été chargé par le roi de Navarre, et que l'on a grossies jusqu'à les présenter comme des ambassades, étaient tout bonnement et simplement des *commissions*, comme Henri aimait à en donner à ses secrétaires, à ses écuyers, à ses gentilshommes de la chambre.

(4) Du Verdier appelle du Bartas « homme aussi rare et singulier que nostre

se sont pas oubliez aussy dans leurs bibliotheques françoises d'ajouter leurs suffrages a celluy de tant de grands hommes. George Draude, et l'auteur du promptuaire des livres françois l'ont inseré pareillement au catalogue de nos autheurs, et depuis peu le R. P. de Saint-Romuald dans le troisieme volume de son Thresor chronologique a fait son eloge en peu de mots, et comme dans la pluspart des grands hommes qu'il loue, qu'il blâme ou qu'il censure, il me fait toujours l'honneur d'employer mes phrases et mes periodes entieres, je suis ravy de voir presque tout mon livre des eloges des hommes illustres inseré dans le sien. Cela s'appelle enchasser mon cuivre, ou tout au plus mes diamans bruts en email ou en or. Mais à mon advis celluy qui a le plus dignement et avec le plus d'apparance de vérité fait mention de luy, c'est ce grand et docte president Jacques Auguste de Thou, dans sa fameuse histoire (1).

Remarques curieuses du sieur Colletet le fils (2).

Jean Baudoin dont le nom a esté si connu dans l'empyrée des belles-lettres et duquel nous avons de si fideles traductions, m'a dit autresfois que Ronsard qui estoit fort adroit à joüer à la paume, et qui ne passoit guiere de semaines sans gagner partie aux plus grands de la cour, estant un jour au jeu de l'Aigle dans nostre faubour Saint Marcel, quelcun apporta la Semaine de du Bartas, et qu'oyant dire que c'estoit un livre nouveau, il fut curieux quoy qu'il fust engagé dans un jeu d'importance de le voir et

» France porta oncques... » Il annonce que la *Semaine* « accomplira beaucoup de se- » maines d'années, au contentement des plus doctes, c'est-à-dire pour vivre autant » en splendeur et dignité, comme ce grand univers vivra : le berceau et origine du- » quel il écrit d'une vive et émerveillable éloquence... » Du Verdier continue ainsi : « On dit qu'à bon vin il ne faut point d'enseigne : partant ne faut entreprendre » de louer ce qui est de soi même assez loué de tout le monde. » Le bibliographe lyonnais dit qu'il n'en citera rien : « car non moi seulement, mais tout autre seroit » bien empêché de faire choix du meilleur, vu que tout ce qu'il a écrit est si bien » qu'impossible est d'être mieux... » Que pourrait-on dire de plus d'un de ces poëtes qui sont à la fois le charme et la gloire de l'esprit humain ?

(1) La copie ajoute : Que mon lecteur curieux pourra consulter pour ne pas grossir cet ouvrage de tant de citations qui ne plaisent pas toujours a tout le monde.

(2) Ces remarques ne se trouvent que dans la copie. M. Sainte-Beuve en a reproduit les premières lignes à la page 398 de son *Tableau de la Poésie française au XVIe siècle*.

de l'ouvrir, et qu'aussy tost qu'il eut leu les vint ou trente premiers vers, ravy de ce debut si noble et si pompeux, il laissa tomber sa raquette, et oubliant sa partie il s'escria : O que n'ay-je fait ce poëme? il est temps que Ronsard descende de Parnasse et cede sa place à du Bartas que le ciel a fait naistre un si grand poëte. Guillaume Colletet mon pere m'a souvent assuré de la mesme chose; cependant je m'estonne qu'il ait obmis cette particularité remarquable dans sa vie, pensée qui n'a point de rapport au sonnet allegué qui commence :

Ils ont menti, Dorat, ceux qui le veullent dire, etc.

Mais il se peut faire que Ronsard ait esté alors de ce sentiment, et que la suitte du temps luy ait fait chanter cette palinodie, lorsqu'il vit la gloire de du Bartas prendre un si grand essor parmy les scavans de son siecle. Je ne puis aussy oublier de dire qu'ayant passionnement aymé cet autheur à l'imitation de mon pere dont j'ay sceu les plus beaux endroits par cœur, j'ay remarqué une chose qui merite bien de n'estre point passée sous silence. C'est qu'un essaim d'abeilles s'estant niché dans un endroit de la muraille de son chasteau du Bartas, il n'en sortit jamais, et ne cessa point tous les ans de luy produire du miel; presage qu'un jour la Muse de ce grand homme devoit estre un miel savoureux dont le goust des doctes poëtes seroit agreablement flatté. Aussy ne pût on taire ce petit prodige de la nature puisqu'on fit des vers latins en forme de dialogue qui se trouvent à la fin de la Semaine latine de Gabriel Lermeus, et qui commencent ainsy :

VIATOR.

Quod monstrum his oculis video? quibus advena turba
  Auspiciis cursus huc nec opina tulit?
Non etenim sine mente deum, sine numine quodam
  Huc vestrum, aligeræ, casus adegit iter, etc. (1)

(1) Cette poésie de G. de Lerm, qui ne manque pas de grâce, a été reproduite en entier par Gruter, *Deliciæ poetarum Gallorum hujus superiorisque ævi* (Francfort, 1609, 3 vol. in-16), t. II, p. 121.

Quelque sien amy en fit aussy de françois sur le mesme sujet. C'est un sonnet à l'antique, vraye description de sa maison :

Escrivant le bonheur du repos solitaire
Ton estang fut ta mer, ton Ardenne ton bois,
Ta Gimone ton Nil, les oyseaux tes haut-bois,
Ton Louvre le Bartas, et Cologne ton Caire.

Mais après ce bonheur, il ne falloit pas taire
Ton Hymette odorant, et resonant des voix
Des petits animaux façonnant de leurs doigts
Ce nectar savoureux qui chez toy coule flaire.

De leur bon gré jadiz ils se vinrent nicher
Dessous un soliveau de ton plus bas plancher
Preferant ta maison à leur manoir antique,

Et là vinrent du vent de ton souffle benin
Ne couvant soubs leurs corps eguillon ne venin
Mais sentant l'air naïf de ta candeur attique (1).

Il en suit encore un autre de mesme style qu'il n'est pas besoin de rapporter pour ne pas abuser de la patience du lecteur. Je diray seullement en passant qu'au commencement de cet ouvrage latin dedié à Elisabeth, Reyne d'Angleterre, il y a bien d'autres vers françois encore à la louange de du Bartas, qui ne me semblent pas mauvais pour le temps. L'anagramme qu'un certain seigneur de son voisinage fit sur son nom ne m'a pas semblé trop indigne d'avoir place en ce lieu puisqu'elle exprime assez naifvement la nature de son travail divin :

(1) M. Sainte-Beuve dit à ce sujet bien spirituellement, comme toujours : « Rien » pourtant de plus mal placé que ces abeilles ; du Bartas, en ses vers, n'en a pas » une, tandis que bien d'autres de son temps, et même des secondaires, en pour- » raient offrir ; Gilles Durant, Passerat, Vauquelin de la Fresnaie, que sais-je en- » core ? mais non pas lui. Il a du souffle, de l'haleine, des poussées de grandeur, » une certaine fertilité grasse, tout ce qui se peut à toute force rencontrer en Béotie, » jamais l'abeille. » (P. 398.) Jamais l'abeille, soit ! Mais que de coups d'aile dignes de l'aigle ! et, par exemple, quel beau vers que celui-ci :

Car l'enfer est partout où l'Eternel n'est pas !

Tout à côté de ce vers que je ne me souviens d'avoir vu cité nulle part, je trouve (*Première semaine*, p. 30 de l'édition de 1611) un admirable passage sur la nuit, passage qu'avec quelques autres encore où la poésie *roule comme un flot d'or*, pour me servir d'une expression appliquée par du Bartas aux psaumes, on a reproduit dans l'anthologie intitulée : *Les Poëtes français*, tome 2, p. 235-244.

Saluste, ton beau nom monstre par Anagramme
Qu'un mystere sacré se cache bien souvent
Es lettres de nos noms, puis qu'il est evident
Que pour conoistre Dieu, *tu as seul guidé l'ame.*

Au reste cet excellent homme ayma si fort la solitude qu'il la preferoit au bruit et au tumulte de la cour, comme à l'attachement des grands dont il eust pu esperer de grandes recompenses. C'est ce qu'il dit en quelque endroit de ses œuvres :

Puissé-je, ô tout puissant, inconnu des grands roys,
Mes solitaires ans achever dans les bois !

Il dedia son beau poëme de la *Judith* divisé en six livres à Madame Marguerite de France, Reyne de Navarre, son *Uranie* ou Muse celeste, à Gabriel Minutio, seigneur du Castera, et son *Triomphe de la Foy*, à Guy du Faur, seigneur de Pibrac, son illustre amy, qui l'honora toute sa vie d'une estime toute particuliere.

APPENDICE.

N° 1.

Quelques citations sur du Bartas.

Le grand critique génevois Isaac Casaubon, dont je me félicite d'avoir naguère fait mettre en lumière l'origine gasconne (1), parle de du Bartas avec admiration, tout en plaçant sa seconde Semaine bien au-dessous de la première. « Le poète avoue qu'il a entrepris cet » ouvrage dans la lassitude de son génie, et on s'en apercevrait sans » cet avertissement. Du Bartas est donc vaincu, mais par du Bartas lui- » même. Ce n'en est pas moins un poète admirable, et qui mérite d'être » tenu en haute estime par tout le monde (2). » Le philologue allemand Gaspard Barthius (*Adversaria*, 1624, in-f°, Francfort) proclame, lui

(1) Dans l'*Intermédiaire des chercheurs et curieux* du 10 février 1866, M. Théoph. Dufour (de Genève), répondant à une de mes questions, a fourni des renseignements inédits très intéressants sur la famille de son illustre compatriote. D'après lui, les parents de Casaubon étaient originaires de Montfort en Chalosse.

(2) «.....Vincitur igitur Bartasius, sed a Bartasio ; ceterum admirabilis nihilominus poeta est, et magni haberi ab omnibus meretur. » *Casauboniana .... ex variis Casauboni* MSS. etc. a Jo. Chr. Wolfio (Hambourg 1710, in-8°), p. 33.

aussi, du Bartas un poëte admirable. Un autre grand critique d'Outre-Rhin, Gérard-Jean Vossius, reconnaît en lui un poëte savant et élégant (*De arte poetica*, dans ses *Opera omnia*, 1695-1701, 6 vol. in-f°, Amsterdam). Et puisque nous en sommes aux étrangers, je détacherai de la notice de Bullart sur du Bartas (p. 353-355 de son *Académie des sciences*) ces lignes élogieuses : « Il ne puisa dans » l'Hélicon qu'une eau pure, et nullement souillée par une muse co- » quette et impudique : il n'apprit des neuf sœurs que des tons » graves, autant qu'ils estoient mélodieux. Aussi jamais livre n'a été » plus estimé que son poëme françois de la Création du Monde. On » l'imprima plus de trente fois en cinq ou six ans... On le traduisit » en toutes les langues... A dire le vray on voit dans ce grand ouvrage » les plus beaux traits de la philosophie, de la science politique, mi- » litaire et économique, entremèlez parmy les plus charmants attraits » de la poésie : ce rare esprit y fait une alliance parfaite de l'utile et du » delectable : il plaist, il instruit, il persuade tout ensemble : il imite » l'adresse d'un peintre ingenieux dans la diversité de son paysage.» Réparant un oubli de Colletet, Bullart rapporte que Rodolphe Botercius avance dans ses *Commentaires sur l'Histoire de France* que les plus âpres censeurs de du Bartas confessèrent qu'il avait acquis plus d'honneur par une seule semaine qu'eux tous par les travaux de toute leur vie.

Sorel (*Bibliothèque françoise*, p. 211 de l'édition de 1664) trouve dans les poëmes de notre auteur « des marques d'un beau feu d'esprit » parmy quelque rudesse de style. » Ce même Sorel s'est beaucoup moqué, en son *Berger extravagant*, du style de du Bartas, et surtout des vers sur l'alouette, vers que M Sainte-Beuve, à son tour, appelle « ces billevesées du talent, » mais que M. Cénac-Moncaut n'a pas craint de prendre sous sa protection. L'abbé Goujet a cité, après Baillet, les dures paroles prononcées contre le rival de Ronsard par le cardinal du Perron (*Perroniana*) et par le jésuite Rapin (*Réflexions sur les poètes*).

J'ai résumé, autour de la *Lettre inédite de Saluste du Bartas à Henri IV*, les appréciations de nos principaux critiques contemporains, par exemple celles de M. Sainte-Beuve, de M. Viollet-le-Duc, de M. Géruzez, de M. Demogeot. M. D. Nisard n'a daigné, en son *Histoire de la littérature française*, mentionner du Bartas qu'à propos d'une douteuse anecdote (1863, 3e édition, tome I, p. 315). A l'injurieux silence de M. Nisard, j'oppose les lignes par lesquelles M. Léonce Couture termine une belle page sur le poète (*Bulletin d'Auch*, tome II, p. 374) : « Qu'on étudie l'œuvre telle qu'elle est, en acceptant l'étran-

» geté de la langue, en contrôlant l'impression première par la ré» flexion, et l'on se convaincra qu'on a affaire à l'un des plus » puissants esprits qui se soient manifestés par la forme poétique. » J'appellerai aussi l'attention du lecteur sur la chaleureuse notice dont du Bartas est l'objet dans *les Poètes français*, tome 2e, 1861, p. 228-234. Là, M. Philoxène Boyer, qui d'ailleurs a commis plus d'une erreur, notamment en faisant envoyer par Ronsard la fameuse plume *métallique* au poète calviniste, et en prétendant que Joseph Scaliger, se départant (1) de ses sévérités coutumières, parlait de la *Sepmaine* comme il eût parlé du *Donec gratus eram* (2); là, M. Ph. Boyer, après avoir rappelé tout ce que doivent à du Bartas le Tasse et Milton, après avoir constaté que dans les poésies de lord Byron et de Thomas Moore on a au moins en un endroit un reflet des poésies de celui que Gœthe a tant admiré, s'exprime ainsi : « C'est en vain que son œuvre, à loisir » étudiée, nous découvre une imagination forte, abondante, quel» quefois gracieuse ; c'est en vain que ses comparaisons, à l'ordinaire » tirées des forêts, des cieux, de l'océan et des fleurs, ont souvent une » magnificence naturelle qui décèle la vive originalité du poète ; c'est » en vain que sa versification se soutient, en bien des passages, co» pieuse, variée, brillante, majestueuse; c'est en vain que dans » l'énorme volume des œuvres complètes, publié en 1611, et qu'il » est, a-t-on dit, aussi difficile de porter que de lire, il y a plus » de pensées vivantes, plus de verve, plus de candeur, plus d'intui» tion poétique que dans les recueils de mille puristes, phrasiers, » écolâtres de l'école du bon sens, ou confrères académiques de Faret » et de la Mesnardière : du Bartas est aux gémonies de l'oubli.... »

M. Ph. Boyer n'est point le dernier qui ait rendu hommage « à ce » génie tombé dans le sillon enflammé des Phaétons et des Icares. » Un critique distingué, M. Edouard Tricotel, a récemment publié un volume de *Variétés bibliographiques* (Paris, Jules Gay, 1863) dans lequel (p. 270) un chapitre est intitulé : *Du Bartas, Angot et André Chénier*. Les trois poètes dont le nom se lit en tête de ce chapitre, dit le savant bibliophile, ont chanté en beaux vers leur patrie. Ces vers sont peu connus, sauf ceux d'André Chénier (*Hymne à la France*); et

(1) C'est sans doute une faute d'impression qui a introduit dans la prose brillante de M. Ph. Boyer l'imparfait barbare *se départissait*.

(2) Ce n'est point Joseph, mais Jules-César Scaliger, son père, qui aurait mieux aimé avoir composé cette ode délicieuse que d'être roi d'Aragon (*Poétique*, liv. 6, ch. 7); et ce n'est point de la *Semaine*, mais bien de la *Judith* que s'occupait le redoutable critique, quand il disait (Scaligerana) que du Bartas imite heureusement le style de Lucain, tout en étant souvent duriuscule.

c'est là un motif pour que nous les reproduisions. Du Bartas, ajoute-t-il, exprime bien dans le passage suivant (tiré de la *Seconde Sepmaine*; *les Colonies*, 3e partie du second jour, à la fin) la douleur que ressentait la France au milieu des guerres civiles qui la déchiraient. Je ne transcrirai point ici tout l'éloquent fragment consacré à l'éloge de la « reine de l'univers, » mais je ne saurais mieux couronner ce glanage sur du Bartas que par la citation de ces trois vers dans lesquels éclate toute la flamme du plus patriotique enthousiasme :

O mille et mille fois terre heureuse et féconde,
O perle de l'Europe, ô paradis du monde,
France, je te salue, ô mère des guerriers !

N° 2.

Du Bartas en Ecosse.

M. Francisque-Michel (*Les Ecossais en France et les Français en Ecosse,* 2 vol. in-8°, 1862) a donné sur le séjour de du Bartas à la cour de Jacques VI (tome II, p. 107 et suivantes) une foule d'intéressants détails, empruntés surtout aux dépêches de divers ambassadeurs. Je suis heureux de pouvoir compléter cette curieuse partie du livre de M. Fr.-Michel, en publiant ici une lettre inédite du fils de Marie Stuart au fils de Jeanne d'Albret, lettre qui a été insérée par le grand juge d'armes de la noblesse de France, d'Hozier, dans une généalogie manuscrite de la famille de Meulh. Cette généalogie se trouve entre les mains de Madame la comtesse Marie de Raymond, qui a mis la plus gracieuse obligeance à me la communiquer.

Monsieur mon frere je n'ay vouleu laisser passer l'occasion du partemant du sieur de Bartas sans par la presente vous tesmoigner le grand contentement que j'ay receu par sa compagnie ce tems passé et combien son absence me seroit desplaisante sy autremant se pourroit faire (1). *Vous avez certes grande occasion de louer Dieu et vous estime tres heureux d'avoir le service et conseil d'un si rare et vertueux personnage. Je cesse d'en dire davantage puisque ses merites publient ses louanges et vous prie de croire tant luy que ce gentilhomme mon ser-*

(1) Ceci rend vraisemblable ce que rapporte de Jacques VI l'ambassadeur de L'Aubespine-Chateauneuf (14 mai 1587) : « Et a dict souvent que, s'il avoit le dict du » Bartas près de soy, il s'estimeroyt le plus heureux prince du monde.» Teulet, *Papiers d'Etat,* tome II, p. 923.

viteur (1) *qui l'accompagne comme moy-mesme en tout ce qu'ils vous diront de ma part. Cependant je fay fin priant Dieu, Monsieur mon frere, de vous donner tel succès en toutes vos affaires que vos actions meritent et vostre cœur pourra souhaiter.*

De Falklande (2) *ce vingt et sixiesme de septembre* (3) 1587.

Vostre tres affectionné frere

JACQUES.

Suscription : *A Monsieur mon tres cher frere le roy de Navarre.*

(1) Le sieur de Meulh, d'une trés noble famille originaire de Nérac.

(2) Le château de Falkland, à quelques lieues d'Edimbourg, était la résidence favorite de Jacques VI.

(3) Cette date ne paraît pas tout d'abord s'accorder avec le passage suivant d'une lettre de l'ambassadeur Hamilton, citée par M. Fr.-Michel (p. 107), d'après Lodge (*Illustrations of British history*, vol II, p. 315) : « Du Bartas doit prendre aujour- » d'hui (30 août 1587) congé de Sa Majesté et retourner à la Rochelle par le navire » qui est à Dumbarton. Il a été très honorablement traité par Son Altesse depuis son » arrivée; car, non contente de le défrayer pendant son séjour et d'envoyer exprès » un des meilleurs navires de ce pays pour le transporter sûrement, S. M. l'a fait » hier chevalier, lui donnant en même temps une chaîne d'or de mille couronnes, » avec deux mille couronnes au soleil; et à chaque personne de sa suite elle a fait » présent d'une somme d'argent, avec une tablette d'or, représentant le portrait de » S. M., sans compter nombre de hacquenées et d'autres cadeaux de quelques-uns » des nobles et des courtisans.» Le départ annoncé fut sans doute retardé par quelque obstacle imprévu. Du Bartas était arrivé en Ecosse à la fin de juin (dépêche de l'ambassadeur de Courcelles du 24 juin 1587), et, selon la dépêche d'un autre ambassadeur, de L'Aubespine-Chateauneuf, il avait débarqué à Londres dans le mois de mai. D'après un passage assez confus de Palma Cayet, il semble qu'il faudrait admettre que déjà G. de Saluste avait été mêlé (en 1586) aux négociations relatives au mariage de Jacques VI avec la sœur du Béarnais. Voir la *Chronologie novenaire*, à l'année 1598, p. 38 de la 2e partie du tome XII de la collection Michaud et Poujoulat.

IV

FRANÇOIS LE POULCHRE,

SEIGNEUR DE LA MOTTE-MESSEMÉ.

Manuscrit original, t. IV, non paginé.
Copie, tome V, p. 146-149.

François le Poulchre, chevalier de l'ordre du Roy, cappitaine de cinquante hommes d'armes de ses ordonnances, seigneur de La Motte-Messemé, se vantoit d'estre descendu en ligne directe de cet antique consul romain Appius Pulcher, qui signala si hautement sa valeur soubs le fameux Lucullus. Quoyqu'il dise en mille endroits de ses écrits qu'après que Rome eust esté envahie par la puissance des Goths et des Vandales, et que les successeurs de ce vieux consul romain se furent espandus en plusieurs endroits de l'Europe, et qu'enfin les principaux d'entr'eux eussent choisi pour lieu de leur habitation la noble et fertile province d'Anjou, si est ce que je crois qu'il lui eust esté bien malaisé de justifier une si longue et si ancienne genealogie dont le temps qui ruine tout a peu abolir les titres. Il est bien vrai qu'il dit qu'il les conservoit precieusement, si est ce qu'il demeure d'accord qu'il n'en a que depuis cinq ou six cens ans, ce sont ses propres termes, c'est à dire depuis que ses ayeux eurent basti des maisons en Anjou et se feurent alliez avec des plus illustres familles de Bretagne, de l'Anjou et du Poitou (1). Quoi qu'il en soit il nasquit en Anjou (2) lui-mesme au chasteau

(1) C'est à la page 4 des *Sept livres des Honnestes Loisirs* que François le Poulchre raconte avec la plus superbe assurance que les successeurs d'Appius Pulcher, après avoir longtemps erré dans le monde, vinrent enfin planter leur tente sur la terre angevine. Il déclare que ses titres, *authentiques et probants*, remontent à plus de six cents ans. Décidément le Poulchre était bien digne de naitre en Gascogne!

(2) C'est sans doute par distraction que Colletet a placé en Anjou et au château de Marsan le berceau de notre poete. Le Poulchre a bien assez clairement appris à ses lecteurs qu'il vit le jour à Mont-de-Marsan.

de Marsan environ l'an.... (1). Comme son pere estoit surintendant de la maison de Marguerite, reyne de Navarre, sœur du roi François Ier, il eut aussi l'honneur d'avoir pour parrain ce grand monarque, et pour marraine ceste grande et genereuse princesse (2) qui prit un grand et merveilleux soin de luy dès sa naissance jusqu'à le faire nourrir dans son chasteau de Marsan et à son occasion d'exempter pour jamais de tailles sa nourrice et tous les siens (3). Et dès qu'il commença de croistre et cajoller, elle voulut toujours l'avoir auprès d'elle, le fit tous les jours manger à sa table, si bien que quelques estrangers qui pussent arriver, il ne changeoit jamais de place (4). Après tant de marques de bonne volonté que cette princesse lui tesmoignoit, il n'y a point d'avancement ni de fortune qu'il n'eust pu apparemment esperer d'elle si elle eust vescu davantage. Mais le malheur de cet enfant voulut qu'il la perdit à l'aage de trois ans, c'est à dire en un aage innocent où ce malheur ne lui pouvoit pas encore

(1) L'abbé Goujet (tome XIII, p. 86) croit que Le Poulchre naquit vers 1545. M. Monmerqué, dans un excellent article de la *Biographie universelle*, préfère l'année 1546, et cette date est justifiée par les vers dans lesquels Le Poulchre nous apprend qu'il demeura pendant près de trois ans, depuis sa naissance jusqu'à la mort de Marguerite de Navarre, auprès de cette maternelle protectrice. Marguerite étant morte le 2 décembre 1549, il est bien évident que la date de 1546 est la bonne. Une faute d'impression probablement a fait dire à M. P. Louisy, dans la *Nouvelle Biographie générale*, que le seigneur de La Motte-Messemé naquit *vers* 1540.

(2) Le Poulchre (p. 3 des *Honnestes Loisirs*) nous donne à ce sujet les détails que voici :

J'eus l'honneur pour parrain d'avoir le roi François
Pour marraine sa sœur Royne des Navarrois
Qui me favorisa jusque là elle mesme
Me tenir sur les fons le iour de mon baptesme,
Faict par un grand preslat l'evesque du Loron. (*Sic* pour d'Oloron).
Sitost que i'eus dehors du maternel giron
Aperceu du soleil la clarté iournalière
Qui au Mont de Marsan m'apparut la première
Ayant dans le chasteau de ce lieu là esté
Où la Royne logeoit, lors ma nativité,
Qui ne me vist sitost d'un chrestien la marque
Qu'elle mesme ne fust la guide de ma barque.

(3) Colletet ne fait là que mettre en prose les vers du filleul de Marguerite, qui fut par elle pourvu de nourrice,

Logée en son chasteau, que si bien elle traicta
Qu'à mon occasion de taille l'exempta
Et les siens à iamais. Puis hors de la mamelle
Voulut pour son plaisir m'avoir tousiours près d'elle.

(4) Me faisant mesmement à sa table manger
En présence des siens, ou de quelque estranger
Qui peut y arriver, ne changeant onc de place.

estre fort sensible. Il ne laissoit pas pourtant, dit-il, de demander à toute heure sa Reine et sa bonne Maistresse, et rien ne le pouvoit appaiser, si ce n'est que quand on luy disoit qu'elle reviendroit le lendemain (1). Mais ce lendemain ne reveint jamais ny pour luy ny pour tous les doctes esprits de son siecle qu'elle honoroit de son estime, et qu'elle obligea toujours de ses bienfaits et de ses faveurs aupres du Roy son frere. Au deffaut de cette genereuse princesse les parents de ce jeune enfant eurent le soin de luy faire apprendre les premiers elemens des lettres et les premiers rudimens de la grammaire, et mesme après qu'ils l'eurent faict instruire dans la creance de l'Eglise Romaine du sein de laquelle sa naissance l'avoit separé, on le fit venir dans l'Université de Paris en intention de l'eslever dans la cognoissance des plus hautes sciences. Mais soit qu'il n'y eust pas rencontré des maistres conformes à son humeur, ou plustost comme cette fameuse Université en estoit alors remplie d'excellens en toute sorte de professions, qu'il n'eust pas beaucoup moins d'inclination aux travaux de l'etude qu'aux travaux dangereux de la guerre; il profita si peu dans ces exercices pacifiques qu'il ne fut jamais accusé d'avoir trop chargé son esprit du pesant faix de la profonde intelligence des sciences et des langues (2). Il quitta donc la discipline du college pour suivre celle des armées, et dans le dessein qu'il avoit de se rendre considerable dans cette profession turbulente, d'abord il voulut porter les armes en qualité de soldat, auparavant que de briguer une charge de capitaine, et s'achemina en Guyenne (3), comme il dit lui-mesme :

(1) Elle mourut, dit le poète,

> Lors qu'estois sur la fin de ma troisiesme année
> Année pour iamais a tout deuil destinée,
> Que l'on m'avoit mené par son commandement
> Chez mon père en Anjou pour me prendre en passant
> En France où elle iroit trouver le Roi son frère.

Le Poulchre (même page 3) appelle cette protectrice si regrettée :

> Un Phœnix en ce monde, en l'autre une déesse.

(2) *Habemus confitentem reum.* Le poète dit de ses études (p. 11) que :

> N'y ayant pas son cœur il en a peu profité.

(3) . . . Ie remply une place d'archer
> Voulant estre soldat premier que capitaine
> Partant ie m'en allé au voyage en Guyenne...

Avecque ce grand duc non moins vaillant que bon
Race de Saint-Louis, dit Louis de Bourbon,

c'est à dire avec le prince de Condé qui l'esprouva en beaucoup d'occasions. Et après cela il n'y eut point de guerre de son temps, de bataille, ny de rencontre memorable où il ne se rencontrast, et où son courage et sa valeur ne parussent au dernier point. Mais puisqu'à l'exemple de Blaise de Montluc il a pris le soin d'escrire sa vie et ses diverses aventures, ou plustost puisque ce fut à son exemple que ce mesme de Montluc escrivit ses commentaires, et d'ailleurs que mon dessein n'est pas de faire icy la vie des capitaines, mais des poetes, j'exhorte mon lecteur curieux de consulter l'original que le Poulchre écrivit en vers, s'il est vrai qu'il se puisse resoudre à lire des rimes si plattes et si rustiques. Ce n'est pas qu'il n'y ait beaucoup de belles et de bonnes choses dignes d'estre sceües de celui qui aime l'histoire de ce tems là qui n'est pas desagreable d'elle-mesme. Mais je ne scaurois m'empescher de dire qu'elles sont escrites de si mauvaise grace et avec tant de bassesse et de contrainte qu'il ne faut pas faire un petit effort dessus soi pour lire beaucoup plus de mauvais vers que l'*Eneide* de Virgile n'en contient de bons, ce qui soit dit sans comparaison de l'un à l'autre. En un mot si cet ouvrage peut subsister, ce n'est qu'en la consideration de plusieurs particularitez qui le composent et dont tous les historiens de son siecle n'ont jamais parlé, ne les aiant jamais sceües. Ce poeme, s'il est vray que ces rimes ou ces fatras historiques meritent un si beau nom, est intitulé : *les Honnestes Loisirs du Seigneur de la Motte Messemé* (1).

Il est divisé en sept livres qui portent le nom des sept planettes, comme l'histoire de Herodote porte le nom des neuf muses, et le

(1) Voici le titre complet : *Les sept livres des Honnestes Loisirs de Monsieur de La Motte Messemé, chevalier de l'ordre du Roy et capitaine de cinquante hommes d'armes des ordonnances de Sa Majesté, intitulez chacun du nom d'une des planettes, qui est un discours en forme de chronologie où sera veritablement discouru des plus notables occurrances de noz guerres civiles, et des divers accidens de l'Autheur. Dedié au Roy, plus un meslange de divers poemes, d'elegies, stances et sonnets.* A Paris chez Marc Orry, rue Sainct Jacques, à l'enseigne du Lyon rampant [illegible]

Zodiac poetique de Marcel Palingene porte aussi le nom, ut videtur, des douze signes du zodiaque. Il fut imprimé à Paris l'an 1587 sur la recommandation que Scevole de Sainte Marthe [fit] à l'imprimeur (1). L'auteur dit dans sa preface qu'ayant esprouvé son païs aussi peu favorable envers luy que la Grece le fut autrefois à Miltiade, à Pelopidas et à Timoleon, et que Rome le fut au grand et fameux Coriolan, il se retira comme par un ostracisme volontaire auprès de Saint-Nicolas en Lorraine dans le chasteau de Bouzemont qui appartenoit à Philippe de Ludre, sa femme (2), et que là il consacra (3) ses heures de repos et de loisir à composer cet ouvrage, et sur ce qu'en un voiage qu'il fit à Paris il en communiqua les premiers livres à Pierre (4) de Ronsard et à Scevole de Sainte-Marthe il fut exhorté de par eux de le poursuivre et de le mettre au point où on le void maintenant. Indulgence merveilleuse de ces deux grands poëtes qui supportoient en autruy des defauts et des foiblesses dont ils n'estoient point capables eux-mesmes! Bien loin de faire comme ces petits et lasches esprits de nostre siecle qui ne (5) peuvent aprouver des choses qu'ils ne scauroient faire, et qui sont en effet au dessus de leur petite intelligence (6)! Mais affin que l'on juge de ces vers par cet eschantillon voicy le commencement de son premier livre intitulé la Lune :

Si chacun eut escrit de sa vie les faits
Pour faire voir aux siens comme dans des portraits,

(1) Cet imprimeur était Pierre Hury, demeurant près Saint-Hylaire, à la cour d'Albret.

(2) M. Monmerqué s'exprime ainsi : « Le Poulchre se maria en 1570 avec Emee Savary, dame de Saché et de la Haulte Chevrière Mais cette union, qu'il peint sous les couleurs les plus douces, fut trop tôt terminée : une maladie violente enleva Emee à Le Poulchre après dix-huit mois de bonheur... L'abbé Goujet lui donne pour femme Philippe de Ludre, dame de Bouzemont. C'est une erreur contredite par l'ouvrage même de Le Poulchre. » J'en demande bien pardon à l'ombre de M. Monmerqué, mais c'est, au contraire, une vérité prouvée par l'ouvrage même de Le Poulchre. Le magistrat bibliophile n'avait donc jamais lu l'*Avertissement au lecteur* mis en tête *des Honnestes Loisirs*, où Le Poulchre parle de son séjour à Bouzemont, « l'une des maisons de dame Philippe de Ludre ma femme près Sainct-Nicolas en Lorraine » ?

(3) Colletet a écrit : il destina, consacra Le lecteur a le choix entre ces deux verbes.

(4) *Pierre* a été écrit au-dessus du mot *sieur* qui n'a pas été effacé. A la rigueur on peut donc lire : au sieur Pierre de Ronsard

(5) Colletet avait d'abord écrit : qui ne sçauroient. Il a laissé subsister cette expression qu'annulle évidemment l'expression *peuvent*.

(6) *Portée* suit *intelligence*.

Comme dans des tableaux eminens, remarquables,
De leurs predecesseurs les actions louables,
A l'imitation du premier des Cesars
Qui le soir escrivoit lui-même les hazards,
Les assauts, les combats, et les actes de guerre
Que sa main valeureuse, eslargissant sa terre,
Avoit au long du jour exploité vaillamment,
Chacun dans sa maison monstreroit clairement
Qui fut son trisaïeul, bisaïeul, son grand pere,
Et les progeniteurs anciens de sa mere.

Et le reste qui va d'un mesme air et qui justiffie assez qu'il estoit bien plus adroict à se servir de l'espée que de la plume, et à commander en qualité de vaillant capitaine que de suivre les Muses en qualité de poete. Aussi en demeure-t-il d'accord lui-mesme dans une epistre en vers qu'il adressa au roy Henry III où il parle de la sorte à ce docte prince :

Je ne me puis resoudre à passer plus avant :
Car las je ne suis point, je l'avoue, sçavant.
J'escris sans sçavoir l'art, sans sçavoir les cesures
Ni non plus des mots longs que des briefs les mesures.
Je ne sais comme il faut faire un deguisement,
L'oreille me conduit pour juger seullement
Si mes vers sont de dix, ou s'ils sont hexametres,
Car je ne suis versé point autrement aux lettres,

et le reste qui ne justiffie que trop à sa confusion que son sentiment est plus remply de verité que d'humilité.

Ces sept livres qui, comme j'ay dit, portent le titre des *Honnestes loisirs* donnerent subiet à ceux de son siecle de donner à ce titre un sens tout contraire à celuy de l'autheur et de les railler en disant que c'estoient les deshonnestes loisirs d'un tel. Ce qui doibt servir d'avertissement à ceux qui donnent des titres bizarres, equivoques ou ridicules à leurs livres, puisque comme à l'ongle on cognoist le lion, par le titre d'un livre on peut quelquefois juger de l'esprit ou du raisonnement de l'autheur.

Ces sept livres sont suivis de plusieurs sonnets intitulés *les*

Amours d'Adrastis, desquels je ne diray rien davantage sinon que comme l'Adraste des anciens estoit celle là mesme qu'ils nommoient Nemesis ou la deesse de vangeance, qui punissoit tost ou tard les crimes des hommes, je ne doute point que sa maistresse se voyant louée par de si mauvais vers ne l'ait par des rigueurs extraordinaires justement chastié de son ignorance, ou du moins qu'elle ne l'ait jugé indigne de ses faveurs amoureuses. Je ne citerai pas un de ses sonnets, puisque je n'ay pas aujourd'huy assez de complaisance pour charger le papier d'autres impertinences que des miennes propres.

Ensuite de ces amours il y a un livre de melange de vers amoureux et d'autres matieres dedié aux princes, aux seigneurs et aux doctes hommes de son tems, qui ne sont agreables que par la diversité des poëmes et par le merite des personnes qu'il celebre (1) et de tout ce grand amas de rimes je n'en citerai que ces six vers qui sont la fin d'un sonnet adressé à sa maistresse à laquelle, après avoir dit qu'elle entend la messe devotement, qu'elle jeusne, qu'elle se confesse et qu'elle exerce des charités, il conclut assez ingenieusement ainsi :

> Vous faictes tout cela, mais ce seroit resver
> De croire que cela tout seul vous pust sauver.
> Ne vous y arrestez, je vous prie, Madame;
> D'aller en Paradis le plus certain moyen
> C'est de rendre à chacun ce que l'on a du sien :
> Rendez moi donc mon cœur, vous sauverez vostre ame.

Cela s'appelle une seule fleur dans un vaste parterre, et une seule hirondelle pour tout un printems.

L'autheur fit encore imprimer a Paris l'an 1595 un autre livre en prose et en vers, intitulé les Passetems de Monsieur de la Mothe-Messemé (2). C'est là qu'à l'exemple du grand Michel de

(1) Variante : dont il célèbre le nom.

(2) Le *Manuel du Libraire* ne signale point cette première édition. On a du même auteur, dit M. Brunet, un mélange de vers et de prose intitulé : *Les Passe-Temps; 2e édition, augmentée d'un second livre*. Paris, J. le Blanc, 1597, in-8°. M. Brunet ne se trompe-t-il pas en changeant, dans le titre du livre, le singulier en pluriel? Je puis attester, *de visu*, que la première édition est intitulée ainsi : *Le Passe-Temps de Monsieur de la Motte-Messemé*, et que j'ai tout lieu de croire que le même titre a

Montagne dans ses *Essais*, il fait d'assez belles reflexions sur les choses memorables de son tems, tant sur celles qu'il avoit vues durant l'espace de trente cinq ans qu'il avoit porté les armes pour nos Rois que sur celles qu'il avoit observées pendant le repos dont il jouit depuis dans sa maison soit en Poitou, soit en Lorraine. Quoy qu'il s'y extravague en beaucoup d'endroits et qu'il y emploie des metaphores et des comparaisons insolentes, si est ce qu'il y a quelques endroits aussi dont la lecture ne sera pas infructueuse. Il y compare les evenements de son siècle à ceux des siecles passez, et faict bien voir que quelque aversion qu'il eust de l'estude au commencement de son aage, il ne l'avoit pas toujours eüe jusqu'à sa fin, puisqu'il paroist bien par là qu'il avoit feuilleté les anciens autheurs et surtout Plutarque dès qu'Amiot l'eut faict parler françois.

Sur la fin de ses discours en prose il y a un poëme qu'il appelle songe à l'antique dedié au docte Ayrault, lieutenant criminel d'Angers, songe, dit il, qu'il fit apres avoir tenté tous les moiens imaginables de rentrer dans la jouissance de ses biens dont le revenu montoit à la somme de plus de douze mille livres par an, qui luy avoient esté injustement envahis par ceux qui se disoient les catholiques de la Sainte-Union, et par là il paroist bien, s'il n'estoit pas si excellent poëte, qu'il estoit au moins grand et fidele serviteur de son prince legitime. Finalement il conclut ce livre par un autre recueil de ses vers amoureux qui ne sont guères meilleurs que les precedens.

Il mourut environ l'an.... (1) agé de plus de soixante cinq ans. Sa devise estoit : *Suum cuique pulchrum*, faisant allusion sur son nom de Poulchre (2).

retrouve dans la 2e édition. M. Monmerqué déclare n'avoir pas vu la première édition. Rien pourtant n'était plus facile que de la consulter à la Bibliothèque impériale, où elle est placée dans la réserve.

(1) M. Monmerqué déclare que l'époque précise de la mort de Le Poulchre est inconnue, et qu'on voit seulement, par l'avertissement qui précède la 2e édition du *Passe-Temps*, que ce poëte ne vivait plus en 1597. Si Le Poulchre, né en 1546, avait, comme le prétend Colletet, vécu plus de 65 ans, sa vie se serait prolongée jusqu'en 1611, ce qui s'éloigne singulièrement de la date désignée par M. Monmerqué. Mort avant 1597, Le Poulchre aurait eu cinquante ans à peine.

(2) Le Poulchre a arboré au frontispice de ses livres cette autre devise : *Fortitudo lenitati comes.*

Scevole de Sainte-Marthe, François Bellion, la demoiselle de Rivery (1) et plusieurs autres beaux esprits et personnes de condition l'ont hautement loué dans leurs vers latins et françois (2).

APPENDICE.

Extraits des **Honnestes loisirs** *et du* **Passe-temps**.

Comme les deux petits volumes de Le Poulchre sont des plus rares, les lecteurs qui ne les connaissent pas et qui parviendraient difficilement à se les procurer ne seront pas fâchés d'en trouver ici quelques bribes.

Dans l'Epître dédicatoire des *Honnestes loisirs* adressée à Henri III, roi de France et de Pologne, La Motte-Messemé « son très humble et » très obeyssant subjet et serviteur » l'appelle :

Un second Alexandre en vertu, en vaillance
Comme un grave Caton magnanime en constance.

L'auteur parle ainsi de lui-même au « roy très chrestien : »

..... du commencement
Qu'Apollon me brusla du désir qui m'allume
De me rendre immortel par l'encre et par la plume.
Ie n'avois en l'esprit que d'escrire de moy
Mon heur, et mon malheur, mes voyages...
.... de faire un memoire
Qui servist chez les miens seullement d'une histoire
Privée en ma maison, pour ma posterité
Pousser à la vertu et à la pieté.

Il dit que célébrer les exploits de Henri III eût mieux convenu au génie de Ronsard :

Baïf l'eut fait aussi, des Portes, du Bartas,
Et autres qui comme eux sont amis de Pallas
Mille fois mieux que moy (maistres ioueurs de lyre).

(1) Il était bien juste que la demoiselle de Rivery donnât un peu d'encens à celui qui lui en avait tant donné, notamment dans cet endroit du *Passe-Temps* f° 33 : « *L'Exercice de l'ame vertueuse*, composé et mis en lumière de n'aguères par Marie » Le Gendre dame de Rivery, semble se faire adjuger la prééminence tant de bien » faire un vers tragique, et expressif de sa passion, que bien escrire en prose, etc. »

(2) En dehors des auteurs que j'ai eu l'occasion de citer en ces notes, je ne connais que M. Viollet-le-Duc qui, parmi nos contemporains, se soit occupé de Le Poulchre. L'auteur du *Catalogue de la Bibliothèque poétique* se demande si ce ne serait point dans le second livre du *Passe-Temps* que La Fontaine aurait pris le sujet de la fable : *La Goutte et l'Araignée*.

Mais il se console en ajoutant qu'ils auraient été incomplets, inexacts, qu'ils n'auraient parlé que par ouï-dire, « tandis que luy y a esté, »

> Sçachant asseurement la pure verité.

Le Poulchre, ne voulant pas prendre son lecteur en traître, annonce qu'il parlera un peu de tout, de guerre, d'amour, de philosophie, de théologie, de mathématiques, de politique, de physique, voire même de la pluie et du beau temps. Que l'on ne croie point que je plaisante. Voici ses propres expressions :

> Ie parle du beau temps, ie parle du tonnerre.

Il rappelle fièrement qu'il ne demande aucun bénéfice. Il ne désire que

> ..... le los
> Qu'en recevront un jour dans le cercueil mes os.

Il établit un certain rapprochement entre lui et Guillaume et Martin du Bellay qui ont écrit les Commentaires du règne de François Ier « vostre ayeul genereux, » dit-il à Henri III, et encore entre lui et Philippe de Commynes. Il continue de la sorte à énumérer les chroniqueurs, ses devanciers :

> Un Appius Pulcher gentilhomme romain
> Duquel s'est maintenu le nom de main en main
> Jusques au temps present, jusqu'à moy qui le porte,
> De la guerre pontique en feist de mesme sorte,
> Et des valeureux faictz où il avoit esté
> Soubz Lucullus, mirouer de liberalité.
>
> Cesar qui jouyssoit de la double Pallas
> Redigea par escript luy mesme ses combas
> En langage si beau, qu'à peine on peut cognoistre
> Si de faire ou bien dire, il estoit meilleur maistre.

Voilà deux vers très bien frappés ! Saluons-les, car nous chercherions vainement les pareils dans les œuvres de Le Poulchre, lequel partout ailleurs justifie trop bien cet humble distique :

> Je escryps sans sçavoir l'art, sans sçavoir les cesures,
> Ny non plus des mots longs que des briefs les mesures.

Le poète (je suis confus de profaner ainsi ce beau titre) couronne son épître par des vœux pour le roi. Dans son *Domine, salvum fac regem*, il fait allusion à la devise bien ambitieuse de Henri III, *ultima manet cœlo*, priant l'Eternel

> qu'il ne vous abandonne
> Vous gardant prez de luy une tierce couronne.

Dans un *Advertissement au lecteur*, en prose, Le Poulchre répète qu'il parle en témoin oculaire, et il constate qu'il a eu meilleure part aux combats qu'aux autres biens, n'ayant rien retiré de ses services « fors l'honneur que la pointe de mon espée m'y a acquis. » Il s'empresse d'ajouter que, malgré l'ingratitude qui lui a été témoignée, il n'a jamais été tenté d'imiter Coriolan. Ce sont ses amis (on a toujours de ces amis-là!) qui l'ont engagé à publier les *Honnestes loisirs*. Il rappelle que M. de la Motte-Messemé, son oncle, fut tué à la bataille de Dreux, que lui-même fit ses premières armes sous les feus sieurs de La Vallette et de La Rivière.

Suit un sonnet où il dit :

> Je ne suis ny Ronsard, du Bellay, ny Jodelle.

Cela ne se voit que trop!

Après ce sonnet défilent devant nous diverses pièces composées à la louange de l'auteur, notamment un autre sonnet de M. de Pons en Touraine, chevalier de l'ordre du roi et gentilhomme ordinaire de sa chambre, une ode *in clarissimi viri Franc. Pulchri Horas subcisivas P. Anglici Belstatii*, une autre ode *in clarissimi herois Franc. Pulchri Messemaci equitis torquati honesta otia*, œuvre de Bellion, la mesme ode translatée par l'autheur en vers françois en façon de paraphrase, et dont je détache ces deux vers.

> Poulcre, qui meritez que le Poulcre on vous nomme
> Pour estre vray surgeon d'une race de Rome, etc. (1)

(1) Dreux du Radier cite un suffrage plus honorable pour notre rimeur : « Scevole » de Sainte-Marthe, son contemporain et son ami, le félicite de ses talents guerriers » et littéraires, et de l'heureuse réunion de la valeur avec la science qu'il admirait » en lui, dans une de ses odes pindariques du 1er livre (p. 123 et suiv. du recueil » de 1606). » Il l'appelle *re et nomine pulcher*, et le proclame aussi brave que savant dans ce distique :

> Lauream junxit utramque simul
> Bellatorque bonus, bonusque poeta.

« Il le compare à Achille, mais, hélas! dit-il, la goutte et la vieillesse vous arrê- » tent malgré vous. Il paraît par cette ode que Le Poulchre mourut fort âgé dans sa » maison, où ses infirmités l'obligèrent de rester. » A vrai dire, ces éloges ne font que justifier le jugement porté par Guez de Balzac sur l'extrême indulgence de son « voisin Scevole de Saincte-Marthe, qui pouvoit disputer de la gloire du latin avec la » superbe Italie, avec les Bembes et les Sadolets..... Il nous veut faire passer pour

Parmi les souvenirs historiques évoqués par Le Poulchre dans les sept chants des *Honnestes loisirs*, je mentionnerai ceux-ci : Il va rendre, à la fin de janvier 1563, les honneurs funèbres à son oncle tué, le mois précédent, à la bataille de Dreux (1),

> l'accompagne au tombeau
> Y versant de mes yeux de pleurs un grand ruisseau.

Il va (même page 12) baiser ensuite les mains au jeune roi Charles IX; il voit (même page, verso) venir à Vincennes, auprès de Charles IX,

> Anne, veufve du grand Lorrain
> Qu'avoit meschantement d'une traistresse main
> Blecé d'un coup de plomb Poltrot, son domestique.

Anne, dit-il, demandait vengeance, non de Poltrot, qui avait été écartelé devant Saint-Jean de Grève, mais d'un autre personnage qu'elle croyait à ce l'avoir induict. C'était sans doute Coligny qu'Anne d'Este, dans la nef de l'église du château de Vincennes, accusait, entourée du cardinal de Guise et de ses autres parents et amis, d'avoir été le complice du crime du 18 février 1563. Le tableau que nous retrace là Le Poulchre est saisissant, et je regrette que tous les historiens l'aient jusqu'à ce jour négligé. De Gaillon (p. 13), l'auteur va rejoindre le maréchal de Brissac qui assiégeait le Havre-de-Grâce, place qui capitula bientôt (28 juillet), puis il va rejoindre son père en Poitou, et il assiste ensuite à l'entrée de Charles IX à Bordeaux (p. 14):

> Pendant que se faisoient les apprests de l'entrée
> Qui fut deux ou trois jours, après mon arrivée,
> Faite en grand appareil, marchant la ville en corps,
> Mariant des clerons les differents accords
> Au son des tambourins, et d'une gentillesse
> Tesmoignant à leur Roy de leur cœur l'allégresse,
> Je dis les habitants de ceste place-là
> Et du chasteau Trompette aussi bien que du Ha

» d'excellens poetes des gens qui n'estoient pas seulement de passables versificateurs.
» Il y a de l'apparence que c'est parce qu'ils estoient de ses amis. Mais c'est se mo-
» quer de son siecle et de la posterité. » *Dissertation ou Responses à quelques questions du R. P. Dom André de Saint-Denis* (à la suite du *Socrate chrestien*, Amsterdam, 1662), p. 87, 88.

(1) François Le Poulchre avait fait tous ses efforts pour se trouver lui-même à cette bataille ; mais il ne put arriver que le lendemain. L'abbé Goujet a eu tort de dire qu'il s'y trouva. Dreux du Radier (*Biblioth. hist. et crit. du Poitou*, 1754, 5 vol. in-12, t. III, p. 18) a relevé cette erreur en s'appuyant sur le témoignage formel de Le Poulchre.

Qui de force canons et mainte couleurine
Remplissoient de bruit l'air et de feu la courtine, etc. (1)

A la même page, Le Poulchre mentionne ainsi l'honneur qui lui fut fait peu de jours après :

Or le roy se hastant de traverser les Lanes
Pour aller voir sa sœur la Reyne des Espagnes
I'euz l'heur au mesme lieu de ma nativité
Dit le Mont de Marsan, que de Sa Majesté
Il me fit escuyer d'escuyrie ordinaire.

Dans les pages suivantes, l'auteur nous parle de Dax, de Bayonne, d'un petit voyage sur mer essayé plutôt qu'accompli, d'une visite faite en Poitou à son père par le prince de Condé et par le maréchal de Vieilleville, de l'hiver qu'il passe à Moulins, de son voyage à Lyon, où il rejoint, au faubourg de la Guillotière, le brave La Rivière, d'un autre voyage à Verdun, à Thionville, enfin à Paris, où son père venait de mourir, son père qu'il avait vu pour la dernière fois à La Haye, en Touraine, et au sujet duquel il s'était écrié (p. 18) :

Ayant la larme à l'œil et baissant le visage
Il me dict un adieu d'un baiser paternel.
Je ne l'ay veu despuis, car l'Eternel
Le tira tost à luy en sa beatitude.

Puis viennent les combats livrés sous les ordres de l'intrépide La Rivière, l'éloge de Catherine de Médicis, le siége de Chartres en 1568, à l'occasion duquel il est fort parlé de La Vallette, etc. Le Poulchre se garde bien de passer sous silence la lettre que Charles IX lui écrit pour l'appeler auprès de lui afin de lui remettre de sa propre main le collier de l'ordre : il raconte son entrevue avec le roi, et il y a là quelques piquants détails. En avril 1568, quand la paix se fit devant Chartres, ce fut le moment où éclata dans toute son intensité son

(1) La *Chronique bourdeloise* dit à l'année 1565 : « Le roy Charles, le neu-» viesme d'avril, fait son entrée solennelle à Bourdeaux, estant receu avec grand » applaudissement par tous les ordres de ladite ville, et conduit à l'Eglise Métropo-» litaine Saint-André sous le poile de drap d'or, porté par les iurats, etc. » J'ai trouvé, à la Bibliothèque impériale, dans le 268e volume de la collection Brienne, et dans les portefeuilles 816-820 de la collection Fontanieu, l'*Ordre qui fut tenu pour l'entrée solennelle que le roi Charles IX fit en la ville de Bordeaux lors de son grand voyage en l'année* 1565. Ce document curieux a été publié par Godefroy dans le tome I du *Cérémonial françois*. Paris, 1619. J'y note cette particularité : « M. Benoist, premier président (Jacques Benoist Lagebaston) luy a fait une si grande » et longue harangue (ô girondine prolixité!) que le Roy s'en faschant luy a coupé » à propos, et sans attendre qu'il eust achevé... »

amour pour une dame de la cour qu'il proclame l'*ornement de son temps, l'avril seul du printemps* (p. 212) :

Charlotte estoit son nom, Charlotte que i'honore,
Charlotte que mon cœur révère, prise, adore,
Charlotte qu'à iamais haut chantera mon vers
Comme rare trezor de ce grand univers.

Ces vers et bien d'autres (1) ne touchèrent point le cœur de la belle inhumaine. C'est Le Poulchre lui-même qui nous l'assure, et qui ajoute que Charles IX, lui aussi, vit se briser contre une si ferme vertu toutes ses tentatives. Dreux du Radier (*Mémoires et anecdotes des reines et régentes de France*, t. 5, p. 32, éd. de 1808) a pensé, sans aucun motif solide, dit M. Monmerqué, que cette maîtresse anonyme était Madeleine de Bourdeille, sœur de Brantôme. Je ne sais trop si, à son tour, M. Monmerqué a eu de meilleurs motifs pour prétendre que cette mystérieuse Charlotte est probablement la maîtresse de Charles IX que Brantôme indique sans la nommer, « fille de fort » bonne maison, dit-il, qui estoit une fort belle, sage et honneste » damoiselle. » (*Charles IX, roi de France.*) Quoi qu'il en soit, le poète nous transporte bientôt à Niort, puis à Poitiers, dont le siége commença le mercredi 27 juillet 1569, fait de guerre auquel presque tout le 6e livre (Jupiter) est consacré. Dans le 7e livre (Saturne), Le Poulchre décrit (p. 192 et seq.) la bataille de Moncontour. Voici le début de son éloge du vainqueur :

Qui pourroit d'une voix assez forte entonner
Ce qu'ores il me faut en cest endroit sonner,
Ce qu'ores il me faut maintenant faire entendre
Des hauts faits valleureux d'un second Alexandre.

Le Poulchre (p. 224) déplore la mort de son frère, messire Claude Le Poulchre, sieur de Senonnes, qui avait servi avec éclat en Italie et en Hongrie, et qui, empoisonné à Amboise, où la cour se trouvait en janvier 1572, était venu expirer à Colombiers, près de Tours, et dont le corps avait été inhumé en l'église de Saint-Maurice à Chinon (2). Je transcrirai les vers suivants (p. 230) dans lesquels le seigneur de

(1) M. Monmerqué en a cité quelques-uns qui sont d'un ton bien chaud et qu'il faut mettre dans la trop nombreuse classe des poésies délirantes.

(2) J'emprunte la plupart de ces détails à une note marginale du livre. On a un sonnet de Scévole de Sainte-Marthe, thresorier général de France, sur la mort de M. de Senonne, frère puisné de M. de la Motte-Messemé.

La Motte-Messemé célèbre le mariage du fils de Jeanne d'Albret et de la fille de Catherine de Médicis :

> ..... il ne faust avoir crainte
> Que iamais de son sang nostre France soit teinte,
> Et puisque mesmement on veoit du Roy la sœur
> S'estre par ces beaux yeux faicte Reyne du cœur
> De Henry l'heritier de Bearn et Navarre
> Qui bientost possesseur d'une beauté si rare,
> Mais non de beauté seulle ains de tant de vertu,
> Dont son divin esprit apparoist revestu,
> Pour l'advenir sera, comme un enfant de France,
> Désormais son support, son appuy, sa deffance.

Le volume est complété par les *Amours d'Adraste* en 39 sonnets, par des stances qui n'ont pas moins de 46 strophes (c'est presque l'infini quand les vers sont aussi mauvais !), par diverses chansons amoureuses, dont une adressée à Mademoiselle de Beaulieu, par quelques épigrammes, dont une est d'une crudité peu commune, par une complainte de Dido, par une épitaphe d'Andromane, par la prosopopée d'une femme tuée pour adultère par son mari, par diverses épîtres au roi, à M. Brullart, secrétaire d'Etat, à M. de Guise, à M. de Joyeuse, à M. le chancelier, à Loys de Bueil, sieur de Racan, à M. de Saincte-Foy, évêque de Nevers, à M. le président de Thou, à M. le président Brisson, par un discours de la vertu apparente en la dame de l'autheur, enfin par la traduction de ce sonnet de Pétrarque :

> Pace non trovo e non ho da far guerra (1).

Comme bouquet, du Faur Robin nous offre l'anagramme de *François Le Poulchre* : *cry feru chez Apollon.*

Le Passe-temps est dédié aux amis de la vertu. Le sieur de Francalmont adresse tout d'abord ce distique *ad Franciscum Pulchrum ex antiquâ Appii Rom. stirpe satum :*

> Pulcher es ingenio, tu Pallade Pulcher utraque :
> E Pulchro Pulcher stemmate nomen habes.

L'auteur prend ensuite ainsi la parole : « ... Je vous veux faire part des miennes (actions), et vous dire qu'à mon retour des bains de Plombières en Voge, pays de l'obeissance de M. de Lorraine, non gueres

(1) Déjà (p. 110 des *Honnestes loisirs*, verso), Le Poulchre avait donné la preuve de sa connaissance de la langue italienne en imitant la première stance du 2e chant du poeme de l'Arioste.

loing de Basle, à mon retour, dy-je, traversant tout le royaume depuis là iusques en ma maison, estant en ma litiere, à cause de mon indisposition, n'estant interrompu de mes gens ny diverty qu'autant qu'il me plaisoit, ie me mis à discourir si avant sur la condition de l'homme, etc... Ie me mis à mon premier sejour à mettre par escrit tout ce que ma memoire, qui n'est magazin capable de grande munition, me peut fournir de reserve de ce que i'avois autresfois ou leu, ou entendeu des bons livres, ou, comme les avettes vont cueillant ce qui leur plaist le plus ès fleurs pour en faire leur miel, i'avois peu effleurer dans iceux, entre lesquels le langage que Amiot a fait parler à Plutarche, m'a tant pleu que là où j'ay employé son authorité, i'ay creu que c'eust esté trop de presomption à moy d'y changer les termes puisque ie voulois dire les mesmes choses : en quoy si ie suis accusé de larrecin, ie ne suis pas prest d'en obtenir pardon, car ie n'y ay point de regret, et respondray toutesfois à tels scrupuleux Aristarques, que ç'a esté à la verité mon passetemps, tandis qu'ils prenoient possible le leur à passer les nuicts aux cartes et aux dez se rendant compagnons de leurs valets d'estable et de leurs laquais. Ils verront, au reste, qu'à l'imitation de Michel de Montaigne en ses *Essais*, ie leur ay leu l'advis de ces grands personnages du passé, se confondant avecques le mien sans leur coster bien souvent l'auteur, afin de les faire s'eschauder à blasmer Senèque, Ciceron, Platon, Homère, Aristote, Plutarche et autres... Adieu (de La Motte, ce 1 jour d'octobre 1595).»

Après un sonnet à M. de La Motte-Messemé par l'inévitable Madame de Rivery et une ode au même par M. Léonard Boullanger, conseiller du roy à Loudun (Messemé est à deux lieues de cette dernière ville), nous trouvons, dès les premières pages du *Passe-temps*, divers récits dont les héros sont le connétable Anne de Montmorency, François de Lorraine, duc de Guise (Le Poulchre nous montre le grand et généreux capitaine faisant souper et coucher avec lui son prisonnier Louis de Bourbon, prince de Condé), Annibal, Paul Emile, Philippe de Macédoine, Menenius Agrippa, etc. Puis vient le tour des femmes lacédémoniennes des Muses, de Charles IX, de Henri III, qui, dit-il, lui faisait pitié, tant il était gouspillé et importuné de ceux qui le pressaient de leurs avides sollicitations, et surtout des femmes françaises distinguées par leur talent. Ici je citerai quelques lignes de Le Poulchre (p. 33) : « I'ay veu entre noz belles nymphes de la cour une » Heleine de Foncesques, fort estimée des doctes pour son sçavoir, » prudence et douceur de vie... L'on tenoit l'aisnée de Chaumont aussi » pour sçavante et l'ay veue avoir ceste curiosité d'apprendre la dia-

» lectique par reigles... Ronsard prince de nos poètes n'eust tant » magnifié une Claude de l'Aubespine s'il ne l'eust recognue digne de » louange... Les dames des Roches mère et fille, » celles qui ont été immortalisées par la fameuse puce ! « ont cassé la glace et monstré le » chemin à leur sexe de faire bien un vers... » Urbane de Laire, dame du Chesne, avait composé en l'honneur de Le Poulchre des stances que naturellement il admire beaucoup : « Et si elle eust prins sujet » aussi digne que le mien est de peu de merite, elle eust fait encore » chose plus admirable. » Le Poulchre (p. 44) répète qu'il est né au Mont-de-Marsan, qu'il a été tenu sur les fonts par la reine de Navarre, sœur si chérie de François Ier, « pour l'excellence de ses vertus, qu'il » la nomma la Marguerite des Marguerites. » Là aussi il vante la tendre amitié qui l'unit à messire Claude Le Poulchre, son frère, et donne place à ses souvenirs militaires (p. 48). La manière si judicieuse et si spirituelle dont Colletet a apprécié les poésies amoureuses de Le Poulchre me dispense de dire le moindre mal de ses *Sonnetz dediés aux belles dames*. Le poète sérieux ne vaut pas mieux dans le *Passe-temps* que le poète frivole, et ses stances (p. 66) sur ce sujet : *Qu'il n'y a que les meschans qui doyvent craindre la mort, comme à eux seuls aussi estant nuisible*, comme ses stances (p. 77) *aux vrais François*, ne diffèrent pas sensiblement de la prose à laquelle elles sont mêlées (1).

(1) Dreux du Radier (*Bibl. du Poitou*) porte ce jugement sur les Œuvres de Le Poulchre : « Les *Honnestes loisirs*, histoire des troubles de 1560 à 1572, ornée, ou » si l'on veut, embarrassée de la rime. On ne traitera jamais son poeme que de ga- » zette rimée. Il a mieux réussi dans ses poésies galantes. On y voit des idées agréa- » bles, des pensées délicates et neuves. »

V

JEAN DE LA JESSÉE.

Manuscrit original, tome 4.
Copie, t. 3, p. 358-369.

On dict qu'un excellent peintre ayant un jour entrepris de representer toute la vaste estendue de l'Ocean dans un seul tableau, que son imagination se trouva si saisie et si enveloppée de tant de difficultez qu'elle ne sceut d'abord ny par où commencer ny par où debvoir finir. Ce n'est pas que possedant à merveille tous les secrets de son art, qu'il se deffiast de ne pouvoir vivement depeindre la rapidité des flots (1), les noires et soudaines tempestes, les rochers et les escueils à fleur d'eau, ny la couleur bleue et azurée de cet element furieux (2). Mais c'est que ne luy voyant aucunes bornes, ny commencement ny fin où il deust arrester ses yeux et reposer son esprit et sa main (3), il desespera de pouvoir accomplir cet ouvrage, si bien qu'il y auroit quelque apparence qu'il renonceroit à son premier dessein ou il ne le commenceroit pas ou il le laisseroit du moins imparfaict aussy bien que la Venus d'Apelle (4).

(1) Variante de l'original : l'*agitation*. Le copiste, qui est éclectique, dit tout à la fois : *La rapidité et l'agitation des flots*.

(2) G. Colletet avait d'abord écrit *noble* élément. Puis il avait mis élément *infiny*.

(3) Variante de l'original : *et son pinceau*.

(4) Variante de la copie : *Si bien qu'il fut sur le point de renoncer à son premier dessein ou de le laisser imparfait après l'avoir commencé*. Le texte de G. Colletet est en cet endroit très embrouillé.

Voici les paroles de Pline (*Histoire naturelle*, l. xxxv, c. 28) : « Apelle avait commencé aussi pour les habitants de Cos une autre Vénus qui aurait surpassé même » sa première (cette première était la Vénus Anadyomène) : mais la mort jalouse » l'empêcha de l'achever, et personne ne se trouva qui osât la continuer en suivant » l'esquisse. »

J'en suis de mesme dans le dessein que j'ay de faire la vie de ce noble poete dont l'esprit a esté comme un vaste Ocean qui n'a point jamais eu de bornes ny de limites (1), et j'y trouve tant de choses à dire et tant de reflexions à faire que mon esprit partagé ne sçait quel commencement donner à mon discours. Et n'estoit que ce seroit le priver de la louange qu'il merite et trahir la resolution que j'ay prise de faire les vies de tous nos poetes, je serois tenté de passer celui-cy soubs silence, tant sa splendeur m'esblouit, et son abondance m'estonne. Mais en cela je feray comme les petites abeilles qui ne font que sucer en passant l'esmail des fleurs puisque je ne feray qu'effleurer les matieres sans les approfondir.

Il nasquit l'an 1551 (2) comme je l'apprends de l'inspection de son premier portraict de l'an 1574 où il est representé à l'aage de 23 ans.

Le pays de Mauvaisin en Guyenne fut le lieu de sa naissance comme il le dict luy mesme dans un de ses discours poetiques :

> Les champs où je sortis à ma naissance esclose
> Sont bien à trente mille esloignez de Tholose

(1) C'eût été le cas de citer le vers d'Ovide au sujet du déluge de Deucalion :

> Omnia pontus erant; deerant quoque littora ponto.

Le lecteur des poésies de La Jessée pourrait dire à son tour :

> Je me sauve à la nage, et j'aborde où je puis.

(2) Le Père Niceron (t. XLI, p. 377) pense que Jean de La Jessée naquit vers 1551. L'abbé Goujet (t. XIII, p. 174) fait venir notre poète au monde un peu plus tôt : « La Jessée doit être né après le milieu de l'année 1550. Il dit dans son discours » sur le Temps, adressé à Louis de Lorraine, cardinal de Guise :

> Je n'avoy pas neuf ans lorsque Montgomery
> De sa lance fatale occit le roi Henry.

» Cet événement arriva le 30 juin 1559, et Henri II mourut le 10 juillet suivant. » La Jessée déclare qu'il n'avait pas alors neuf ans, c'est-à-dire ce semble qu'il ap» prochait de cet âge. Il devait donc être né au plus tard vers la fin de 1550. » L'opinion de l'abbé Goujet a été suivie par Rigoley de Juvigny, par M. Léonce Couture (*Bulletin d'Auch*, 1861, p. 572), par M. Cénac Moncaut (*les Gascons célèbres, Jean de La Jessée*, dans la *Revue d'Aquitaine* de 1862, p. 365), etc. Il me semble pourtant que la date de 1551 doit être maintenue. Né en 1551, Jean de La Jessée pouvait avoir huit ans et quelques mois en juillet 1559, et dès lors il était parfaitement autorisé à écrire les deux vers sur lesquels s'appuie l'abbé Goujet pour lui donner un an de moins. Mon observation étant confirmée par la date inscrite au bas du portrait fait du vivant de l'auteur, c'est-à-dire par une date probablement très sûre, je ne vois pas pourquoi l'on n'en tiendrait pas compte désormais.

Du costé de Guyenne où des monts Pyrenez
Le Ras tardif au cours roule ses flots traisnez (1).

Il n'avoit que six ou sept ans que ses parens qui n'estoient pas ny de condition fort relevée ny fort accommodez des biens de la fortune, ne laisserent pas de le destiner à l'estude des bonnes lettres et de le faire instruire dans les premiers rudimens de la langue latine. De là peu à peu comme l'enfance le luy permettoit il acquit une assez grande cognoissance de la langue grecque et de l'hebraïque mesme et quelque temps après de la rhetorique et de la dialectique. Cependant la mort inopinée du Roy Henry second estant advenue et avec elle mille troubles et mille desordres estant nez en France soubs les regnes du jeune Roy François et bientost après de Charles IX ses enffans, ce futur ornement de son siecle (2) fut contraint d'interrompre le cours de ses estudes et de faire banqueroute à ses premiers et louables desseins si bien que, comme poussé de la tempeste, changeant de contrée et d'exercice, il oublia en peu de temps ce qu'il avoit appris avec tant de soings et tant de diligence. Mais comme il fut parvenu à l'aage de quatorze ans, opposant un grand courage à la mauvaise fortune, il retourna dans son pays où il reprit ses premieres estudes (3); et certes ce qui luy remit en l'esprit ceste noble pensée, ce fut comme il le dict luy mesme dans quelques uns de

(1) Le Ras est ici pour l'Arratz, petite rivière qui se jette dans la Garonne, en face de Valence. L'abbé Goujet cite, au sujet de Mauvezin, les vers suivants extraits d'une pièce de La Jessée intitulée : *Le Temple de Navarre*, à Jean de Beaumanoir, sieur de Lavardin :

> Dessous le ciel gascon le destin m'a fait naitre
> Où le Roi Navarrois est mon seigneur et maitre.
> Au comté d'Armaignac, où le fleuve du Ras,
> Tributaire à Garonne, entrecroise ses bras.
> La ville à qui je doibs naissance et nourrissage
> Le voit souvent couler par un double passage :
> Elle est assez antique, etc.

Le docte critique ajoute : « Je m'arrête là ; cette description est extrêmement pro-» lixe. On aime naturellement à parler de sa patrie... C'est pour cela que La Jessée » donne au long toute l'histoire de Mauvaisin, et tout ce que la tradition du pays, qui » paroit un peu fabuleuse, en disoit. » Un peu fabuleuse ! En vérité, le bon Goujet flatte la tradition. « Il conjecture même que le nom de Mauvaisin vient de celui de » Malvoisie, bien renommé par son vin exquis, à cause, dit-il, des beaux vignobles » qui y étaient encore de son temps. »

(2) Expression qui sous la plume de Colletet ne tire pas à conséquence. Plus de cent des poëtes dont il a raconté la vie ont reçu de lui ce titre fastueux.

(3) Variante de la copie : *Ses premières brisées studieuses.*

ses discours en prose, ce secret instinct que la nature luy avoit donné pour la poesie et qui peut sans doubte beaucoup plus que l'art pour faire un grand poete (1). Ce fut alors qu'obeissant à la volonté de ses parents, il reprit veritablement les erres de sa logique delaissée et qu'il s'instruisit dans les ethiques d'Aristote. Mais il ne le fit pourtant que legerement, pour ce que suivant les mouvements de son propre genie il commença des lors à s'abandonner (2) entre les bras des Muses latines et françoises qui le receurent à son gré si favorablement, que preferant leurs agreables chansons aux syllogismes comme aux arguments sophistiques des ergotistes nouveaux, il tesmoigna bien que le doux air de Parnasse luy plaisoit beaucoup plus que l'ombre de l'Eschole.

Quoy qu'il en soit, il recognut bien depuis à son grand regret qu'il avoit embrassé une profession delectable veritablement, mais de si peu de fruict qu'elle amuse bien plus qu'elle n'advance celluy qui l'exerce. Aussy Tacite ou plustost Quintilien (3) dans son fameux *Dialogue des orateurs* parlant des poëtes adjouste ces parolles : ils n'en rapportent, dict-il, qu'un contentement de peu de durée, et qu'une louange vaine et sans profict. Toutesfois l'applaudissement que receut Virgile de tout le peuple romain lors-

(1) M. Cénac Moncaut a exhumé (*loc. cit.*, p. 366) un assez long passage en vers dans lequel l'auteur raconte son initiation au culte de la poésie. Calliope lui promit qu'il marierait en ses poésies

Et la grâce françoise et la grâce latine.

Trompeuse promesse s'il en fut jamais! Ce qui manque le plus à La Jessée, c'est précisément le don de la grâce.

(2) Variante de l'original : à se jetter. Le copiste, gardant les deux expressions, dit : à s'abandonner ou plustost à se jetter...

(3) Aujourd'hui, au lieu de dire : *ou plutôt Quintilien*, on ne nomme plus que Tacite. On s'étonne même que les savants aient pu si longtemps hésiter entre les deux rivaux. Quintilien, on le sait, a eu pour lui les suffrages de Henri Estienne, de Boxhorn, de Freinsheim, de Graevius, etc. Beaucoup d'érudits, sans accorder à Quintilien la glorieuse paternité du *Dialogue des Orateurs*, n'ont pas osé reconnaître les droits incontestables de Tacite, par exemple Beatus Rhenanus, Juste Lipse, G. Barthius, Vossius, La Bleterie, Tiraboschi, Ernesti, et même les traducteurs Fanckoucke et Louandre, le premier n'hésitant qu'un peu, le second hésitant beaucoup. Mais parmi les savants qui ne croient pas pouvoir refuser à Tacite le fameux dialogue qui lui est attribué, ne l'oublions pas, par plusieurs des plus anciens manuscrits que nous en possédons, je citerai les noms considérables de P. Pithou, de P. Colomiez, de Dodwell, de Brotier, d'Oberlin, enfin ceux de trois membres éminents en ce siècle de l'Académie des inscriptions, Dureau de la Malle, Burnouf et Daunou. A ces noms, qui devraient entraîner toutes les adhésions, est naguère venu s'ajouter celui de l'auguste auteur de l'*Histoire de Jules César*, tome I, p. 256, note 4.

qu'entrant au theatre public tous les spectateurs se leverent pour le saluer, et pour luy rendre les mesmes honneurs que l'on rendoit à l'empereur Auguste, et les gratiffications royales dont ce magnifique empereur recognut le merite de ses vers, le soin nonpareil qu'il eut de le restablir dans ses biens dont il avoit esté chassé par la tempeste des guerres civiles, et les belles et obligeantes (1) epistres qu'il luy escrivit de sa main propre aussy bien qu'au poëte Horace, son favori, tesmoignent assez qu'il y a des siecles où les poëtes n'ont pas subiet de se plaindre de leur art.

Je ne parleray point icy de Pindare dont la maison fut garantie du sac et de l'embrasement de la ville de Thebes par les ordres exprès d'Alexandre le Grand (2), non plus que d'Ennius qui s'estant par ses vers concilié l'estroitte et honnorable amitié de l'aisné des Catons posseda par eux, mesme de son vivant, le cœur et les thresors du grand Scipion l'Affriquain, et n'eut après sa mort d'autre sepulture que la sienne. Je tairay jusques à quel point Anacreon fut aimé du Roy Polycrate le Samien (3), Euri-

(1) G. Colletet avait d'abord écrit : *sçavantes epistres*. — Voir sur les divers points touchés ici par Colletet la *Vie de Virgile* par Dryden. Ce célèbre traducteur de l'*Enéide* se livre à des réflexions qui prouvent que, comme Colletet, il trouvait que les poètes n'étaient pas aussi heureux de son temps que du temps d'Auguste. Mais quel poète n'a pas maudit l'époque où il a vécu?

(2) C'est-il bien sûr? Des compilateurs et des rhéteurs, Plutarque, Elien, Dion Chrysostome, etc., l'affirment, il est vrai, mais Arrien, si admirablement exact, ne parle de ceci que comme d'un bruit : « *On dit* que par respect pour la mémoire du » poète Pindare, Alexandre épargna sa maison et ses descendants. » Je doute d'autant plus de la légendaire exception faite par le roi de Macédoine en faveur de l'ancienne demeure de l'auteur des *Olympiques*, que le premier, par ordre chronologique, des biographes d'Alexandre dont l'ouvrage nous soit parvenu, Diodore de Sicile, passe entièrement sous silence un fait si digne de l'attention de l'histoire (L. XVII, c. 14). Sainte-Croix a eu le tort de ne pas s'occuper de cette difficulté dans son *Examen critique des anciens historiens d'Alexandre le Grand*. 1re édition, 1785. 2e édition, 1810. In-4o.

(3) M. Ambroise Firmin Didot a tout récemment retracé l'histoire des relations qui existèrent entre le poète et le tyran (p. 19 et 20 de sa *Notice sur Anacréon*, 1864, gr. in-8o). Ces deux pages ne dispensent pas de lire le docte et spirituel passage du *Cours d'études historiques*, dans lequel Daunou (t. IX, p. 21-22) a discuté les exagérations de la plupart des biographes d'Anacréon, et notamment celles de l'intrépide Madame Dacier transformant le chansonnier de Téos en un conseiller d'état de Polycrate. M. Didot n'a pas cité Daunou, et peut-être a-t-il bien fait, car les piquantes flèches de l'ironie du grand critique l'atteindraient quelque peu : M. Didot, en effet, assure qu'Anacréon adoucit la violence du caractère du tyran par les charmes de la poésie et de la musique. [illegible] ces renseignements ont été fournis pour la première fois par un traducteur d'Anacréon qui est mort en 1813, J.-J. Moutonnet de Clairfons. Comme on aurait peut-être de la peine à me croire, tant la

pide le Tragique du Roy Archelaüs, Eschile (1) et Simonide de Hieron, Roy de Sicile, Philippique de Lysimache d'Athenes (2), Catule, de l'empereur Jules Cesar qui bien loin de se vanger de cet excellent poëte dont il avoit esté malicieusement outragé par ses vers, ne desdaigna pas de rechercher son amitié et de se reconcilier avec luy (3), puisque toutes ces veritez sont congnues des amateurs des bons livres. Je passeray soubs silence encore la bonne fortune du poëte Oppian qui receut de l'empereur Anto-

chose est singulière, je cite textuellement : « Presque tous les traducteurs d'Anacréon, » excepté M. Gail, ont transmis et amplifié ces traditions. L'un d'eux, Moutonnet de » Clairfons, n'a pas voulu que le séjour du poëte chez les Samiens restât sans in- » fluence ; il a trouvé que les mœurs de leur prince en avaient été adoucies, et que » dès lors il était devenu le plus bénin et le plus délicat des tyrans. »

(1) Au sujet de l'hospitalité si libérale accordée par le roi Hiéron au vieil Eschyle, laissons parler M. Alexis Pierron (*Théâtre d'Eschyle, traduction nouvelle*. 5e édition. 1856, *Introduction*. p. XIII) : « Le biographe anonyme raconte qu'Eschyle, trois » ans avant sa mort, s'expatria d'Athènes et se retira en Sicile, auprès d'Hiéron, » roi de Syracuse. Il y a ici une difficulté chronologique qui a échappé aux com- » mentateurs, et dont je ne m'étais aperçu non plus jadis que tous mes devanciers. » En l'an 459 ou 458 avant notre ère, Hiéron était mort déjà depuis longtemps ; son » successeur même avait disparu. Il est certain qu'alors le poëte quitta l'Attique » pour la Sicile ; mais, ce qui est évident, c'est qu'Eschyle ne put y être attiré par » Hiéron. D'ailleurs, il ne fixa pas même son séjour à Syracuse. Géla fut sa patrie » d'adoption : c'est à Géla qu'il passa ses trois dernières années ; c'est à Géla qu'il » mourut, et qu'on lui éleva un tombeau. » Déjà, dans le *Moniteur universel* du 21 décembre 1853, un helléniste du plus grand mérite, M. E.-P. Longueville, rendant compte de la publication de God. Hermann (*Æschyli tragœdiæ*. Lipsiæ, 1852, 2 vol. in-8°), avait dit : « On peut aussi élever plus d'un doute sur le séjour d'Eschyle à la » cour d'Hiéron et sur son épitaphe composée par lui-même, deux faits qu'avance le » savant Barthélemy d'après des autorités qui paraissent assez contestables. » Enfin, quelques années auparavant, un des plus sagaces et des plus profonds critiques de l'Allemagne, Fr. Ritter (*Quæstio tertia de vitâ Æschyli*, p. 86 de ses *Didymi Chalcenteri opuscula*, Cologne, 1845), avait nettement établi que le séjour de l'auteur du *Prométhée enchaîné* auprès du roi Hiéron était inconciliable avec la chronologie, toutes choses qui n'ont point empêché M. l'inspecteur général Artaud (article *Eschyle* dans la *Nouvelle biographie générale*), et même M. Patin (p. 82-83 du tom. I de la 2e édition de ses belles *Etudes sur les tragiques grecs*), de nous montrer Eschyle accueilli le plus gracieusement du monde par le *feu* roi de Syracuse.

(2) Il s'agit là de ce Philippide, poëte comique athénien du IVe siècle avant J.-C., dont il est question dans Aulu-Gelle, dans Suidas, et aussi dans Plutarque qui, en son traité *sur la démangeaison de parler*, rapporte le mot suivant : « Rien n'est plus » sage que la répartie du poëte comique Philippide au roi Lysimaque, qui lui de- » mandait avec bonté de quoi il voulait qu'il lui fît part : Prince, lui dit-il, de tout » ce qu'il vous plaira, excepté de vos secrets. » En un autre endroit (*Apophtegmes*), Plutarque ajoute que Lysimaque aimait beaucoup Philippide et vivait avec lui familièrement. Athènes, quoi qu'en dise Colletet, n'a rien à faire ici avec Lysimaque, un de ceux qui furent

Soldats sous Alexandre et rois après sa mort.

Lysimaque régna sur la Thrace et sur les contrées voisines jusqu'au Danube.

(3) Suétone raconte ainsi ce qui se passa entre Catulle et Jules César : « Il avouait » que Valerius Catulle, dans ses vers sur Mamurra, l'avait marqué d'un stigmate » éternel ; et quand celui-ci s'en excusa, il l'admit le jour même à sa table. Il n'avait » pas même interrompu les relations d'hospitalité qui l'unissaient au père du poëte. » (*Les douze Césars : C.-J. César*, ch. LXXIII.) M. de Pongerville (article *Catulle* de

nin (1) [un]...... (2) pour chaque vers qu'il avoit recitez devant Sa Majesté impériale, et cette somme, dict Suidas, fut si grande, qu'elle monta jusques à deux cens mille escus, et c'est pour cela que les vers d'Oppian ont esté nommez de l'Antiquité moderne vers dorez aussy bien que ceux de l'antique philosophe Pythagore.

Ce seroit bien icy l'endroict de parler des liberalitez que les ministres d'estat de nostre temps ont exercées envers les poetes et ses héros des belles lettres. Mais pour ce que je les ay remarquées en tant d'autres endroicts de cet ouvrage, qu'il suffise que la postérité sçache que ces grands heros de nostre siecle les eminentissimes cardinaux Armand de Richelieu et Jules Mazarin et que ce grand chancelier de France Pierre Seguier n'ont pas laissé languir nos muses dans l'ombre ny dans la misere et qu'ils ont rendu le regne des Bourbons Louis XIII et Louis XIV aussy favorable aux lettres que celuy de François Ier et de Charles IX.

Ce n'est pas que nostre poete au sortir de ses estudes eust subiet de se plaindre de sa fortune, puisque dans un voyage qu'il fit en Flandre il eut l'honneur d'y estre cognu, aimé et caressé de François de France, duc de Brabant et d'Anjou, et frère unique du roy Henry III qui l'approcha de Son Altesse Royalle et qui pour recognoistre en quelque sorte sa vertu (3) le fit secrettaire

la *Nouvelle Biographie générale* nous donne cette variante du récit de Suétone : « Celui qui tenait la vie des hommes entre ses mains n'opposa que la clémence à la » boutade satirique de Catulle. Votre pere, lui écrivit-il, m'accueillit a sa table; venez » en ami vous asseoir à la mienne. Le héros et le poète se réconcilièrent la coupe à » la main, etc. » A quelle collection d'autographes l'élégant académicien a-t-il emprunté le billet par lequel le conquérant des Gaules invite à dîner le chantre du moineau de Lesbie?

1 Caracalla, qui reçut le titre d'Aurelius Antoninus avec la dignité de César en 196.

2 Colletet, ne sachant trop comment traduire le στατὴρ χρυσοῦς du texte, avait laissé le mot en blanc. Le copiste a commis l'énorme bévue de mettre la le mot *talent*. On sait que le talent, d'après les évaluations des savants les plus compétents, Letronne, Boeckh, Mommsen, représentait 6.000 francs environ (5.821), tandis que les pièces d'or comptées à Oppien valaient seulement près de vingt francs. J'indiquerai, en passant, sur Oppien, d'excellentes pages de M. E. Miller, dans le *Journal des Savants* de 1850, p. 178, 179, etc. M. Miller, d'accord avec des juges aussi habiles que Schneider, Hermann, Lehrs, reconnaît que si Oppien est indubitablement l'auteur du poème sur la pêche (*Halieutica*), il n'est assurement pas l'auteur du poème sur la chasse (*Cynegetica*), visible imitation du premier de ces poèmes, lequel est de beaucoup antérieur au pastiche qui a trompé Belin de Ballu et tant d'autres critiques auxquels ne s'applique pas l'*emuncta naris* de l'aimable Horace.

3 Variante de l'original : *son merite*. La copie ne manque pas de dire : *Sa vertu et son merite*.

ordinaire de sa chambre avec de solides appointements (1). Mais ceste faveur ne fut qu'un bel esclat de verre qui s'obscurcit bientost par la mort de ce genereux prince, et ainsy ce poete naissant en perdant son maistre perdit non seullement toute sa fortune mais encore toute l'esperance de la restablir. Il s'en plaint en plusieurs endroicts de ses œuvres si amerement et de si bonne grace qu'il faudroit estre insensible pour n'estre point touché de sa perte. Aussy ne fit il que languir et que se plaindre depuis ceste mort si fatale à sa vie. Et certes il y a bien de l'apparence de croire que si ce grand prince qui l'aimoit n'eust point esté surpris du malheureux breuvage empoisonné qui nous le ravit avant le temps (2), il eust mis son poete en estat de chanter plustost après sa mort les louanges de son bienfaicteur que de souspirer ses propres disgraces, ce qui peut exciter les grands à penser de bonne heure aux chantres de leur gloire, d'estendre leurs bienfaicts au delà du tombeau et de faire encore après eux retentir noblement et utilement tout ensemble ces doctes voix qu'une mort precipitée voulloit estouffer, et en un mot de faire encore agir après la mort ceux qu'en vivant ils ont pris plaisir de tirer de souffrance. Cela s'appelle imiter la divinité, puisque c'est en quelque façon eterniser la felicité de leurs creatures.

Celuy-cy se voyant privé de ce bonheur ne laissa pas de chercher des consolations parmy ses livres et de frapper encore à la porte des muses qui semblaient avoir perdu leur unique Mecene, et il s'obstina de telle sorte à mandier jour et nuit leurs faveurs precieuses qu'il borna toute sa fortune à faire des vers qui pour estre marquez de la force de son genie, n'eurent pourtant pas tous les suffrages de son siecle, et qui par consequent n'auroient pas toute l'approbation du nostre. Et en effect ce n'est pas tout que de

1 Variante de l'original : *bons* appointements. Dans la copie, il y a : *bons et solides.*

(2) Strada (*de bello Belgico*) a nié, avec raison, l'empoisonnement du duc d'Alençon. Il paraît certain que ce prince mourut de phthisie. Qu'il me soit permis de renvoyer, au sujet de ce protecteur de La Jessée, mon lecteur à diverses notes mises au bas des des *Lettres inédites de François de Noailles, évêque de Dax.* Comme son frère Charles IX et comme sa sœur Marguerite, le duc d'Alençon aima et favorisa les lettres. Ce doit être pour lui devant la postérité la rançon de bien des fautes.

faire beaucoup de vers, il est important de les faire bien. C'est une monnoie que l'on ne compte pas, mais que l'on pese (1).

Versus non numerare sed ponderare licet (2).

Une seulle fleur impériale vaut mille (3) violettes et une seulle tulippe panachée vaut mille simples barbeaux (4). Le Lyon ne produit qu'un de son espece (5), mais c'est un lyon. Je veux dire qu'un poëme bien conduit et bien orné en vaut mille qui ne le sont pas. Ce n'est pas que je veuille esgaler la miserable sterilité de certains esprits à l'heureuse abondance des autres; tant s'en faut. J'aime beaucoup mieux un grand poete avec quelques defauts apparens, que une petite epigramme polie et parfaitement ajustée, puisque ce n'est que dans les grands ouvrages que l'on void la force de l'imagination et la hardiesse du poete, et que le lecteur y sent calmer ou esmouvoir ses passions. Après tout comme il y a de certaines mauvaises herbes qui ne croissent jamais que dans les bonnes terres, il se rencontre de certains deffauts dont il n'y a que les grands esprits qui en soient capables. Et dans ce sentiment Homere me ravit bien plus que tous les anthologistes, Virgile plus que tous les Simonides et les Anacreons, Stace plus que tous les Martials, le Tasse plus que tous les Saint-Gelais, et le cavalier Marin plus que ... et Ronsard plus que tous les Saint-Gelais (6).

(1) La copie dit seulement: *Il faut les bien faire, et les peser au poids de l'or.*

(2) En marge: *Theod. de Beze.*

(3) Variante de la copie: *Toutes les violettes.*

(4) Idem: *Vaut toutes les fleurettes des prairies.*

(5) Ceci est un conte. Voir Buffon, *OEuvres complètes*, édition de M. Flourens, tome III, p. 11.

(6) La copie a comblé le vide en disant: Le Tasse *et le cavalier Marini* plus que tous les Saint-Gelais. — Pour éviter la répétition de *Saint-Gelais*, à la fin de la phrase, elle dit: *Et Ronsard plus que tant d'autres de son siècle.*

On a le droit d'être étonné tout d'abord de voir surgir là le nom du cavalier Marin. Mais il faut se rappeler que l'auteur de l'*Adone* fut, dans la première moitié du XVIIe siècle, et surtout en France, l'objet d'un immense engouement. Voir, à cet égard, outre l'*Histoire littéraire de l'Italie* de Ginguené continuée par Salfi, M. Philarète Chasles (*le Marino, sa vie et son influence*, dans la *Revue des Deux-Mondes* du 15 août 1840 et dans les *Etudes sur l'Espagne et sur les influences de la littérature espagnole en France et en Italie*, 1847) et M. J. Le Fevre-Deumier (*le cavalier Marino*, dans ses *Etudes biographiques et littéraires sur quelques célébrités étrangères*, 1854). De ces deux monographies je me reprocherais de ne pas rapprocher quelques pages bien remarquables écrites sur le poete italien par M. J.-B. Rathery dans le mémoire couronné par l'Académie française intitulé: *Influence de l'Italie sur les lettres françaises*, 1853 (p. 168-121). J'emprunte à M. Rathery

La Gessée donc composa un très grand nombre de poëmes de tous genres, et la source qui les produisit fut si feconde qu'il n'y avoit point de si vaste subiet qui la pust espuiser. De là sont provenus tous ces espais volumes que nous avons de ses vers, et encore tout cela n'est qu'un simple eschantillon de la piece entière. Certes comme il enfantoit aisement et avec une certaine promptitude d'esprit qui luy estoit toute particulière, il avoit encore peu de soin de limer et de polir ce qui estoit party de sa forge (1), et mesme il ne pouvoit se resoudre à practiquer ce salutaire et difficile conseil d'Horace qui oblige le poete de ne point publier ses ouvrages qu'auparavant les neuf années de leur production. Ce long temps luy sembloit trop ennuyeux, et il appeloit cela une trop scrupuleuse maniere de proceder qu'il renvoyoit à ces esprits conscientieux qui promettent beaucoup de leur capacité et qui entretiennent de vent l'esperance que l'on a conceue de leur suffisance pretendue et qui gardent dans leur cabinet leurs compositions aussy religieusement que si c'estoient des reliques sacrées. Quant à lui il se donnoit à toute heure la liberté de paroistre au jour par l'edition de ses divers ouvrages, ne voullant encourir le bruit d'estre un paresseux casannier ou un poete muet, et dans tout ce qu'il mettoit en lumiere on peut dire qu'encore qu'il sceut les langues estrangeres et que les bons autheurs ne luy fussent pas incognus, si est ce qu'il ne s'asujettissoit guere aux inventions d'autruy. Il croyoit que l'imitation servile des antiens autheurs avoit plus de curiosité que d'industrie, et plus de peine que de louange ou de plaisir. Il ne puisoit guere en un mot que dans son propre fonds, et ne recueilloit guere d'autre moisson que celle qui estoit crüe dans son propre champ et ne presentoit guere au public que des fleurs et des fruicts qui avoient pris naissance dans ses vergers propres; car ostez les versions expresses qu'il fit de certains

cette citation de Crescimbeni parlant de l'enthousiasme excité par le cavalier Marin pendant sa vie : « De pareils succès n'obtiendraient pas de croyance si l'époque » n'en était assez rapprochée de nous pour que l'écho de ces louanges retentisse en » quelque sorte à nos oreilles. »

(1) La copie croit devoir ajouter : *De sa forge poetique.*

passages de plusieurs autheurs hebreux, grecs, latins, italiens et espagnols pour tesmoigner sans doubte qu'il n'en ignoroit pas les langues, il se soustient partout aillieurs de ses propres forces et ne triomphe pas impudemment ainsy de la gloire des morts, si bien que pendant que la pluspart de ceux de son siecle ne nous donnent presque que des coppies de l'antiquité, il nous donnoit dans ses œuvres diverses des originaux modernes et se gardoit bien d'imiter ainsy la ridicule corneille d'Esope et d'Horace, qui, dans l'assemblée des autres oyseaux, se vid bien devestue de toutes ses plumes empruntées. Mais quoy que dans ses œuvres il y ait en beaucoup d'endroicts du sçavant, du fort, et du poly mesme, et que les passions humaines y soient quelquesfois noblement exprimées, si est ce qu'elles ne sont pas d'ordinaire animées de ce genie secret et excellent qui donne le prix aux choses, de ce je ne sçay quoy que les intelligens cognoissent bien mieux qu'ils ne le sçauroient dire. Ce qui a esté cause que sa reputation n'a pas esgalé la gloire de tous ces autres doctes poëtes de son temps, dont les noms nous sont aussy cognus que le sien est caché aux apprentifs de la poësie.

L'an 1574, il fit imprimer à Paris in-8° un petit recueil de ses poësies latines divisé en deux livres contenant plusieurs epigrammes (1) la pluspart addressées pour estrennes aux princes et aux plus grands personnages du royaume, ce qui en rend la lecture fort agreable, et ce d'autant plus que la doctrine et la vertu y sont louées de fort bonne grace et que le style en est fort net et mesme assez fleury, de sorte que s'il eut continué davantage, il eut peu passer pour le Martial de son siecle si l'abondance de son genie ne l'eut vainement sollicité d'en estre l'Horace, le Virgile ou le Stace. Mais pour ce que j'y ay rencontré une epigramme

(1) *J. Gessei Mauresii e Vasconia, epigrammaton ad principes et magnates Galliæ*, etc., *pro xeniis, libri duo*. Si Colletet avait voulu suivre l'ordre chronologique dans l'énumération des productions de La Jessee, il aurait dû commencer par citer une petite pièce satirique, flamboyante d'indignation, intitulée : *Execration sur les infracteurs de la paix*, Paris, 1572, in-4°, omise par M. Brunet, mais indiquée par l'abbé Goujet, dont la notice, faite avec un soin tout particulier, est aussi complète que possible au point de vue bibliographique. J'y renvoie le lecteur pour une foule de détails dont je ne veux point surcharger ces notes.

qui est assez ingenieuse quoy qu'elle ne consiste qu'en trois mots je ne feindray point de l'inserer en ce lieu. Il s'addresse au medecin Le Grand en ces termes :

Salve medicorum maxime.

Et puis c'est pour damer celle cy que Theodore de Beze fit autrefois sur la mort de ce fameux chancelier de France Antoine du Prat qui estoit un gros homme :

Amplissimus vir hic jacet (1).

L'an 1573 il fit imprimer à Paris in-8° la premiere partie d'un poëme epique intitulé *la Rochelleide, contenant un nouveau discours sur la ville de La Rochelle, les choses les plus memorables qui y advinrent et dans le camp depuis le commencement du siege avec les louanges des princes, des seigneurs et des chefs de l'armée* (2), poëme addressé au duc d'Anjou frere du Roy Charles, en faveur duquel il l'avoit conceu. Et affin que l'on puisse en quelque sorte juger de son style, en voicy le commencement :

J'ay deploré naguere le trespas
D'un prince occis dans l'horreur des combats ;
Mais à present j'entonne les alarmes
Et nobles faits des principaux gens d'armes
Qui soustenant l'honneur de nos Valois
Ont assiegé les murs des Rochelois,
Et qui poussez d'un vif zele de gloire
Font en mourant plus vivre leur memoire.
Vous, preux Henry, tige des demy-dieux
De nostre Gaule et des Roys vos ayeux,

(1) C'est dans les *Poemata* de Beze que l'on trouve cette grosse malice : ***Antonio Pratensi, cancellario Galliarum, inter obesos obesissimo. Amplissimus vir hic jacet.*** Le roi des menteurs, Varillas, raconte que l'embonpoint du cardinal fut tel que l'on fut obligé d'échancrer sa table pour que, dans le vaste demi-cercle ainsi ménagé, l'énormité de son ventre pût trouver une libre place (***Histoire de François Ier***). Je ne puis nommer l'habile ministre sans rappeler l'éloquente réhabilitation qui en a été faite par un homme qui porte si noblement son nom, par M. le marquis du Prat (*Vie d'Antoine du Prat*, in-8°, Techener, 1857).

(2) Le titre de ce poëme est plus exactement cité dans le ***Manuel du Libraire***. J'ai eu à m'occuper des deux siéges mémorables de La Rochelle, de celui de 1573 dans mes *Quelques pages inédites de Blaise de Monluc*, et de celui de 1628 dans mes *Quelques notes sur Jean Guiton, le maire de La Rochelle*. Voir principalement, pour le premier de ces siéges, la note 3 de la page 5 du premier de ces opuscules.

Si la fureur de la triste Bellonne
Par les assauts vostre cœur n'aiguillonne,
Et qu'à ce coup vous soyez en repos
Pour tost courir aux armes plus dispos,
Vous separant un peu de vostre armee
Oyez la voix de ma Muse animée
A vous chanter; puis d'une et d'autre part
Retirez vous dans vostre tente à part
Pour m'escouter et tendre icy l'oreille
Au vray discours de la grande merveille
Que vous verrez avenir vers ce lieu
Qui vous retient par le voulloir de Dieu.
Le mesme jour que ceux de La Rochelle
Furent marris de la triste nouvelle
De vostre camp, et que les gens armez
D'un fort Strossy furent d'ire allumez
Contre la ville, et plus s'en irriterent
Quand maint François dedans se retirerent,
Prince, l'on tient que dans ce mesme jour
On vid sortir de l'humide sejour
Vers un isleau Prothé le grand prophete
Du Roy des eaux le fatal interprete.

Et le reste où il faict predire à ce dieu marin toutes les choses depuis advenues pendant ce siege memorable. Au reste par ce prince mort en guerre dont il parle au premier vers, il entend parler de Claude de Lorraine duc d'Aumale qui fut tué devant La Rochelle au mois de mars 1573 (1) et sur la mort duquel il avoit composé plusieurs vers elegiaques et lyriques (2).

(1) Claude de Lorraine, duc d'Aumale, était le troisième fils de Claude de Lorraine, duc de Guise. Né en 1526, il mourut le 3 mars 1573 Le Père Arcère raconte ainsi la mort du vaillant guerrier *Histoire de La Rochelle*, t. I, p. 465 : « Le 3 » mars, il y eut une action assez vive, sur les trois haures du soir. Ce jour fut pour » les assiégeants un jour funeste. Sur la fin du choc, un boulet, tiré du bastion » de l'Evangile, ayant percé un gabion, porta le duc d'Aumale roide mort par terre. » Ce prince avait eu des pressentiments de son malheur, et Brantôme lui avait ouï » dire : Voici le lieu où je mourrai, etc.»

(2) *Le tombeau du très excellent prince Claude de Lorraine*, etc , 1573. *Trois odes sur le même sujet*, 1573. M. Brunet n'a pas mentionné ces pièces, non plus que les *Odes satyres*, qui sont de 1578. Mais il a cité divers opuscules de La Jessée qui ont échappé à Colletet, par exemple le *Nouveau discours sur le siége de Sancerre*, 1573, petit in-8°, et le *Discours du tems, de fortune et de la mort*, 1579, in-4°. Le premier de ces opuscules est dédié à « Mgr de Sarrieu, gascon, maistre de » camp devant Sancerre et commandant en general à l'infanterie, » lequel déploya

L'an 1579 il fit imprimer à Paris in-4° deux livres de ses vers, l'un intitulé d'un titre bizarre et nouveau *Odes-Satyres*, avec quelques sonnets, et l'autre le premier livre des *Odes françoises de Jean de la Gessée*. Dans l'un il invective puissamment tous les vices de son siecle et dans l'autre il loue hautement la vertu. Mais en tous les deux il me semble fort esloigné du merite de Juvenal et de Pindare. Je dy Pindare pour ce que toutes ses odes sont formées sur le modele de ce fameux poëte grec du moins quand à leur forme et à leur division de strophes, d'antistrophes et d'epodes et non pas quand à leur matiere puisqu'il se vantoit d'estre l'unique createur de ses pensées. Il y en a d'assez hardies tesmoin celle-cy de la cinquiesme de ses odes qu'il adresse au Roy de Navarre :

Comme un horrible tonnerre
Gronde en croissant peu à peu
Ains que sa fureur desserre
Le choc, l'esclair et le feu,
Puis faisant rougir sa creste
Des monts au superbe faiste
Saccage à coups redoublez
Un gros pin ou quelque roche
Qui voisine d'un front proche
Les cieux d'orage troublez.

ANTISTROPHE.

Ainsy devant que j'entonne
Tes beaux faits et ton bonheur,
Prince il me faut que je tonne
Pour esbaucher ton honneur, etc.

Ses odes satyres toutes dures qu'elles sont dans leur style ne me semblent guere moins agreables que les *Mimes* de Baïf qui sont à peu près conceues du mesme air et presque de la mesme cadence. Voicy un sonnet dont il orna le frontispice de ce livre

dans cette action une grande intrépidité, ainsi que plusieurs autres gascons dont La Jessée n'a pas oublié de vanter les mérites. Cette relation a été reproduite de nos jours dans une publication à très petit nombre sous ce titre: *Relations du siége de Sancerre en 1573 par J. de La Gessée et J. de Lery, suivies de diverses pièces historiques publiées par M. L. Raynal.* Bourges, 1842, in-8°.

qu'il dedia à la Royne Marguerite de Navarre dont il avoit esté domestique en sa plus tendre jeunesse, comme je l'apprends de la quatriesme de ses epistres françoises sur la mort du duc d'Alençon dont il avoit esté fort aimé pour la beauté de son esprit et pour le merite de ses Muses naissantes.

L'oyseau plus doux en ses accords
Vient tristement sa voix espandre
Et se plaint aux bords de Meandre
Ou sur Caystre aux plis retors.

Moy qui m'esveille, chante, et sors,
Fasché, plaintif, brusque à reprendre,
Je me fay voir, conaitre, entendre,
Mettant au jour ces boute-hors.

Or satyriquement lyrique
Or lyriquement satyrique
Je monstre quelque eschantillon.

Si la piece entiere je tire
De cygne je seray freslon,
Et mon ode sera satyre.

L'an 1584 il fit imprimer à Paris in-4° un livre intitulé *Larmes et regrets sur la maladie et sur le trespas de François de France fils et frere de Roys*. Outre les vers funebres que ce livre contient il y a plusieurs lettres en prose que l'autheur addressa à ses amis sur la mort de ce genereux prince de la race de Valois, et c'est là que j'apprends qu'il aimoit son maistre à cause de son maistre seul, et non pas à cause de luy mesme, tesmoin, dit-il, les longs services que je luy ay rendus et le peu d'advancement qui m'en demeure. Pendant sa maladie ce prince manda son poëte et ouit avec un grand plaisir le recit qu'il luy fit de plusieurs oraisons chrestiennes qu'il avoit composées et luy tesmoigna si Dieu lui rendoit la santé qu'il l'obligeroit d'escrire l'histoire de sa vie dont il l'avoit plusieurs fois entretenu tant dans le Brabant qu'en France. Mais sa mort fit avorter tous ces nobles projets. O desseins formés en l'air! ô vaines entreprises! Le desirant il le differa, le pouvant il ne le voullut pas, et le voullant il ne le put. Belle leçon aux grands qui d'une parolle effective en temps et lieu peuvent faire executer tout ce qu'ils se proposent, pour n'avoir pas en mourant le sensible desplaisir de n'avoir pas faict tout ce qu'ils pouvoient faire pendant leur vie.

L'an 1595, il publia à Paris, in-8°, un autre livre de vers intitulé : *La Philosophie morale et civile du sieur de La Gessée.* Ce livre consiste en cent (1) quatrains serieux qui sont autant de preceptes à bien vivre. En voici deux ou trois des premiers :

Appren sans honte, enseigne sans envie,
Mais le sçavoir de l'homme bien disant,
Mais la valeur de l'homme bien faisant
A ne celer son autheur te convie.

Sois de cœur noble, et meurement regarde
Moins aux honneurs qu'aux merites d'honneur
Et plus qu'aux dons à l'honneste donneur.
L'avare aux biens, le sage aux mœurs prend garde.

Un grand phanal en plaine nuit esclaire
Haut sur son phare aux mariniers errans.
Le prince aussy par ses faits esclairans
Au peuple sert de lampe et d'exemplaire.

Mais le plus grand et le plus considerable de tous ses ouvrages c'est celluy qu'il fit imprimer in-4° à Anvers, l'an 1583, intitulé *Les premieres œuvres françoises de Jean de la Gessée, secretaire de la chambre de Monseigneur.* Ce livre imprimé des beaux characteres de Plantin, et qui n'est pas moins espais que ce gros receuil de tous les poëtes latins que l'on appelle *Corpus Poetarum,* est divisé en quatre tomes et ces quatre tomes en 24 livres, et c'est

(1) Variante de l'original : plusieurs. L'abbé Goujet observe, au sujet du nombre de ces quatrains, que Colletet qui en parle (*Traité de la poésie morale*, p. 157), dit qu'il y en a là 150. J'ai vu, ajoute Goujet, la même édition, et je n'en ai compté que 101. On voit que Colletet ici donne d'avance raison à son contradicteur. Tout peut s'expliquer par une faute d'impression dans le *Traité de la poésie morale.* La *Philosophie morale* est dédiée à Renaud de Beaune, archevêque de Bourges, grand aumônier de France, que La Jessée avait pu bien connaître auprès du duc d'Alençon, dont ce prélat avait été le chancelier, et dont il avait prononcé l'oraison funèbre.

ceste grosse masse de vers sur toutes sortes de subiets qui m'estonne.

Le premier tome contient six livres, intitulez les Jeunesses qui sont presque tous sonnets de diverses matieres de morale, de louange et de blasme.

Le second tome qui est intitulé Meslanges contient trois livres de plusieurs poëmes de son invention et quatre autres livres de poëmes traduits ou imitez tant des antiens que des modernes autheurs en toutes langues, et c'est là qu'il y a beaucoup de choses curieuses.

Son troisiesme tome contient en plusieurs livres les Amours de Marguerite (1), de Severe, et de Grassinde (2), le tout en sonnets, stances, odes, chansons, elegies et autres sortes de poëmes, les uns froids les autres animez, les uns supportables, et les autres fort mediocres.

Son quatriesme tome divisé en deux livres, intitulé Discours poetiques, est à mon gré le plus noble et le plus digne de luy. C'est là principalement que l'on void la force de son genie et ses heureuses et nouvelles inventions en ce qu'il y a des poemes fort hardis et bien dignes de la lecture de ceux qui dans nos poetes modernes supportent patiemment quelques rudesses, quelques locutions obscures, quelques vers traisnans et prosaïques, et autres

(1) M. Cénac Moncaut a pensé que la Marguerite aimée en pure perte par La Jessée était Jeanne d'Albret. Malgré la parfaite compétence que je suis tout disposé à reconnaître, en ces galantes questions, à l'auteur de l'*Histoire de l'Amour dans l'antiquité et dans les temps modernes*, je ne puis guère lui accorder que, malgré l'extrême différence des âges et des positions, La Jessée ait brûlé pour la reine de Navarre. Je résiste d'autant plus que l'abbé Goujet n'a nulle part entrevu la moindre étincelle de cet amour insensé. La prétendue découverte de M. Cénac Moncaut aurait besoin d'être protégée par des citations plus décisives que celle-ci : Le ciel qui m'a permis de *la servir*, etc. L'expression a un sens trop incertain, trop ondoyant, pour justifier l'assertion du dernier biographe de La Jessée. Un mot dont l'interprétation est douteuse, voilà l'étroite et fragile base sur laquelle M. Cénac Moncaut a échafaudé tout un système auquel ne donnent nul appui des rapprochements tels que ceux-ci : Ovide aima bien Livie, et le Tasse aima bien la sœur du duc de Ferrare; car Ovide n'aima jamais Livie, que son âge vénérable eût dû mettre à l'abri du soupçon, et il n'est pas prouvé que l'objet de la passion du Tasse ait été la sœur d'Alphonse II.

(2) Les *Amours de Grasinde* avaient déjà été publiées à Paris, in-4°, 1578, avec une *Remonstrance* à Pierre de Ronsard. L'abbé Goujet appelle les quatre livres des *Amours de Grasinde* un « amas de fadaises amoureuses, » et ajoute que ces fadaises furent composées à Paris pour une parisienne.

semblables defaults, et ne considerent que l'heureuse œconomie de l'ouvrage, et la force de l'imagination, et là dessus il faut que je die que j'ay de quoy dementir ce qu'il advance dans quelque endroict de ses œuvres qu'il n'avoit jamais peu se resoudre à l'exemple des ours de relescher son fruict ny de polir curieusement ce qui estoit party de sa forge : car j'ay entre les mains une bonne partie de ces discours poetiques tellement raturez et polis et corrigez et changez de sa main propre, qu'ils ne seroient plus recognoissables à ceux qui les ont veuz imprimez, surtout son poeme intitulé *le Poete courtisan* et son autre poëme intitulé *la Franciade* (1) à Pierre de Ronsard où il excite avec des traits doux et picquans (2) ce fameux poete d'accomplir sa promesse en donnant ce poëme epique tout entier, me semblent assez beaux et assez bien imaginés. Le lecteur intelligent m'en peut dementir. Je n'en rapporteray rien ici, car ce ne seroit jamais faict et puis quelques autres poetes de sa vollée m'appellent et demandent ma plume. J'adjousteray seullement que ce gros volume n'est que le premier des trois de ses premieres œuvres françoises, et dans un advertissement au lecteur il promettoit de donner à sa premiere commodité ayant les deux autres tout prests qui contenoient plusieurs livres d'odes, hymnes, elegies, eglogues, odes, satyres, tragedies, et epitaphes, et en outre plusieurs autres petits poemes sur de divers subiets de l'escriture saincte et quatre ou cinq livres de prose françoise. Cela s'appelle estre bien ennemy de la langueur et de l'oisiveté, et n'estre pas un poids inutile sur la terre. Quoy qu'il en soit tous ces derniers ouvrages n'ont point esté publiez et sont demeurez ensevelis avec l'autheur que la mort nous ravit presque en la fleur de son aage, car je ne trouve point qu'il ait vescu au delà de l'an 1595.

Il publia encore à Paris l'an 1579 in-16 un petit livre de recueil de *Lettres missives*, de *Discours et* de *Harangues familieres* addressées à plusieurs princes et autres personnes de condition où

(1) Ou plutôt *Discours sur la Franciade*.
(2) G. Colletet avait écrit d'abord : *avec quelque aigreur*.

l'on voit comme de temps en temps il avoit composé plusieurs autres escrits, tesmoin le remerciement qu'il faict au marquis de Villars de l'audiance favorable qu'il avait donnée à ses Muses lorsqu'il avoit faict representer publiquement sur le theatre de Guyenne (1) une tragedie et une comedie ensuitte, et l'histoire de Tobie en vers françois qu'il avoit faicte, divisée en trois livres. Ce petit recueil est certes d'autant plus agreable que dans son langage prosaïque, qui n'est pas mauvais pour le temps, on void plusieurs particularitez de la court et touchant les affaires de son siecle.

Il mourut environ l'an 1596 aagé d'environ 45 ans. Les deux portraicts à l'antique et de profil qui sont à l'entrée de ses œuvres latines et françoises, l'un à l'aage de 23 ans et l'autre de 31, monstrent qu'il avoit un grand et large front, les yeux fort brillans et fort ouvers, le nez extremement aquilin, le poil clair brun, le cuir assez blanc, et le visage fort descharné. Sa devise estoit : Et lauro et myrtho, et c'estoit de l'un et de l'autre, je veux dire de laurier et de myrthe, que la couronne dont sa teste estoit environnée estoit composée, tesmoin ce distiche latin qui est [rendu] en françois dont l'un est au dessus de son portraict et l'autre au dessous :

> Phœbus amat laurum, Veneri gratissima myrthus,
> Et lauri et myrthi nos quoque serta juvant.

Le voicy en françois, mais bien esloigné de la perfection du latin :

> Phœbus a son laurier, Venus son myrthe beau.
> De myrthe et de laurier j'ayme aussi le chappeau.

Il composa une anagramme sur son nom et sur celluy d'une belle et jeune damoiselle nommée Anne Alaigne à laquelle il de-

(1) Le copiste a supprimé : *de Guyenne.* Le marquis de Villars était Honorat de Savoie, comte de Tende et de Sommerive, qui fut nommé amiral de France après la mort de Coligny. On lit dans la *Chronique Bourdeloise* de Jean Darnal : «Le qua- » triesme janvier 1571 Monsieur le Mis de Villart, lieutenant pour le Roi en Guyenne, » arriva à Bourdeaux avec M. de Montpezat, son gendre, et Mme de Montpezat, sa » fille, à laquelle Messieurs les jurats présentèrent quantité d'excellentes confitures.»

lia ses epistres françoises et qu'il aimoit sans doubte avec de grandes passions, et ceste anagramme estoit :

Diane l'a à gré en aage de liesse,

qui est un vers assez obscur, par lequel il finit une epistre en vers qu'il luy addresse sur le subiect de ses harangues.

Guillaume Postel et Jean Morel, gentilhomme d'Ambrun, ausquels il addressa deux lettres, qui sont comme deux panegyriques de ces deux excellents hommes, l'avoient en grande veneration, comme je le voy par la lecture de ses epistres françoises. Jean Dorat poëte du Roy, François de Belleforest, cet historiographe de France, et la docte Camille de Morel luy adresserent des vers latins et françois qui se voyent dans ses diverses œuvres, et dans le tombeau que les plus sçavants hommes de l'Europe dresserent à Jean Morel. Philippe d'Angennes sieur du Fargis, Louis de Lauvergnac, et quelques autres, luy ont consacré des vers au frontispice de ses œuvres. Et quant à nos bibliothequaires françois Antoine du Verdier (1), La Croix du Maine, Draude et les autres, il n'y en a pas un d'eux qui l'ait oublié dans leurs catalogues, et luy attribuent mesmes encore quelques autres ouvrages, comme *la Henricide* latine qui estoit un recueil de divers poëmes faicts de temps en temps par l'autheur en l'honneur du Roy Henri III et des plus grands seigneurs de sa court. Et outre tout cela, on void encore plusieurs de ses poesies latines soubs ce nom : *Joannis Gessæi poemata*, dans ce gentil et fameux recueil de vers latins de nos poëtes françois qu'un docte Allemand (2) prit le soin de publier en trois volumes (3).

(1) Du Verdier a reproduit le discours intitulé : *La Fortune*. La Croix du Maine appelle La Jessée « poète très excellent, tant latin que français.»

(2) Ce fut Jean Gruter, le célèbre érudit néerlandais, qui publia à Francfort, en 1609, les *Deliciæ Poetarum Gallorum*, 3 vol. in-12.

(3) Le copiste, trouvant sans doute que ceci finissait trop brusquement, a cru devoir ajouter : Et voilà tout ce que j'ay pu recueillir de la vie de cet excellent homme assez particulière et peu connue de son siècle. Je n'ajouterai ici au texte de Colletet que cette seule phrase de M. Léonce Couture (*Bulletin d'Auch*, t. II, p. 572), laquelle résume si bien tout ce que l'on peut dire du plus fécond de tous les poëtes gascons : « Jean de La Gessée répandit à profusion sa veine terne et fluide dans une foule de volumes. »

VI

JOSEPH DU CHESNE

SIEUR DE LA VIOLETTE.

Manuscrit original, t. III, p. 98-103.
Copie, t. II, p. 92-95.

Joseph du Chesne, sieur de la Violette, nasquit en Gascongne comme je l'apprends (1) de quelques endroicts (2) de ses œuvres, comme de l'epistre liminaire de sa *Morocosmie* où il dit que le naturel de sa langue gasconne ne le faict que trop begayer, de la fin de son *Poeme du Souverain Bien* où en parlant à Guy de Pibrac il luy dit :

> Or toy! mon de Pibrac! des muses seul honneur
> Qui chantes le dessus dedans leur sacré chœur,
> Toy miracle produit dedans nostre Gascongne, etc. (3)

d'une autre epistre liminaire au roy de Navarre où pour sa deffense (4) il rapporte plusieurs proverbes gascons et adjouste qu'il est impossible que sa muse ne se sente tousiours de ce mesme terroir, et finalement d'un de ses advertissements au lecteur où il dit qu'il estoit non seullement compatriote mais encore compagnon d'escole du fameux du Bartas (5) qu'il appelle contre

(1) Variante de la copie : *ce que j'apprends.*
(2) Idem : *de deux ou trois endroicts.*
(3) Le poème du *Souverain Bien* est dédié à Pibrac.
(4) Variante de l'original : *pour son Apologie.* Cette phrase manque dans la copie.
(5) Senebier (*Hist. littér. de Genève*, 1786, 3 vol. in-8°, t. II, p. 40), désigne comme patrie de du Chesne l'Esturre en Armagnac. M. Weiss (*Biographie Universelle*) l'a suivi, sauf une légère variante : il écrit l'Esture. La *France protestante*, la *Nouvelle Biographie générale*, etc., ont répété que l'Esture avait été le berceau de du Chesne. Mais qui connaît l'Esture? M. Léonce Couture disait, en 1860 (*Bulletin d'Auch*, t. I. p. 400), qu'il espérait que l'on saurait trouver la situation précise de ce château de l'Esture qui lui était totalement inconnue. Près de six années se sont écoulées sans que nul ait répondu à l'appel du docte critique. Ce silence me portait assez à regarder l'Esture comme appartenant à cette géographie idéale

toutes les editions de ses œuvres du Bertas aussy bien qu'Estienne Pasquier dans ses *Recherches* (1), ce qu'il repute à une grande faveur, estimant heureuse la Gascongne d'avoir produit une si rare fleur qui espandoit desià son odeur par tout le monde; aussy fut ce peut estre autant l'exemple de ce grand esprit et l'aide qu'il offrit à sa muse naissante tant qu'elle marcheroit soubz les enseignes de la saincte Uranie, autant que l'inclination naturelle qu'il avoit dez sa jeunesse à faire des vers qui l'engagerent insensiblement à cet agreable et divin exercice, et en cela mesme il ne croyoit peut estre pas s'escarter beaucoup de la profession solide de la medecine qu'il avoit embrassée

dans laquelle, pour ne citer que deux exemples fameux, se placent la ville de Pharsale où M. le président Troplong fait débarquer César, quoique Pharsale soit à huit lieues environ de la mer, et la ville de Chéronée, patrie de Plutarque, *autre*, d'après M. Villemain, que la ville du même nom fameuse par la victoire de Philippe. J'ai voulu faire une nouvelle tentative en m'adressant à l'*Intermédiaire des chercheurs et curieux*. Dans le n° 59 (10 juin 1866) de cet utile recueil, un savant genevois, que je prie d'agréer ici l'expression de ma reconnaissance, a répondu à ma question par une note très substantielle, qui n'éclaircit pas entièrement la question de l'*Esture*, mais qui fournit de bons renseignements sur la biographie de du Duchesne. Sur l'origine du poète, il nous apprend que, d'après les registres du conseil de Genève (16 octobre 1584), il était fils de Jacques du Chesne, et « natif de Lestoure en Armagnac; » que cette indication a passé dans le *Livre des Bourgeois* dont les nombreuses copies renferment toutes l'indication de ce même lieu d'origine avec des variantes insignifiantes (l'Estourre, Lesture, l'Esturre, etc.); que dans les Registres de mariage on lit : « Joseph du Chesne de Lestore. »

« Pas plus que M. T. de L., poursuit M. Th. Dufour, je n'ai su découvrir dans l'Armagnac un village dont le nom se rapprochât de Lestoure ou Lestore. Si nous n'étions en présence que de la première de ces deux leçons, nous aurions pu supposer une erreur et songer à Lectoure. Mais une double affirmation faite à dix ans de distance sur des registres différents nous interdit cette hypothèse. Il existe bien dans le département de Lot-et-Garonne une localité appelée Estor, qui compte 10 habitants, mais elle faisait partie de l'Agénois. Espérons que d'autres lecteurs en sauront davantage au sujet de ce nom introuvable, qui n'était probablement que celui d'un château ou d'une bourgade aujourd'hui disparue. »

Colletet n'indique pas l'époque de la naissance de du Chesne. On s'est généralement rallié autour de la date de 1544. On a pensé que le seigneur de La Violette, ayant été condisciple du seigneur du Bartas, devait avoir le même âge que lui, induction qui n'est pas tout à fait légitime, car deux enfants d'un âge différent peuvent s'asseoir en même temps sur les bancs d'une école. Ainsi, du Chesne était un écolier un peu plus jeune que G. de Saluste, car, en 1606, il avait 60 ans, comme l'indique l'inscription mise sous son portrait au devant de l'édition du *Diœteticon* de cette année-là, et, par conséquent, il était né deux ans plus tard que l'auteur de la *Semaine*, c'est-à-dire en 1546. C'est ce qu'ont reconnu avant moi MM. Haag dans le tome IV de la *France protestante*, 1853. La rectification de MM. Haag n'a pas été admise dans le tome XIV de la *Nouvelle Biographie générale*, 1856.

(1) Voir les chapitres 6 et 7 du livre VII, 3 du livre VIII, et aussi la 2e lettre du livre XVIII, lettre qui doit être si chère à la Gascogne dont elle vante tant, comme écrivains, les quatre enfants que voici : Blaise de Monluc, Michel de Montaigne, Florimond de Raymond et Saluste du Bartas. Cette phrase incidente de Colletet : *qu'il appelle contre toutes les éditions*, etc., n'a pas été maintenue dans la copie.

puisqu'Apollon qu'il servoit est esgalement dieu de la medecine et de la poesie :

> Inventum medicina meum est, opiferque per orbem
> Dicor, et herbarum subjecta potentia nobis, etc. (1)

La grande cognoissance qu'il s'acquit de ce bel art que le ciel inventa pour le secours des creatures de la terre le rendit fort considerable auprès des puissances du monde, puisque le duc d'Anjou, frere unique du roi Henri III, l'appela près de sa personne et le fit son conseiller et son medecin ordinaire, et qu'en ceste qualité il servit ce genereux prince iusques à sa mort (2). La perte d'un si bon maistre luy fut sensible iusques au point qu'il ne s'en put consoler qu'avec ses livres et qu'avec les muses, si bien qu'après cela (3) il s'adonna plus que jamais à l'estude des bonnes lettres, à composer et à publier plusieurs traittez de medecine et de philosophie en langue latine. Il fit bien paroistre par la force de ses raisonnements, par la profondeur de sa doctrine et par la doulseur (4) de sa diction (5)

(1) Cette citation d'Ovide (*Metamorph.* I, 521) et la phrase qui la suit jusqu'à : *le duc d'Anjou*, ne sont que dans l'original.

(2) G. Colletet ne nous dit rien des voyages de du Chesne; il n'y eut pourtant guère de médecin qui méritât plus que lui le surnom de docteur *errant* (sans jeu de mots). On voit par ses ouvrages, dit Goujet, qu'il avait séjourné à Cologne, à Strasbourg et en plusieurs autres villes de l'Allemagne, et qu'il avait pris le degré de docteur en médecine dans l'université de Bâle. M. Léonce Couture a rappelé qu'il avait d'abord étudié à Bordeaux (*Bulletin d'Auch*, t. II, p. 574). MM. Haag nous le montrent s'établissant à Genève, s'y distinguant comme médecin, y obtenant gratuitement le droit de bourgeoisie, le 15 octobre 1584, entrant, trois ans après, dans le conseil des *Deux Cents*, puis député vers les ambasadeurs de France Sillery et Sancy, pour les prier de s'opposer au traité particulier que les Bernois voulaient conclure avec la Savoie; enfin, en 1594, admis par la reconnaissance de ses nouveaux concitoyens dans le conseil des *Soixante*. Rentré en France vers cette époque, il en sortit bientôt pour revenir en Suisse où Henri IV l'avait chargé de quelque mission. En 1601, il accompagna, en qualité de médecin, Brulard de Sillery (plus tard chancelier de France) qui avait été nommé ambassadeur en Suisse pour le renouvellement de l'alliance. Ce fut alors, remarque Bayle, que, comme l'on parlait beaucoup d'une fille qui avait vécu longtemps sans manger, Sillery l'envoya à Berne pour vérifier le fait que du Chesne trouva exact (*Dieteticon*. f° 31). En France même, du Chesne mena une existence très nomade, et tantôt nous le trouvons à Paris, tantôt à Lyon, tantôt au château d'Aubusson, en Auvergne, chez M. de La Fin, gouverneur de Touraine, auquel, pour payer sans doute son écot, il dédia son poème sur l'*Amour Céleste*.

(3) Toute cette phrase, depuis : *la perte d'un si bon maistre*, a disparu de la copie.

(4) Variante de l'original : *pureté*. L'un de ces mots n'est pas plus vrai que l'autre; jamais poète ne fut ni moins doux ni moins pur. Pour mes péchés, je ne le sais que trop!

(5) Variante de l'original : *son éloquence*. Toute la phrase fait défaut dans la copie. Cette fois-ci du moins, la suppression est un acte de justice C'est un sacrifice accompli sur l'autel du goût.

comme son esprit estoit capable de tout. En effect il ne concevoit que de grands desseins, et pendant que la pluspart des autres poëtes de son temps s'appliquoient à de menus ouvrages, il entreprenoit des poemes françois doctes et laborieux au possible, et quoyque la diction n'en soit pas fort espurée, et les vers mesme n'ayent pas toutes les justesses ny la belle cadance qu'il seroit à desirer pour sa gloire et pour le chatouillement des oreilles, si est-ce que les matieres serieuses et sublimes qu'il y traitte en maistre peuvent en quelque sorte suppleer à ces notables deffauts. Comme il est bien plus aisé de contenir dans l'ordre et dans les reigles du debvoir un simple regiment qu'une puissante armée, il est aussi bien plus facile d'ajuster les vers d'un sonnet ou d'une petite ode que tous ceux d'un ouvrage de longue haleine. Et puis il escrivoit en un siecle où les plus polis se sentoient encore un peu de la barbarie des siecles precedents, et où les Ronsards et les du Bartas qui sembloient estre nez seuls pour la reparation de nostre langue ne commençoient qu'à peine à en desfricher les ronces et les espines et qu'à en retrancher les superfluitez. Dans ceste ardante et legitime passion qu'il avoit de servir beaucoup au public et d'acquerir en son particulier un peu de gloire (1), il composa et publia mesme deux livres de poesie françoise : le premier imprimé à Lyon in-4° l'an 1583 et intitulé la *Morocosmie ou de la Folie, Vanité et Inconstance du Monde* (2), est un vivant tableau de la vie perverse et detestable des mondains qui comme ils sont composez des quatre elements, n'ont autre feu que leur convoitise, d'autre air que leur legereté et leur folie, autre terre que leur avarice maudite ny autre element d'eau que leur inconstance

(1) Ce long passage, depuis : *comme il est bien plus aisé*, a été banni de la copie.

(2) La *Morocosmie* fut réimprimée à Rouen, en 1601, petit in-8°.— Bayle dit au sujet de l'édition de 1583 : « Je crois que cette édition n'est pas la première, » car l'auteur, citant cet ouvrage dans son *Diæteticon*, imprimé l'an 1606, observe » qu'il y avait vingt-six ans qu'il l'avait fait imprimer. » Ces 26 ans nous reporteraient à l'année 1580. Or, il ne serait point étonnant qu'il y eût eu, à cette date, une première édition dont aucun bibliographe, pas même M. Brunet, n'a parlé, car Goujet constate que l'ouvrage était achevé dès 1573, puisque le privilége accordé pour l'impression est du 21 janvier 1571.

vagabonde, ce qu'il exagere dans une centaine de stances de huict vers chacune et dont voici les deux ou trois premieres :

Toy seul, qui le timon conduis de l'univers,
Gouverne, ô Dieu, la nef où s'embarquent mes vers.
Garde la d'abysmer. Sois ore son pylote.
Le monde est un carybde où sans cesse elle flotte.
Fay que la fermeté de ta sainte parolle
Soit son ancre, son mast, et ses voiles sa foy;
Fay, Seigneur, qu'autre carte elle n'ayt que ta loy
Et que ton sainct esprit luy serve de boussolle.

Par le triangle aqueux Dieu noya tout le monde.
Ton monde ore approchant de la triplicité
Ignée, qu'attends tu, veu ton iniquité,
Sinon que par le feu Dieu te rende plus monde !
Les eclypses, la terre infertile, de l'air
Les prodiges sans bouche à toy viennent parler,
Te menacent sans bras et t'escrivent sans plume
De t'amender devant que ce feu te consume.

Monde pourquoy fuis tu pour chercher asseurance,
Et si ce n'est en toy où la trouveras tu?
Où le monde n'est pas du monde combatu
Le monde se faict il à soy mesmes offense?
Oui, puisque sur la terre, en l'air, au feu, dans l'onde,
Il se fuyt, il se brusle, il se noye, il se pend,
Monde, fuy donc au ciel, car fol est qui s'attend
Pouvoir ancrer sa nef en l'Euripe du monde (1).

Ce n'est pas que toutes les stances de ce poeme soient composées de vers de mesme mesure, puisqu'elles sont encore entrelacées d'autres stances de vers de huict syllabes, tesmoin celle-cy :

Quel Thalès vois-ie qui regarde
La hauteur des flambeaux des cieux,
Qui d'un fossé ne s'est pris garde
Qu'il avoit tout devant les yeux?

(1) Ces huit derniers vers n'ont pas été conservés dans la copie. Nul, je suppose, n'aura le courage de blâmer le censeur qui avait cru devoir en débarrasser cette notice. Il faut avouer que jamais huitain plus hétéroclite n'a mis la patience du lecteur à une plus rude épreuve.

Asseurant autour d'une escharpe
De voir marcher onze animaux,
Luy qui ne peut voir dans nos eaux
Qu'à peyne nager une carpe (1)?

Par ce docte eschantillon on peut iuger que la rudesse de ses vers ne doict pas entierement desgouter le lecteur puisqu'au deffaut de l'agreable il y a de l'imaginatif, de l'utile et du solide que l'on peut rencontrer encore plus abondamment dans plusieurs autres stances.

Ce poeme est suivy de deux chants, dont l'un s'appelle l'*Amour celeste* et l'autre le *Souverain bien*, tous deux composés de stances de six vers chacune, desquelles je ne rapporteray que celle-cy et ce d'autant plus qu'elle faict partie d'une apologie pour les femmes dont le beau sexe (2) ne sçauroit estre ni assez loué ny aimé des bons esprits et des honnestes gens :

Dieu me gard de douter comme Platon a faict
S'il rangeroit la femme, ô l'estrange forfaict !
Au nombre seulement des bestes raisonnables.
La femme a la raison, la femme a bon esprit
Encor qu'avec raison tousiours ne soit conduit.
Les femmes en cela sont aux hommes semblables.

Son second ouvrage de poesie, imprimé à Lyon in-4° l'an 1587 et depuis encor reveu et augmenté par l'autheur (3) et

(1) Diogène de Laërte (*Vies et doctrines des philosophes de l'antiquité*, l. I, c. 1), raconte, en effet, que Thalès ayant roulé dans un fossé, en observant les astres, une vieille femme lui dit : « O Thalès, tu ne vois pas ce qui est à tes pieds » et tu veux connaître ce qui se passe dans le ciel ! » On se souvient de la traduction libre de La Fontaine :

Un astrologue un jour se laissa choir
Au fond d'un puits. On lui dit : Pauvre bête,
Tandis qu'à peine à tes pieds tu peux voir,
Penses-tu lire au-dessus de ta tête ?

(2) La copie a supprimé le mot *beau* qui, en cet endroit, formait un pléonasme bien naïf.

(3) *Le grand miroir du monde, seconde edition, revue, corrigée et augmentée en divers endroits, et d'un livre entier : à la fin de chaque livre sont de nouveau adjoustées amples annotations*, par S. G. S. Lyon, 1593, in-8°. Voilà Simon Goulart, senlisien, commentateur de du Chesne aussi bien que de du Bartas! Goujet a très bien analysé les six livres du *Grand miroir du monde*. Le 6e livre est principalement consacré à l'eau, et l'auteur y a chanté presque toutes les rivières de

dedié au très puissant prince Henry roy de Navarre souverain de Bearn, et depuis roy de France, qui cherissoit cet autheur tant pour son propre merite que pour ce qu'il l'avoit veu serviteur et domestique du duc d'Anjou : cet ouvrage, dis-ie, est intitulé *Le grand miroir du monde* divisé en dix livres desquels il ne voulut alors publier que les cinq premiers où il traitte des plus grandes merveilles de Dieu et de la nature, et puisqu'il (1) commence par l'autheur de toutes choses en monstrant par une infinité de belles raisons tirées des antiens peres de l'Eglise grecs et latins qu'il est un, eternel, infiny, simple, vivant, très perfaict, tout puissant, immuable et veritable, et qu'il poursuit son ouvrage par la creation du monde, et c'est là qu'il prouve aussy bien que du Bartas au commencement de sa premiere sepmaine que contre l'opinion de plusieurs philosophes payens le monde a eu commencement, que contre la creance de Platon la matiere premiere n'est pas eternelle et que le monde a esté creé de rien. C'est là que divisant encore le monde en l'intellectuel, le celeste et l'elementaire, il traitte à fonds toutes les questions qui concernent la creation, la naissance, la cognoissance, le ministere et la cheute des anges, l'introduction de l'idolatrie et des dieux payens, leurs sacriffices, leurs expiations, les sorts, les songes, les oracles, les augures, les sibylles et les faux prophetes. Et puis entrant dans le monde celeste il y traitte de la matiere et de la forme des cieux, de leurs accidents et de leur nombre, de leurs images et de leurs figures, de leurs aspects et de leurs influences, de la naissance et de la mort des choses, des sympathies et anthipathies de la nature, et finalement descendant dans le monde elementaire, il commence par les agens et les principes des choses, il y parle de la nature des elements où par de nouvelles

France, y compris le Gers, ainsi que tous les *grands hommes*, et surtout les poètes nés sur leurs bords, et notamment, pour ce qui regarde les illustres riverains de la Garonne, du Haillan, Pibrac, du Bartas, etc. M. Th. Dufour a remarqué *Intermédiaire*, loc. cit.) « que l'édition de 1581 du *Grand miroir du monde*, par J. du Chesne, citée par le cat. de la bibl. publ. de Genève, n'existe pas. La date de 1581 est dans ce catal. une faute d'impression : il faut lire 1587.

(1) Tout ce passage jusqu'à : *il dit que la mer n'a presque pas de poissons* manque dans la copie.

raisons il prouve qu'il y en a seullement que deux qui sont la terre et l'eau, l'air n'estant autre chose qu'une exhalaison d'eau et que la terre contient le feu. En suitte de quoy il y parle des trois principes elementaires du sel, du souphre et du mercure, pourquoy on les appelle ainsy et en quoy ils different des elemens, et dans les cinq autres livres qu'il promet et qu'il appelle la fin de sa premiere decade (livres que je n'ay point veus et que je doubte qu'ils ayent esté publiez) il dit que la mer n'a presque point de poissons, la terre presque point de plantes ny de fleurs, de fontaines ny de mineraux dont il ne descrive l'usage et les proprietez. Car pour ce qui est de l'homme qui est le petit monde, il luy voue un livre entier où il monstre qu'il contient en abregé tout ce qui est dans les trois mondes. Voilà certes de beaux desseins et de belles promesses, puisqu'au moins il nous a donné la moitié de ce qu'il avoit promis et qu'il a faict voir par un style docte mais par des vers un peu durs et raboteux veritablement la difficulté qu'il y a de traitter en vers une si haute philosophie. Aussy se vante-t-il fort d'avoir esté le premier des poetes français qui a ouvert le chemin d'une si belle et vaste carriere. Mais afin que l'on iuge mieux, voicy le commencement de son premier livre :

Je chante l'Eternel pere de l'univers,
Je descry la nature et ses effetz divers;
Je peins le petit monde. Artiste, ie figure
Et represente au vif l'apprentif de nature,
L'Art qui par art descouvre, ayant pour son tableau
Nature, ce qu'on void de nature de beau.

Createur tout puissant, trine un en une essence
Duquel seul la nature a receu sa puissance,
Qui tout parfaict ouvrier as tout parfaict de rien,
Qui ce tout entretient soubz un ferme lien,
Esprit anime tout, o grand Dieu, favorise
Mon penible labour, benis mon entreprise (1).

(1) Tous les vers qui suivent ont été retranchés de la copie.

Darde en moy ton esprit, sers d'addresse à ma main,
Affin que mes discours ne tiennent rien d'humain,
Esleve à toy mon cœur, destouppe mes oreilles,
Pour, en sonnant, ouyr moy mesme tes merveilles
Fay qu'à l'envy de moy chacun à qui mieux mieux
Consacre à ton honneur tous ses vers et ses vœux.

Le premier, le dernier, Dieu de tousiours un mesme,
Sans principe sans fin, non cognu qu'à soy mesme,
Qui est, estoit, sera, après, avant tout temps,
Tout estant dedans luy l'estre de tous estant, etc.

Et le reste qui s'esleve à mesure qu'il entre en matiere. Avec tout cela je ne voy pas que ses livres ayent eu le mesme destin que ceux de du Bartas, son amy, puisque ceux de ce fameux poete sont aussy cognus que le jour (1) et que les siens sont ensevelis dans les tenebres (2). Mais en parlant de ce *Grand miroir du monde*, j'exhorte les sçavans à le lire pour y voir le veritable tableau de ce qu'ils sçavent, et quant à ceux qui ne sont pas sçavans je les sollicite de le lire encore pour le devenir (3).

Je ne parleray point icy davantage de ses escrits latins puisque cela n'est pas de mon subjet (4), ny mesme de ses escrits en

(1) Variante de la copie : *sont fort connus.*

(2) La phrase : *Mais en parlant*, etc., n'est que dans l'original. La moitié au moins des pages sur du Chesne ont été biffées. Cette notice a été plus maltraitée encore que la notice sur Belleforest.

(3) C'est le sens du vers si antique du président Hénault : *Indocti discant et ament meminisse periti*, vers souvent donné à Horace. Colletet a oublié les ouvrages poétiques suivants de du Chesne, mentionnés par M. Brunet : *L'Anatomie du petit Monde, avec quelques sonnets des vices d'icelluy* (sans nom de ville, 1584, in-4°. *L'Ombre de Garnier Stoffacher, suisse, tragi-comédie sur l'alliance perpétuelle de la cité de Genève avec les deux cantons Zurich et Berne* Genève, Jean Durant, 1584, in-4°). *Larmes ou Chant funèbre sur les tombeaux de deux hommes illustres et tres puissants princes du Saint-Empire et des trois fleurs rares de notre France, perles précieuses de notre temps.* (Genève, 1592, in-4°). L'auteur du *Manuel du Libraire* ne cite ce volume que d'après Senebier *Hist. littér. de Genève*, t. II, page 42). — Il ne faut pas oublier que J. du Chesne fut éditeur d'un recueil de poésies qui vaut mieux que toutes les siennes : *Poesies Chrestiennes de messire Odet de la Noue, capitaine de 50 hommes d'armes..., nouvellement mises en lumière par le sieur de la Violette.* (Genève, 1584, in-8°.)

(4) On trouvera la liste des écrits médicaux de du Chesne dans le *Dictionnaire historique de la Médecine ancienne et moderne*, par le docteur Dezeimeris, bibliothécaire adjoint de la Faculté de médecine de Paris, t. II, 1834. Ce recommandable érudit, auquel le docteur Guardia a rendu un si digne hommage dans l'introduction de *la Médecine à travers les Siècles*, 1865, énumère douze ouvrages de du Chesne; il ajoute que Sprengel indique les diverses pièces relatives à la dispute que du Chesne et la chimie eurent à soutenir contre la Faculté de Paris et les fidèles adorateurs de Galien. MM. Haag, ajoutant dans la *France protestante* les écrits poéti-

prose françoise dont il a faict quelques uns, comme de son *Traicté de la cure generale et particuliere des arquebusades* (1). Je diray seulement que Laurent Joubert, medecin du roy en l'université de Montpellier, a faict un traitté de la mesme matiere, et que ie ne scay si ce n'est point celluy là mesme que nos bibliothequaires françois attribuent à nostre autheur (2). Et ce d'autant plus que je voy qu'ils en parlent diversement, car la Croix du Maine dict que l'autheur de ce livre se nommoit Joseph du Chesne ou Quercetanus baron et seigneur de Morancei et de Lyserable (3), qui ne s'accordent gueres avec nostre Duchesne qui se nommoit la Violette et qui ne prenoit point d'autre qualité que celle de docteur en medecine.

Quoi qu'il en soit comme il florissoit avec honneur l'an 1584 il mourut environ l'an..... (4)

t

(iques de du Chesne à ses écrits médicaux, arrivent à un total de 16 publications de 17 en comptant le *Quercetanus redivivus*, Francfort, 1648, qui est le recueil en 3 vol. in-4° de tous les ouvrages de médecine de notre auteur). Le premier livre publié par du Chesne est un livre de polémique : *Ad Jacobi Auberti, Vindonis, de ortu et causis metallorum*, etc., *brevis responsio*. Lyon, 1575, in-8° (souvent réimprimé). Aubert tenait pour les péripatéticiens, et du Chesne pour les théosophes. B. de La Monnoye (sur la Croix du Maine) dit que du Chesne s'attira, entre autres réponses, une épître macaronique sous le nom de magister Antitus de Cressonnières, où il fut turlupiné. Un des ouvrages les plus célèbres de du Chesne est son *Diæteticon polyhistoricon, sive de victus ratione*, etc. (Paris, 1606, in-8°), traduit en français, la même année, sous le titre de : *Le Pourtraict de la Santé*. Le texte et la traduction ont eu de nombreuses éditions. M. Léonce Couture a extrait du *Diæteticon* une foule de curieuses particularités qui donnent le plus piquant intérêt et la plus agréable saveur à ses *Quelques Notes sur le Régime alimentaire des habitants de l'Armagnac et des contrées voisines au* XVI*e et au* XVII*e siècles* (*Bulletin d'Auch*, 1860, t. I, p. 399-423). Du Verdier attribue à du Chesne un *Traité de Saint Augustin de la Vie Chrétienne*, Paris, 1542. Du Chesne aurait pu dire à ce sujet :

Comment l'aurais-je fait si je n'étais pas né ?

(1) Lyon, 1576, in-8°; traduit en anglais en 1590, Londres, in-4°; traduit en allemand en 1635, Strasbourg, in-4°. L'auteur publia le même ouvrage, la même année, en latin, aussi à Lyon, sous ce titre : *Sclopetarius, sive de curandis vulneribus quæ sclopetorum et similium tormentorum ictibus acciderunt*, in-8°.

(2) Laurent Joubert a composé un ouvrage tout différent par les doctrines et même par le titre : *Traicté des Arcbusades, contenant la vraye essence du mal et sa propre curation par certaines et méthodiques indications : avec l'explication de divers problèmes touchant ceste matière;* Paris, 1570, in-8°. Du Chesne regarde la brûlure comme le principal accident qui accompagne les plaies faites par les armes à feu. L. Joubert, au contraire, avait soutenu qu'il y avait, en ce cas, contusion et jamais brûlure. Le livre de du Chesne, loin d'être le même que celui de L. Joubert, comme l'avait cru Colletet, en est la contre-partie.

(3) Du Chesne était seigneur de la Violette et autres lieux. La Croix du Maine lui a donné tous ses titres, tandis que d'autres, pour abréger, ne lui ont donné que le titre sous lequel il était le plus connu. Là est l'explication toute naturelle de la difficulté qui arrêtait le bon Colletet.

(4) Du Chesne mourut en 1609. MM. Haag nous apprennent même que ce fut le 12 septembre sans nous dire d'où provient cette précise indication. Colletet qui,

Outre la Croix du Maine, du Verdier et Draude qui l'ont seulement nommé dans leurs bibliotheques sans particulariser ses livres, du Fresne Canaye, Christophe du Prépassy, Pierre Tamisier president à Mascon, Pierre Enocle, Claude du Verdier fils du bibliothequaire, Claude Mermet savoyard, et quelques autres l'ont hautement loué dans leurs vers latins et françois que l'on peut voir par cy par là dans ses œuvres et dans les leurs pareillement.

APPENDICE.

Quelques citations relatives à J. du Chesne.

Bayle s'exprime ainsi dans son *Dictionnaire* : « Patin l'a fort maltraité, » et il n'avait garde de l'épargner, vu la haine qu'il avait pour les » chimistes et pour l'antimoine. Le sieur de la Violette n'ordonnait » point ce médicament ; mais il s'en rendait en quelque manière le » défenseur. » Bayle rapporte (note C) le passage des lettres de Gui

nous devons le reconnaître, a rarement été moins bien informé, ne nous parle pas du mariage de Du Chesne avec Anne Trie (pourquoi la *France protestante* dit-elle : Marguerite ou Anne de Trie?), laquelle Anne Trie était, non la fille, comme l'a prétendu Portal, mais bien la petite-fille du savant helléniste Guillaume Budé. Ce fut Marguerite Budé, fille de l'auteur du célèbre traité *de Asse*, qui fut la belle-mère de du Chesne. Je note qu'après la mort de Guillaume Budé (24 août 1540), sa veuve (R. Lelyeur) et la plupart de ses nombreux enfants (il en existait déjà sept en 1518) abjurèrent le catholicisme et se retirèrent à Genève où Jean Budé, frère de Marguerite, devint un des premiers magistrats de la république, ce qui nous fait mieux comprendre la faveur dont Joseph du Chesne y fut plus tard l'objet. Le seigneur de la Violette eut de son mariage une fille unique, nommée Jeanne, qui épousa un gentilhomme poitevin, Joachim du Port, seigneur de Mouillepied. Ce Joachim eut un fils unique, Pierre du Port, seigneur de Mouillepied et de Boismasson, conseiller du roi et commissaire des vivres dans les armées de S. M. ; lequel, à son tour, fut père d'une fille du nom de Charlotte, mariée avec Frédéric Spanheim, le professeur en théologie à Leyde, l'auteur de l'*Histoire ecclésiastique* publiée en 3 vol. in-f° de 1701 à 1703. Je trouve la plupart de ces renseignements dans la note C de l'article *Spanheim* du *Dictionnaire* de Bayle, note qui est un résumé de la partie généalogique de l'Oraison funèbre (en latin) du docte professeur, par Heidanus. — Ce qu'on vient de lire était écrit avant qu'eût paru la note déjà citée de M. Th. Dufour, laquelle complète et modifie mes renseignements relatifs au mariage de notre poète. Elle nous en donne d'abord, d'après les *Reg. des mariages* de Genève, la date précise : « Joseph du Chesne de Lestore épousa, le 14 juin 1774, » dans l'église de Saint-Pierre, Anne, relaissée (veuve) de Mathieu Sève de Lyon. » M. Dufour l'appelle Anne de Brie : ne serait-ce pas une faute d'impression ? « Deux ans après, ajoute-t-il, il leur naquit un fils, Léonard, qui présenté au nom » de Léonard Pournas, fut baptisé dans la même église, le 25 mars 1776, par Th. de » Bèze. » Jeanne ne fut donc point fille unique, comme l'ont dit Heidanus et Bayle, mais peut-être Léonard du Chesne sera-t-il mort en bas âge.

Patin, dans lequel notre pauvre du Chesne est horriblement déchiré. Je reproduis ce passage d'après l'édition de M. Reveillé-Parise (3 in-8°, 1846), édition meilleure que celle dont Bayle s'est servi (Genève, 1691), ce qui ne veut pas dire qu'elle soit excellente (1) : « Il est vrai que ceste même année il mourut ici un méchant pendard » de charlatan, qui en a bien tué durant sa vie, et après sa mort, par » les malheureux écrits qu'il nous a laissés sous son nom, qu'il a fait » faire par d'autres médecins et chimistes de ça et de là : c'est *Jose-* » *phus Quercetanus*, qui se faisoit nommer à Paris le sieur de la Vio- » lette, lequel étoit un grand charlatan, un grand ivrogne et un franc » ignorant, qui ne savoit rien en latin, et qui, n'étant de son premier » métier que garçon chirurgien du pays d'Armagnac, qui est un pau- » vre pays (2), passa à Paris, et particulièrement à la cour, pour un » grand médecin, parce qu'il avait appris quelque chose de la chimie » en Allemagne. Je ne vous dirai rien de ce monstre davantage; il y en » a bien encore à dire, mais vous en savez peut être encore plus que » moi (3). » (Lettre CCXX du 8 janvier 1650, t. I, p. 509, 510). « Il y a » bien de l'emportement dans ces paroles de Gui Patin, » observe Bayle. M. Dezeimeris, qui a transcrit les virulentes invectives du terrible doyen de la Faculté de médecine de Paris, regarde comme « plus que suspecte » l'opinion exprimée « en termes fort grossiers » sur celui qui fut « le principal promoteur en France de l'école para- » celsico-chimique. »

En véridique annotateur, je dois constater que bien d'autres que Gui Patin ont très défavorablement jugé le sieur de la Violette. Jean Riolan, notamment, le traita de la façon la plus injurieuse. Si Gaffarel, dans ses *Curiosités inouïes*, ch. V, l'appelle « un des meilleurs chi- » mistes que notre siècle ait produits, » si Boerhaave a fait à la *Pharmacopea* l'insigne honneur d'en recommander la lecture à ses élèves, Eloy, cité par M. Weiss, l'a soupçonné d'avoir eu des plumes à gage, Haller, cité par M. Reveillé-Parise, l'a appelé *jactator, vanus homo, indoctus homo*, et Sprengel, cité par MM. Haag, lui a reproché, avec

(1) Dans la *Correspondance littéraire* du 25 avril 1864, j'ai exprimé le vœu qu'un habile homme nous offrît enfin une édition fidèle et complète de ces lettres. Mon vœu sera parfaitement exaucé s'il est vrai que M. Ravenel s'occupe de cette édition.

(2) L'édition de Genève porte ces mots : *qui est un pauvre pays maudit et malheureux*. Sur quoi dom Chaudon s'écrie avec indignation : « Il porta son acharne- » ment jusqu'à s'en prendre à tout le pays d'Armagnac, qu'il appelloit *maudit pays*. »

(3) Cette dernière phrase n'est pas dans l'édition de Genève. Peut-être les éditeurs ont-ils trouvé le mot monstre un trop gros mot. La phrase que cite Bayle, à la place de celle-là, a l'air d'avoir été édulcorée.

Haller, beaucoup de jactance, beaucoup de vanité, et un manque total de connaissances. MM. Haag eux-mêmes ont été obligés de confesser que leur coreligionnaire adopta d'une manière trop absolue le système de Paracelse. D'après ces biographes, du Chesne « attribuait l'épilepsie » et l'apoplexie à l'éclair »; il croyait «l'individu mâle d'une plante plus » convenable pour les hommes, et l'individu femelle pour les femmes; il » trouvait la cause de la peste dans la conjonction des astres agissant » sur certains esprits de nature vénéneuse qui mettent en mouvement » les humeurs et prédisposent à l'infection. » Décidément, le médecin ne valait pas mieux que le poète, quoique le poète, nous l'avons vu, fût aussi mauvais que possible; et pourtant je ne sais pas si, drogue pour drogue, je n'aurais pas encore préféré les meurtrières pilules inventées par le premier, aux vers obscurs et barbares entassés par le second dans le *Grand miroir du monde* et dans la *Morocosmie*.

DU MÊME AUTEUR :

Preuves que Thomas A Kempis n'a pas composé l'*Imitation de Jésus-Christ;* in-8°, 1862.

Mémoire sur le sac de Béziers dans la guerre des Albigeois et sur le mot : *Tuez-les tous!* attribué au légat du pape Innocent III; in-8°, 1862.

Quelques pages inédites de Blaise de Monluc; in-8°, 1863.

Douze lettres inédites de Jean-Louis Guez de Balzac; in-8°, 1863.

Quelques notes sur Jean Guiton, le maire de la Rochelle; gr. in-8°, 1863.

Notes pour servir à la biographie de Mascaron, évêque d'Agen, écrites par lui-même et publiées pour la première fois; in-8°, 1863.

Observations sur l'histoire d'Eléonore de Guyenne; gr. in-8°, 1864.

Louis de Foix et la Tour de Cordouan; gr. in-8°, 1864.

Lettres inédites de Bertrand d'Echaud, évêque de Bayonne; gr. in-8°, 1864.

De la question de l'emplacement d'Uxellodunum; gr. in-8°, 1865.

Lettres inédites de François de Noailles, évêque de Dax; gr. in-8°, 1865.

POUR PARAITRE PROCHAINEMENT :

Lettres inédites de Guillaume du Vair, avec introduction et notes; in-8°.

L'Inventaire des meubles du château de Nérac en 1598; in-8°.

De la fondation de la Société des Bibliophiles de Guyenne; gr. in-8°.

Auch, impr. et lith. F. Foix.

www.ingramcontent.com/pod-product-compliance
Ingram Content Group UK Ltd.
Pitfield, Milton Keynes, MK11 3LW, UK
UKHW031907260826
14628UKWH00003B/1036

9 782329 607931